کچھ یادگار افسانے

(افسانے)

مرتب:

سید حیدر آبادی

© Taemeer Publications LLC
Kuch Yaadgaar Afsane (Short Stories)
by: Syed Hyderabadi
Edition: February '2024
Publisher :
Taemeer Publications LLC (Michigan, USA / Hyderabad, India)

ISBN 978-93-5872-894-1

9 789358 728941

کتاب	:	**کچھ یادگار افسانے** (افسانے)
مرتبہ	:	**سید حیدرآبادی**
صنف	:	فکشن
ناشر	:	تعمیر پبلی کیشنز (حیدرآباد، انڈیا)
سالِ اشاعت	:	۲۰۲۴ء
صفحات	:	۱۶۴
سرورق ڈیزائن	:	تعمیر ویب ڈیزائن

فہرست

(۱) پرانے خدا

کرشن چندر

متھرا کے ایک طرف جمنا ہے اور تین طرف مندر، اس حدود اربعہ میں نائی حلوائی، پانڈے، پجاری اور ہوٹل والے بستے ہیں۔ جمنا اپنا رُخ بدلتی رہتی ہے۔ نئے نئے عالی شان مندر بھی تعمیر ہوتے رہتے ہیں۔ لیکن متھرا کا حدود اربعہ وہی رہتا ہے، اس کی آبادی کی تشکیل اور تناسب میں کوئی کمی بیشی نہیں ہو پاتی۔ سوائے ان دنوں کے جب اشمٹی کا میلہ معلوم ہوتا ہے کرشن جی کے بھگت اپنے بھگوان کا جنم منانیکے لیے ہندوستان کے چاروں کونوں سے کھنچے چلے آتے ہیں۔ ان دنوں کرشن جی کے بھگت متھرا پر یلغار بول دیتے ہیں، اور مدراس سے، کراچی سے، رنگون سے، پشاور سے، ہر سمت سے ریل گاڑیاں آتی ہیں اور متھرا کے اسٹیشن پر ہزاروں جاتری اُگل دیتی ہیں، جاتری سمندر کی لہروں کی طرح بڑھے چلے آتے ہیں اور مندروں گھاٹوں، ہوٹلوں اور دھرم شالاؤں میں سما جاتے ہیں۔ متھرا میں کرشن بھگتوں کے استقبال کے لیے پندرہ بیس روز پہلے ہی تیاریاں شروع ہو جاتی ہیں۔ مندروں میں صفائی شروع ہوتی ہے۔ فرش دھلائے جاتے ہیں۔ کلسوں پر دھات پالش چڑھایا جاتا ہے، زر کار پنگوڑے اور جھولے سجائے جاتے ہیں دیواروں پر قلعی اور رنگ ہوتا ہے۔ دروازوں پر گُل بوٹے بنائے جاتے ہیں۔ دکانیں رادھا کرشن جی کی مورتیوں سے سجائی جاتی ہیں۔ حلوائی پوری کچوری کے لیے بناسپتی گھی کے ٹین اکٹھے کرتے ہیں۔ ہوٹلوں کے کرائے دُگنے بلکہ سہ گنے ہو جاتے ہیں۔ دھرم شالائیں چونکہ

خیراتی ہوتی ہیں اس لیے اُن کے مینجیر ایک کمرے کے لیے صرف ایک روپیہ کرایہ وصول کرتے ہیں۔ کسان لوگ جو ان خیراتی دھرم شالاؤں میں ٹھہرنے کی توفیق نہیں رکھتے۔ عموماً جمنا کے کسی گھاٹ پر ہی سو رہتے ہیں گھاٹ چونکہ پختہ انیٹوں کے بنے ہوتے ہیں، اس کے لیے گھاٹ منتظم سونے والے جاتریوں سے ایک آنہ فی کس وصول کر لیتے ہیں اور اصل گھاٹ پر سونے کے لیے ایک آنے کا تاوان بہت کم ہے۔ کنار جمنا۔ سر پر کدم کی پرچھائیاں، جمنا کی لہروں کی میٹھی میٹھی لوریاں، ٹھنڈی ٹھنڈی ہوا۔ تاروں بھرا آسمان اور مندروں کے چمکتے ہوئے کلس۔ جب جی چاہا سو رہے، جب جی چاہا اُٹھ کر جمنا میں ڈبکیاں لگانے لگے۔ ایک آنے میں دو مزے، اس پر بھی بہت سے کسان لوگ گھاٹ کے غریب منتظموں کو ایک آنہ کرایہ بھی ادا کرنا نہیں چاہتے اور گھاٹ پر سونے اور جمنا پر نہانے کے مزے مفت میں لُوٹنا چاہتے ہیں۔ انسان کی فطری کمینگی۔۔۔۔!

جنم اشٹمی سے دوروز پہلے میں متھرا میں آپہنچا، متھرا کے بازار گلیاں اور مندر جاتریوں سے کھچا کھچ بھرے ہوئے تھے اور جاتریوں کے ریوڑوں کو مختلف مندروں میں داخل کر رہے تھے، ان جاتریوں کی شکلیں دیکھ کر مجھے احساس ہوا کہ متھرا میں ہندوستان بھر کی بوڑھی عورتیں جمع ہو گئی ہیں، بوڑھی عورتیں مالا پھیرتی ہوئیں اور لاٹھی ٹیک کر چلتے ہوئے مرد۔۔۔ کھانستی ہوئی، گھٹیا کی ماری ہوئی رعشہ براندام مخلوق جو یہاں اپنے گناہ بخشوانے کی اُمید میں آئی تھی۔ جتنی بدصورتی یہاں میں نے ایک گھنٹے کے عرصے میں دیکھ لی، اتنی شاید میں اپنی ساری عمر میں بھی نہ دیکھ سکتا۔ متھرا کا یہ احسان میں قیامت تک نہیں بھول سکتا۔

متھرا پہنچتے ہی سب سے پہلے میں نے اپنے رہنے کے لیے جگہ تلاش کی، ہوٹل والوں نے بالکونیاں تک کرایہ پر دے رکھی تھیں۔ اور ان کی کھڑکیاں، دروازوں

اور بالکونیوں پر جابجا جاتریوں کی گیلی دھوتیاں ہلولیں لہراتی دکھائی دیتی تھیں۔ دھرم شالائیں جاتریوں سے بھڑ کے چھتّوں کی طرح بھری ہوئی تھیں۔ کوئی مندر بنگالیوں کے لیے وقف تھا تو کوئی مدراسیوں کے لیے، کسی دھرم شالہ میں صرف نمبودری برہمنوں کے لیے جگہ تھی تو کسی میں صرف کائستھ ٹھہر سکتے تھے۔ اس سرائے میں اگروالوں کو ترجیح دی جاتی تھی، تو دوسری سرائے میں صرف امرتسر کے اڑڑے ٹھہر سکتے تھے۔ ایک دھرم شالہ میں ایک کمرہ خالی تھا۔ میں نے ہاتھ جوڑ کر پانڈے جی سے کہا۔ میں ہندو ہوں، یہ دیکھئیے ہات پر میرا نام کُھدا ہوا ہے۔ اگر آپ انگریزی نہیں پڑھ سکتے تو چلیئے بازار میں کسی سے پڑھوا لیجئے۔ غریب جاتری ہوں اپنی دھرم شالہ میں جگہ دے دیجئے آپ کا بڑا احسان ہو گا۔ پانڈے جی کی آنکھیں غلافی تھیں اور بھنگ سے سرخ، جیوا کا مقدس تاگا ننگے پیٹ پر لہرا رہا تھا۔ کمر میں رام نام کی دھوتی تھی۔ چند لمحوں تک چپ چاپ کھڑے مجھے گھورتے رہے، پھر گھگیائی ہوئی آواز میں جس میں پان کے چُونے اور کتھے کے بُلبلے سے اُٹھتے ہوئے معلوم ہوتے تھے، بولے آپ کون ہو،

میں نے جھلا کر کہا، میں انسان ہوں، ہندو ہوں، کالا شاہ کاکو سے آیا ہوں۔ ناں ،ناں! پانڈے جی نے اپنا بایاں ہاتھ گوتم بُدھ کی طرح اُوپر اُٹھاتے ہوئے کہا۔ ہم پوچھت ہیں۔ آپ کون گوت ہو؟

گوت؟ میں نے رُک کر کہا۔ مجھے اپنی گوت تو یاد نہیں۔ بہر حال کوئی نہ کوئی گوت ضرور ہو گی۔ آپ مجھے فی الحال اپنی دھرم شالہ۔ اس خیراتی دھرم شالہ میں رہنے کے لیے جگہ دے دیں، میں گھر پر تار دے کر اپنی گوت منگوائے لیتا ہوں۔ ناں، ناں! پانڈے جی نے پان کی پیک زور سے فرش پر پھینکتے ہوئے کہا۔ ہم ایسو مانس کیسو راکھیں؟ نہ گوت نہ جات!

میں متھرا کے بازاروں میں گھوم رہا تھا۔ فضا میں کچوریوں کی کڑوی بو جمنا کے مہین کیچڑ کی سڑاند اور بناسپتی گھی کی گندی باس چاروں طرف پھیلی ہوئی تھی۔ متھرا کی خاک جاتریوں کے قدموں میں تھی، ان کے کپڑے میں تھی، اُن کے سر کے بالوں میں، ناک کے نتھنوں میں حلق میں، میرا دم گُھٹا جاتا تھا اور جاتری شری کرشن مہاراج کی جے کے نعرے لگا رہے تھے۔ میرا سر گھوم رہا تھا۔ مجھے رہنے کے لیے ابھی تک کہیں جگہ نہ ملی تھی۔ ایک پنواڑی کی دکان پر میں نے ایک خوش پوش خوش رو نوجوان کو دیکھا کہ سر تا پا بُرّاق کھدّر میں ملبوس، پان کلّے میں دبائے کھڑا ہے، آنکھوں سے اور چہرے سے ذہانت کے آثار نمایاں ہیں۔ میں نے اُسے بازو سے پکڑ لیا۔ مسٹر؟ میں نے اُسے نہایت تلخ لہجے میں مخاطب ہو کر کہا۔ کیا آپ مجھے جیل خانے کے سوا یہاں کوئی اور ایسی جگہ بتا سکتے ہیں جہاں ایک ایسا انسان جو ہندو ہو، پنجابی ہو، کالا شاہ کاکو سے آیا ہو اور جسے اپنی گوت کا علم نہ ہو، میلے کے دنوں اپنا سر چھپا سکے؟ نوجوان نے چند لمحوں کے لیے توقف کیا، چند لمحوں کے لیے مجھے گھورتا رہا۔ پھر مسکرا کر کہنے لگا۔ آپ پنجابی ہیں نا! اسی لیے آپ یہ تکلیف محسوس کر رہے ہیں ---- دراصل بات یہ ہے کہ --- معاف کیجئے گا--- پنجابی بڑے بدمعاش ہوتے ہیں۔ یہاں سے لڑکیاں اغوا کر لے جاتے ہیں،

اور ان لڑکیوں کے متعلق آپ کی کیا رائے ہے جو اس طرح اغوا ہو جاتی ہیں، میں نے پوچھا۔ ایک دُبلا پتلا آدمی جس کا قد بانس کی طرح لمبا تھا اور منہ چھچھوندر کا سا کھدر پوش نوجوان کی تائید کرتے ہوئے بولا۔ بابو صاحب، آپ متھرا کی بات کیوں کرتے ہیں۔ متھرا تو پوتر نگری ہے۔ میں تو بمبئی تک گھوم آیا ہوں، وہاں بھی پنجابیوں کو شریف محلوں میں کوئی گھسنے نہیں دیتا۔

دو چار لوگ ہمارے ارد گرد اکٹھے ہو گئے۔ میں نے آستین چڑھاتے ہوئے کہا۔

کیا آپ نے تاریخ کا مطالعہ کیا ہے ؟ جی ہاں !خوش رو نوجوان نے پان چباتے ہوئے جواب دیا۔

تو آپ کو معلوم ہوگا کہ پنجاب سب سے آخر میں انگریزوں کی عمل داری میں آیا۔ اور چھوٹی بچیوں کو جان سے مار ڈالنے کی رسم جو ہندوستان کے صوبوں میں رائج تھی۔ پنجاب میں سب سے آخر میں خلاف قانون قرار دی گئی۔ انگریزوں کے آنے سے پہلے شریف لوگ اکثر اپنی لڑکیوں کو پیدا ہوتے ہی مار ڈالتے تھے۔

اُس سے کیا ہوا؟"

ہوا یہ کہ پنجاب میں مردوں اور عورتوں کا تناسب ایک اور پانچ کا ہو گیا۔ پانچ مرد اور ایک عورت، اب بتایئے باقی چار مرد کہاں جائیں، مذہب اس بات کی اجازت نہیں دیتا کہ ہر عورت ایک دم چار پانچ خاوند کر سکے، جیسا کہ تبّت میں ہوتا ہے، کیا آپ اس بات کی اجازت دیتے ہیں۔ نوجوان ہنسنے لگا۔

میں نے کہا پنجاب میں لڑکیاں کم ہیں۔ پنجابیوں نے دوسرے صوبوں پر ہات صاف کرنا شروع کیا، بنگال میں لڑکیاں زیادہ ہیں۔ وہاں لوگ ایک بیوی رکھتے ہیں اور ایک داشتہ جو عموماً ودھوا ہوتی ہے، سندھی اور گجراتی مرد سمندر پار تجارت کے لیے جاتے ہیں اور اکثر گھروں سے کئی سال غائب رہتے ہیں۔ اسی لیے سندھ میں ادم منڈلیاں بنتی ہیں اور گجرات میں بکری کے دودھ اور برہمچریہ کا پرچار ہوتا ہے۔ مرض ایک ہے، نوعیت وہی ہے، اب آپ ہی بتایئے کہ شریف کون ہے اور بدمعاش کون ؟جو حقیقت ہے آپ اس کا سامنا کرنا نہیں چاہتے۔ اُلٹ پنجابیوں کو کوستے ہیں۔ نوجوان بے اختیار قہقہہ مار کر ہنسا، پان گلے سنے موری میں جا گرا، وہ میرے بازو میں بازو ڈال کر کہنے لگا۔ آیئے صاحب میں آپ کو اپنے گھر لیے چلتا ہوں۔"

تھوڑے ہی عرصے میں ہم ایک دوسرے کے بے تکلّف دوست بن گئے وہ ایک نوجوان وکیل تھا ایک کامیاب وکیل، اس کا ذہین چہرہ، فراخ ماتھا، اور مضبوط ٹھوڑی اس کے عزم راسخ کی دلیل تھے۔ وہ مدراسی برہمن تھا۔ متھرا میں سب سے پہلے اُس کا دادا آیا تھا کہتے ہیں کہ اس کے دادا کے کسی رشتہ دار نے جو مدراس میں ایک مندر کا پجاری تھا، کسی آدمی کو قتل کر دیا، ٹھاکر جی کو ایک پجاری کے گناہ کے بار سے بچانے کے لیے میرے دوست کے دادا نے ایک رات کو مندر سے ٹھاکر جی کی مورتی کو اُٹھا لیا اور ایک گھوڑے پر سوار ہو کر مدراس چل دیا۔ سفر کرتے کرتے وہ متھرا آن پہنچا۔ یہاں پہنچ کر اس کی آتما کو سکون نصیب ہوا۔ اور اُس نے ٹھاکر جی کو ایک مندر میں ستھاپت کر دیا۔ آج اسی دادا کا پوتا میرے سامنے مندر کی دہلیز پر کھڑا تھا اور میں اس کے گٹھے ہوئے جسم اور چہرے کے تیکھے نقوش میں اس بوڑھے برہمن کے عزم اور اعتقاد کی جھلک دیکھ رہا تھا جس کی تصویر اس کی بیٹھک میں آویزاں تھی۔ نہا دھو کر اور کھانے سے فارغ ہو کر ہم میلے کی سیر کو نکلے، جو گلی بازار سے دشرام گھاٹ کی طرف جاتی ہے اس میں سینکڑوں نائی بیٹھے استروں سے جاتریوں کے سر مونڈ رہے تھے۔ گول گول چمکتے ہوئے منڈھے ہوئے سر اُن سپید چھتریوں کی طرح دکھائی دیتے تھے جو برسات کے دنوں میں خود بخود زمین پر اُگ آتی ہیں، جی چاہتا تھا کہ ان سپید سپید چھتریوں پر نہایت شفقت سے ہاتھ پھیرا جائے! اتنے میں ایک نائی نے میری آنکھوں کے سامنے ایک چمکدار اُسترا گھمایا اور مسکرا کر بولا، بابو جی سر منڈالو، بڑا پن ہو گا، میں نے اپنے دوست سے پوچھا یہ جاتری لوگ سر کیوں منڈاتے ہیں، کہنے لگا۔ دان پُن کرنے کی خاطر۔ یہ لوگ اپنے مرے ہوئے عزیزوں کی روحوں کے لیے دان پُن کرنا چاہتے ہیں اور اُس کے لیے سر منڈانا بہت ضروری ہے اور یہاں ایسا کون شخص ہے جس کا اب تک کوئی عزیز یا رشتے دار نہ مرا ہو،

میں نے جواب دیا میری چندیا پر پہلے ہی تھوڑے سے بال ہیں۔ میں انہیں حجام کی دست بُرد سے محفوظ رکھنا چاہتا ہوں۔ کیونکہ میں سمجھتا ہوں کہ ایک بال جو چندیا پر ہے اُن بالوں سے کہیں بہتر ہے جو حجام کی مٹھی میں ہوں، ہم لوگ جلدی جلدی قدم اُٹھاتے ہوئے وشرام گھاٹ پہنچ گئے۔ گھاٹ پر بہت سی کشتیاں کھڑی تھیں اور لوگ ان پر بیٹھ کر جمنا جی کی سیر کے لیے جا رہے تھے ہم نے بھی ایک کشتی لی اور تین گھنٹے تک جمنا میں گھومتے رہے۔ جن کے کنارے پختہ گھاٹ بنے ہوئے تھے۔ کہیں کہیں مندروں اور دھرم شالاؤں کی چوبرجیاں اور کدم کے درخت نظر آجاتے۔ ایک جگہ دریا کے کنارے ایک پُرانے شکستہ محل کے بلند کنگرے نظر آئے۔ استفسار پر میرے دوست نے بتایا کہ اسے کنس محل کہتے

ہیں۔ میں نے کہا۔ تین چار سو سال سے زیادہ پُرانا معلوم نہیں ہوتا، کہنے لگا ہاں اسے کسی مرہٹہ سردار نے بنوایا تھا۔ اب زود الاعتقاد لوگوں کو خوش کرنے کے لیے یہ کہہ دیا جاتا ہے کہ یہ اُسی کنس کا محل ہے جس کے ظلموں کا خاتمہ کرنے کے لیے بھگوان نے جنم لیا تھا میں نے پوچھا، کس زمانے میں ظلم نہیں ہوتے؟ وہ ہنس کر بولا، اگر یہی پوچھنا تھا تو متھرا کیوں آئے۔۔۔۔ وہ دیکھو ریل کا پُل؟۔۔۔ متھرا میں سب سے زیادہ خوبصورت شے یہی ریل کا پُل ہے، مضبوط جیّد بلند، ریل گاڑی نہایت پُرسکون انداز میں جمنا کے سینے کے اُوپر دندناتی ہوئی چلی جا رہی تھی کہتے ہیں کہ کرشن جی کے جنم دن کو جمنا فرطِ محبت سے اُمڈی چلی آتی تھی اور جب تک اس نے کرشن جی کے قدم نہ چھو لیے اس کی لہروں کا طوفان ختم نہ ہوا۔ جمنا میں اب بھی طوفان آتے ہیں لیکن اس کی لہروں کی ہیجانی اس ریل گاڑی کے قدموں کو بھی نہیں چھو سکتی جو اس کی چھاتی پر دندناتی ہوئی چلی جا رہی ہے۔ جمنا کی سربلندی ہمیشہ کے لیے ختم ہو چکی ہے۔

جب ہم واپس آئے تو سورج غروب ہو رہا تھا اور وشرام گھاٹ پر آرتی اتاری جا رہی تھی۔ عورتیں رادھے شیام، رادھے شیام گاتی ہوئی جمنا میں نہا رہی تھیں شنگھ اور گھڑیال زور زور سے بج رہے تھے، جاتری چڑھاوا چڑھا رہے تھے، اور جمنا میں پھل اور پھول پھینک رہے تھے۔ پانڈے دکشنا سنبھالتے جاتے تھے اور ساتھ ساتھ آرتی اتارتے جاتے تھے۔ ایک پانڈے نے ایک غریب کسان کو گردن سے پکڑ کر گھاٹ سے باہر نکال دیا۔ کیونکہ کسان کے پاس دکشنا کے پیسے نہ تھے۔ شاید کسان سمجھتا تھا کہ بھگوان کی آرتی پیسوں کے بغیر بھی ہو سکتی ہے۔ وشرام گھاٹ کی نچلی سیڑھیوں تک جمنا بہتی تھی، لیکن یہاں پانی کم تھا اور کیچڑ زیادہ تھا اور کیچڑ میں سینکڑوں چھوٹے موٹے کچھوے کلبلا رہے تھے اور مٹھائیاں اور پھل کھا رہے تھے۔ ان کے ملائم مٹیالے جسم ان جاتریوں کی ننگی کھوپریوں کی طرح نظر آتے تھے جن کے بال نائیوں نے مونڈ کر صاف کر دیئے تھے۔ رادھے کرشن رادھے کرشن، جاتری چلاّ رہے تھے۔ نوبیاہتا جوڑے کشتیوں میں بیٹھے ہوئے مٹی کے دیئے روشن کر کے انہیں جمنا کے سینے پر بہا رہے تھے۔ جن کے سینے پر اس قسم کے سینکروں دیئے روشن ہو اُٹھے تھے اور نوبیاہتا جوڑے مسرت بھری نگاہوں سے ایک دوسرے کی طرف تک رہے تھے، ہمارے بالکل قریب ہی ایک زرد رُو نوجوان لڑکی نے مٹی کے دو دیئے روشن کیئے اور انہیں جمنا کے حوالے کر دیا۔ دیر تک وہ وہاں کھڑی اپنے ہاتھ اپنے سے لگائے اُن دئیوں کی طرف دیکھتی رہی اور ہم اس کی آنکھوں میں چمکنے والے آنسوؤں کی طرف دیکھتے رہے۔ اس لڑکی کے ساتھ اس کا خاوند نہ تھا، وہ بیاہتا معلوم ہوتی تھی، پھر ان جھلملاتے ہوئے دئیوں کی لَو کو کیوں اس نے اپنے سینے سے چمٹا لیا تھا، یہ لرزتی ہوئی شمع محبت۔۔۔۔ لڑکی نے یکایک میرے دوست کی طرف دیکھا اور پھر سر جھکا کر آہستہ آہستہ گھاٹ کی سیڑھیاں چڑھتے ہوئے چلی گئی۔ میرے دوست کے لب

بھنچے ہوئے تھے، رخساروں پر زردی کھنڈی ہوئی تھی، کیا جمنا میں اتنی طاقت نہ تھی کہ محبت کے دو کانپتے ہوئے شعلوں کو ہم آغوش ہو جانے دے۔ یہ دیواریں، یہ پانی کی دیواریں، پیسے کی دیواریں، سماج، ذات پات اور گوت کی دیواریں۔۔۔۔! میرا دل غیر معمولی طور پر اُداس ہو گیا۔ اور میں نے سوچا کہ میں کل متھرا سے ضرور کہیں باہر چلا جاؤں گا۔ برندابن میں یا شاید گوکل میں، جہاں کی سادہ اور پاک وصاف فضا میں میرے دل کو اطمینان نصیب ہو گا۔ برندابن میں بن کم اور پکّی گلیاں اور کھلی سڑکیں زیادہ تھیں، برندابن کے عالی شان مندروں کی وسعت اور عظمت پر محلوں کا دھوکہ ہوتا تھا۔ راجہ مان سنگھ کا مندر، میرا کا مندر باہر عمارت میں کرشن جی کی مورتی موجود تھی، ہر جگہ پانڈے موجود تھے، انگریزی بولنے والے پڑھے لکھے گائیڈ، پہلے لوگ مندروں میں بے کھٹکے چلے جایا کرتے تھے، اب بھگوان نے گائیڈ رکھ لیے تھے، خدا وہی پُرانے تھے۔ لیکن جدید مذہب کے سارے لوازمات سے بہرہ ور، آخر یہ نئی تہذیب بھی تو اُنہیں کی بنائی ہوئی تھی۔

برندابن کے ایک مندر میں میں نے دیکھا کہ ایک بہت بڑا ہال ہے جس میں سات آٹھ سو سادھو ہاتھ میں کھڑتالیں لیے ایک ساتھ گا رہے تھے، رادھے شیام۔۔۔ لفٹ رائٹ، لفٹ رائٹ۔۔۔ باقاعدگی تنظیم، اندھا پن تہذیب اور طاقت کے ہزاروں راز اس رقت انگیز نظارے میں مستور تھے، ہر روز سینکڑوں بلکہ ہزاروں جاتری اس مندر میں آتے تھے اور بے شمار چڑھاوا چڑھتا تھا، سُنا ہے کہ ان اندھے سادھوؤں کو صبح شام دونوں وقت کھانا مل جاتا تھا اور ایک پیسہ دکشنا کا، باقی جو منافع ہوتا، وہ ایک لحیم شحیم پانڈے کی تجوری میں چلا جاتا، ایک اور مندر میں بھی میں نے ایسا ہی نظارہ دیکھا، فرق یہ تھا کہ یہاں اندھے سادھوؤں کی بجائے بے کس اور نادار عورتیں کرشن بھگوان

کی استتی کر رہی تھیں۔ دن بھر اُستتی کرنے کے بعد اُنہیں بھی وہی راشن ملتا تھا جو اندھے سادھوؤں کے حصے میں آتا تھا۔ یعنی دو وقت کا کھانا اور ایک پیسہ دکشنا کا۔ ان اندھے سادھوؤں اور عوتوں کے سر منڈھے ہوئے تھے۔ جنہیں دیکھ کر مجھے وشرام گھاٹ کے جاتری اور جمنا کے کیچڑ میں کلبلاتے ہوئے کچھوے یاد آگئے۔ مذہب نے مندروں میں فیکٹریاں کھول رکھی تھیں اور بھگوان کو لوہے سے بھی زیادہ مضبوط سلاخوں کے اندر بند کر دیا تھا، ہر مندر میں ہر ایک جاتری کو ضرور کچھ نہ کچھ دینا پڑتا تھا بعض دفعہ تو ایک ہی مندر میں مختلف جگہوں پر دکشنا ریٹ مختلف تھا۔ سیڑھیوں کو چھُونے کے لیے ایک آنہ، مندر کی چوکھٹ تک آنے کے لیے چار آنے۔ مندر کا کواڑا کثر بند رہتا تھا اور ایک روپیہ دے کر جاتری مندر کے کواڑ کھول کر بھگوان کے درشن کر سکتا کئی ایک مندر ایسے تھے جو سال میں صرف ایک بار کھلتے تھے اور کوئی بڑا سیٹھ ہی اُن کی "بوہنی" کر سکتا تھا اور بہت سا روپیہ ادا کر کے مندر کے کواڑ کھول سکتا تھا۔ طوائفیت ہمارے سماج کا کتنا ضروری جزو ہے۔ اس بات کا احساس مجھے ایسے مندروں ہی کو دیکھ کر ہوا۔" گوکل میں جمنا کے کنارے تین عورتیں ریت پر بیٹھی رو رہی تھیں، مارواڑ سے کرشن بھگوان کے درشن کرنے کو آئی تھیں، زیوروں میں لدی پھندی ایک سادھو مہاتما نے انہیں اپنی چکنی چپڑی باتوں میں پھنسا لیا اور گیان دھیان کی باتیں کرتے کرتے انہیں مختلف مندروں میں لیے پھرے، اور جب یہ مارداڑی

عورتیں گوکل میں ماکھن چور کنھیا کا گھر دیکھنے آئیں تو یہ مہاتما بھی اُن کے ہمراہ ہو لیے، عورتیں جمنا میں اشنان کر رہی تھیں، اور سادھو کنارے پر اُن کے زیوروں اور کپڑوں کی رکھوالی کر رہا تھا۔ جب عورتیں نہا دھو کر گھاٹ سے باہر نکلیں تو مہاتما جی غائب تھے، عورتیں سر پیٹنے لگیں، کرشن جی اگر ماکھن چراتے تھے تو سادھو مہاتما نے اگر

چند زیور چرا لیے تو کون سا بُرا کام کیا۔ لیکن مہاتما کی یہ تکلف اُن بے وقوف عورتوں کی سمجھ میں نہ آتی تھی اور وہ جمنا کی گیلی ریت پر بیٹھی مہاتما جی کو گالیاں دے رہی تھیں۔ بہت سے لوگ اُن کے آس پاس کھڑے تھے اور وہ طرح طرح کی باتیں کر رہے تھے۔ "جی بڑا ظلم ہوا ہے ان غریب عورتوں کے ساتھ۔۔۔"

"بھلا یہ گھر سے زیور لے کر ہی کیوں آئیں؟" "اپنی امارت دکھانا چاہتی تھیں۔ اب رونا کس بات کا۔۔۔۔" "اجی صاحب شکر کیجئے ان کی جان بچ گئی۔ اب کل ہی متھرا میں۔ ایک پانڈے نے اپنے ججمان اور اس کی بیوی کو اپنے گھر لے جا کر قتل کر دیا۔ ججمان کا نیا نیا بیاہ ہوا تھا۔ بیوی کے پاس ساٹھ ستر ہزار کا زیور تھا۔۔۔ کسی مدراسی جاگیر دار کا لڑکا تھا جی، اکلوتا لڑکا تھا۔۔۔ اس کے باپ کو پولیس نے تار دیا ہے، خیال تو کیجئے کیسا اندھیر مچ رہا ہے اس پوتر نگری میں۔"

"متھرا میں لوک سے نیاری!" بہت رات گئے میں اور میرا دوست جمنا کے اس پار کھیتوں میں گھومتے رہے۔ جنم اشٹمی رات تھی، پھونس کے جھونپڑیوں میں جن میں غریب مزدور اور کسان رہتے تھے، مٹی کے دیئے روشن تھے اور جمنا کے دوسرے کنارے گھاٹوں پر بجلی کے قمقمے اور برہمنوں کے قہقہوں کی آوازیں فضا میں گونج رہی تھیں۔ پھونس کے جھونپڑوں کے باہر مریل سی فاقہ زدہ گائیں بندھی تھیں اور نیم برہنہ لڑکے خاک میں کھیل رہے تھے۔ کنوئیں کی جگت پر ایک بوڑھی عورت آہستہ آہستہ ڈول کھینچ رہی تھی۔ دو بڑی بڑی گاگریں اس کے پاس پڑی تھیں۔ کنوئیں سے آگے آم کے درختوں کی قطار تھی جو بہت دُور تک پھیلتی ہوئی چلی گئی تھی۔ آم کے درخت اور آنولے کے پیڑ اور کھرنی کے مدور چھتنارے، یہاں گہرا سناٹا چھایا ہوا تھا۔ ہوا میں ایک ہلکی اداس سی خوشبو تھی اور ستاروں کی روشنی ایسی جس میں سپیدی کے بجائے سیاہی زیادہ

کھلی ہوئی تھی جیسے یہ روشنی کھل کر ہنسنا چاہتی ہے، لیکن شام کی اداسی کو دیکھ کر رُک جاتی ہے۔ میرے دوست نے آہستہ سے کہا۔ میں اور وہ کئی بار اُن کھرنی کے مدور سایوں میں ایک دوسرے کے ہات کے ہات میں دیئے گھومتے رہے ہیں۔۔۔ کتنی ہی جنم اشٹمیاں اس طرح گزر گئیں۔۔۔۔ اور آج۔۔۔۔! میں خاموش رہا۔ چند دن ہوئے میرا دوست کہہ رہا تھا۔ مجھے قتل کے ایک مقدمے میں پیش ہونا پڑا۔ قاتل کو مقتول کی بیوی سے محبت تھی۔۔۔۔ اور جب اسے پھانسی کا حکم سنایا گیا تو قاتل کسان نے جن حسرت بھری نگاہوں سے اپنی محبوبہ کی طرف دیکھا۔ ان نگاہوں کی وارفتگی اور گرسنگی ابھی تک میرے دل میں تیر کی طرح چبُھی جاتی ہے۔ وہ دونوں بچپن سے ایک دوسرے کو چاہتے تھے۔

سالہاسال ایک دوسرے سے پیار کرتے رہے۔ پھر لڑکی کے ماں باپ نے اس کی شادی کسی دوسری جگہ کر دی۔۔۔۔ یہ جمنا پر لوگ محبت کے دیئے کس لیے جلاتے ہیں ؟۔۔۔ بڑے ہو کر اپنے ہی بیٹوں اور بیٹیوں کے گلے پر کس طرح چُھری چلاتے ہیں۔۔۔ وہ کسان عورت اب پاگل خانے میں ہے۔۔۔۔؟ میں نے کہا محبت بھی اکثر بے وفا ہوتی ہے۔ رادھا کو کرشن سے عشق تھا لیکن رادھا اور کرشن کے درمیان بادشاہت کی دیوار آگئی، اس نے کہا شاید تمہیں رادھا اور کرشن کی محبت کا انجام معلوم نہیں۔"

"نہیں" وہ چند لمحوں تک خاموش رہا پھر آہستہ سے کہنے لگا۔۔۔۔۔۔۔۔ کرشن جی نے برندابن کی گوپیوں سے وعدہ کیا تھا کہ وہ ایک بار پھر برندابن میں آئیں گے اور ہر ایک گوپی کے گھر کا دروازہ تین بار کھٹکھٹائیں گے جس گھر میں روشنی ہو گی اور جو گوپی دروازہ کھٹکھٹانے پر ان کا خیر مقدم کرے گی۔ وہ اُسی عشق کو سچا جانیں گے__ اس بات کو کئی برس گزر گئے۔ ایک اندھیاری طوفانی رات میں جب بجلی کڑک رہی تھی اور بارش

موسلادھار برس رہی تھی کسی نے برندابن کے دروازے کھٹکھٹانے شروع کیے سیاہ لبادے میں لپٹا ہوا اجنبی ہر ایک مکان پر تین بار دستک دیتا، اور پھر آگے بڑھ جاتا ۔۔۔۔ لیکن سب مکانوں میں اندھیرا تھا۔ سب لوگ سوئے پڑے تھے۔ کسی نے اُٹھ کر دروازہ نہ کھولا۔ اجنبی نااُمید ہو کر واپس جانے والا تھا کہ اُس نے دیکھا کہ دور۔ ایک جھونپڑے میں مٹی کا دیا جھلملا رہا ہے۔ وہ اس جھونپڑی کی طرف تیز تیز قدموں سے بڑھا۔ لیکن اسے دروازہ کھٹکھٹانے کی ضرورت بھی نہ محسوس ہوئی۔ کیونکہ دروازہ کھلا تھا۔ جھونپڑے کے اندر دیئے کی روشنی کے سامنے رادھا بیٹھی تھی۔ اپنے محبوب کے انتظار میں، رادھا کے سر کے بال سپید ہو چکے تھے، چہرے پر لاتعداد جُھریاں۔ کرشن جی نے گلوگیر آواز میں کہا۔ "رادھا میں آگیا ہوں۔" لیکن رادھا خاموش بیٹھی رہی۔ دیئے کی لَو کی طرف تکتی ہوئی۔ رادھا میں آگیا ہوں، کرشن جی نے چلا کر کہا۔

لیکن رادھا نے کچھ نہ دیکھا۔ نہ سُنا۔ اپنے محبوب کی راہ تکتے تکتے اس کی آنکھیں اندھی ہو چکی تھیں اور کان بہرے۔۔۔۔۔۔ زندگی سے پرے، موت سے پرے انصاف سے پرے۔۔۔۔

میری آنکھوں میں آنسو آگئے، میرا دوست اپنی باہوں میں سر چھپا کر سسکیاں لینے لگا جیسے کسی نے اس کی گردن میں پھانسی کا پھندا ڈال دیا ہو جیسے پاگل عورت محبت کرنے کے جرم میں لوہے کی سلاخوں کے پیچھے بند کر دی گئی ہو۔ زرد رو لڑکی وشرام گھاٹ پر حسرت بھری نگاہوں سے مٹی کے دئیوں کی لَو کی

طرف تک رہی تھی اس کی حیران پتلیاں میری آنکھوں کے آگے ناچنے لگیں۔

اندھے سادھو سر منڈائے ہوئے قطار در قطار کھڑے تھے اور کھڑتالیں بجاتے ہوئے گا رہے تھے۔ رادھے شیام۔ رادھے شیام۔ رادھے شیام ___ لیف رائٹ۔ لیف

رائٹ۔ پرانے خدا ابھی تک مندروں، بینکوں فیکٹریوں اور کھیتوں پر قبضہ کئے بیٹھے تھے، وہ اپنے بہی کھاتے کھالے۔ آلتی پالتی مارے بیٹھے تھے۔اُن کی ننگی توندوں پر جینو لہرا رہے تھے اور وہ نہایت دلجمعی سے اُن لاکھوں آوازوں کو سن رہے تھے، جو فضا میں چاروں طرف شہد کی مکھیوں کی طرح بھنبھنا رہی تھیں ۔۔۔۔رادھے شیام ۔۔۔۔رادھے شیام۔۔۔۔"

(۲) گُل رُخ

احمد ندیم قاسمی

میں اس قسم کی ہنگامی رقّت کا عادی ہو چکا ہوں۔ کسی کو روتا دیکھ کر، خصوصاً مرد کو اور پھر اتنے تنومند اور وجیہہ مرد کو روتا دیکھ کر دُکھ ضرور ہوتا ہے، مگر اب میں اس بے قراری کے مظاہرے کا اہل نہیں رہا جو ایسے موقعوں پر غیر ڈاکٹر لوگوں سے سرزد ہو جاتی ہے۔

"باری سے آؤ خان!" میں نے نرمی سے کہا۔ "بنچ پر بیٹھ جاؤ اور باری سے آؤ۔"

اب اس کے آنسوؤں نے اس کی مونچھوں اور ڈاڑھی تک کو بھگو دیا تھا۔ اس کی ناک سُرخ ہو گئی اور گردن کی رگیں اُبھر آئی تھیں "تم باری بولتا ہے ڈاگدار صاحب اور اُدھر ہمارا بیٹی مرتا ہے، ہمارا بیٹی کے پسلی میں دَرد ہے۔ اِدھر بھی درد ہے اُدھر بھی درد ہے۔ ہمارا بیٹی روتا ہے، ہمارا بیٹی کھانستا ہے تو چیختا ہے۔ ہمارا بیٹی جوان ہے۔"

اس آخری فقرے پر میں چونکا۔ خان کی بیٹی کو نمونیہ ہو گیا ہے اور شاید ڈبل نمونیہ ہے۔ لیکن مجھے یہ بتانے کی کیا ضرورت تھی کہ اُس کی بیٹی جوان بھی ہے۔ میں پٹھانوں کی عزت کرتا ہوں، اس لیے کہ وہ غیور، بہادر اور سچے ہیں۔ مگر آخر اتنی شدید سچائی بھی کیا کہ بیٹی کے سن و سال تک کا اشتہار دے دیا جائے مجھے افسوس ہوا کہ ادھیڑ عمر کے اس تنومند وجیہہ پٹھان کی ذہنیت اتنی پست ہے کہ وہ مجھے اپنی بیٹی کی جوانی کا لالچ دیتا ہے اور میرے متعلق اسے یقین ہے کہ میں یہ اطلاع پاتے ہی ہتھیار ڈال دوں گا اور اس کی بیٹی کے پاس بھاگا جاؤں گا۔ "نہیں!" میں نے اپنی آواز میں ذرا سی گرج پیدا کرنے کی کوشش

کی۔ "ابھی ٹھہرو۔ باری سے آؤ۔"

میں نے ایک مریض کو قریب آنے کا اشارہ کیا، مگر خان نے دو لمبے ڈگ بھرے اور اُٹھتے ہوئے مریض کو ایک ایسا ٹہو کا دیا کہ وہ پھر سے یوں بنچ پر بیٹھ گیا جیسے کبھی اٹھا ہی نہیں تھا۔ اب کے خان کی آواز میں غصہ بھی تھا۔ "ہم کہتا ہے ہمارا بیٹی مرتا ہے، تم کہتا ہے باری سے آؤ۔ اچھّا منصف ڈاگدار ہے!" پھر وہ فریاد کرنے لگا۔ "ہم تم کو دعا دے گا، ہم تمھارا نوکری کرے گا۔ ہم تمھارا لکڑی چیرے گا۔ ہمارا بیٹی کو بچاؤ، ہمارا بیٹی جوان ہے۔"

میں ذرا سا متاثر ہونے لگا تھا کہ خان نے پھر اپنی بیٹی کی جوانی کا مژدہ سنایا۔ میں نے اس کی طرف غصے سے دیکھا مگر اس کے چہرے پر سوائے لوٹ کے اور کچھ نہیں تھا۔ اس کی آنکھوں میں بڑا گہرا دُکھ تھا اور اس کے ہونٹوں کے گوشے ٹھوڑی کی طرف خم کھا کر اس کے چہرے کو مجسم پکار بنا رہے تھے۔ میں نے سٹیتھو سکوپ اٹھائی اور دوسرے مریضوں سے معذرت کر کے خان سے کہا۔ "چلو خان، آؤ!"

خان مجھے دُعائیں دینے لگا۔ "سچا مسلمان ڈاگدار ہے۔ خدا بڑا بڑا دولت دے، خدا لمبا لمبا موٹر دے، خدا اچھا اچھا بچہ دے۔ خدا۔۔۔" سڑک پر جا کر میں نے خان سے پوچھا۔ "تانگا لے لیں؟"

خان بولا۔ "نہیں نہیں ڈاگدار صاحب! ہم تمھارا ہمسایہ ہے۔ ہمارا تمھارے پر حق ہے۔ ادھر ایک منٹ میں جاتا ہے۔ خدا تمھارا بلا کرے گا ڈاگدار صاحب ہمارا بیٹی کو بچاؤ۔ ہمارا بیٹی جوان ہے۔"

مجھے خان کی اس مکّرر یاد دہانی سے بڑی کوفت ہوئی مگر اب وہ میرے آگے لمبے لمبے ڈگ بھرتا جا رہا تھا۔ اس کی گردن پر گرتے ہوئے پٹے سنہرے تھے جن میں کہیں کہیں

کوئی سفید بال جھلک جاتا تھا۔ لمبے کرتے کے کالر پر تیل کی چکنائی اور میل کا ایک اور کالر چڑھ گیا تھا جو دھوپ میں چمک چمک جاتا تھا۔ اس کے ہاتھوں کی موٹی انگلیاں بھینچی ہوئی تھیں اور وہ کچھ یوں چل رہا تھا جیسے بس نہیں چل رہا ورنہ ایک ہی ڈگ میں گلی طے کر جاتا۔ میں اس کے پیچھے بھاگنے اور چلنے کے درمیان کی کسی کیفیت میں ہانپتا آرہا تھا۔

"ادھر کو ہے" وہ ایک اور گلی میں مڑ گیا اور پھر ایک گندی نالی پر سے پھاند کر رُک گیا اور پلٹ کر بولا۔ "کُود جائے گا ڈاگدار صاحب؟۔"

میں فوراً کود آیا ورنہ مجھے ڈر تھا کہ اگر میں جواب دینے کے لیے رکتا تو وہ مجھے ایک بچے کی طرح بغل میں اُٹھا کر نالی کے اس پار لے جاتا۔ نالی پار کرتے ہی وہ پھر تیز تیز چلنے لگا اور آخر ایک کالی بھُجنگ کوٹھڑی کے سامنے رُکا۔ "یہ ہمارا ڈیرہ ہے۔ ہمارا بیٹی اندر ہے۔"

پھر وہ اندر جاتے ہوئے پکارا۔ "گُل رُخے!"

اندر گل رُخ نے کراہ کراہ کر کوئی بات کی مگر باپ بیٹی پشتو میں بول رہے تھے اس لیے میں بہت کم سمجھ پایا۔ یہ کوٹھڑی لکڑیوں کی ایک بہت بڑی ٹال کے احاطے میں تھی۔ اس قسم کی کوٹھڑیوں کی قطار دُور تک چلی گئی تھی۔ باہر چند بچے کھیل رہے تھے۔ شام قریب تھی اس لیے تقریباً ہر کوٹھڑی کے دروازے میں سے دُھواں نکل رہا تھا۔ خان کی کوٹھڑی کے دروازے میں بھی اچانک گاڑھے دھوئیں کا ایک طوفان اُمڈ پڑا۔ میں دھوئیں سے بچنے کے لیے پیچھے ہٹا تو خان باہر آیا اور بولا "اندر کیوں نہیں آتا ڈاگدار صاحب، اندر آؤنا" اور میں ناک پر رومال پھیلا کر اندر چلا گیا، بلکہ دھوئیں کے سیلاب میں اتر گیا۔

خان نے محسوس کر لیا تھا کہ میں دھوئیں سے گھبرا رہا ہوں۔ اس لیے اُس نے دھوؤاں چھوڑتی لکڑیوں میں کچھ اس زور سے پھونکیں مارنا شروع کیں کہ معلوم ہوتا تھا

دھونکنی چل رہی ہے۔ میں آگ کی سیدھ میں آہستہ آہستہ

آگے بڑھا۔ آنکھوں سے پانی بہنے لگا تھا اور دَم گھٹ رہا تھا۔ پھر ایک دم آگ بہت زور سے بھڑک اُٹھی اور کمرا روشن ہو گیا۔ یوں معلوم ہوتا تھا جیسے روشنی سے ڈر کر سارا دھواں دروازے کے پاس جاکر ڈھیر ہو گیا ہے۔ کوٹھڑی میں کوئی کھاٹ نہیں تھی۔ آگ کی پرلی طرف میلے کچیلے گودڑوں کی ایک ڈھیری سی رکھی تھی اور خان اسی کے پاس کھڑا ہاتھ مل رہا تھا۔ اِدھر کو ہے ڈاگدار صاحب!" اس نے کہا اور پھر گودڑوں سے مخاطب ہوا "ڈاگدار صاحب آگیا گُل رُخے! ڈاگدار صاحب بڑا اچھا آدمی ہے۔ بڑا مسلمان آدمی ہے۔ یہ تم کو ٹھیک کر دے گا۔ یہ تم کو انار کا دانہ بنا دے گا۔"

مجھے اب تک گُل رُخ کا چہرہ نظر نہیں آیا تھا۔ مگر اس کی کراہوں کے رُک جانے سے میں نے یہ اندازہ ضرور لگا لیا تھا کہ اُس نے مجھے کمرے میں داخل ہوتے دیکھ لیا ہے اور وہ مارے حیا کے ضبط کیے بیٹھی ہے۔ دراصل اس کے چہرے کو شعلوں نے چھپا رکھا تھا کیونکہ جب میں خان کے قریب آیا تو گودڑوں میں حرکت ہوئی اور گُل رُخ نے ٹانگیں پھیلا دیں۔ اس نے گردن تک لحاف اوڑھ رکھا تھا اور ماتھے پر سُرخ رنگ کے کپڑے کی پٹّی باندھ رکھی تھی۔ میں اس کے قریب زمین پر بیٹھ گیا اور بالکل ڈاکٹروں کے سے پیشہ ورانہ انداز میں بولا۔ "سو یہ ہے گل رُخ!"

گل رُخ چھت کو دیکھتی رہی اور آنکھیں جھپکتی رہی۔ اس کے تیوروں سے صاف ظاہر ہو رہا تھا کہ اس نے درد کی ٹیسوں پر بے پناہ ضبط کر رکھا ہے۔ اس کی آنکھیں بھیگی ہوئی تھیں اور معلوم ہوتا تھا اُمڈے ہوئے آنسوؤں کو پونچھنے کے لیے انھیں ابھی ابھی جلدی سے ملا گیا ہے، ان آنکھوں میں آگ کے شعلوں کا ننھا سا عکس ناچ رہا تھا۔ اتنی سیاہ آنکھوں میں یہ چمک بالکل اس چراغ کی سی لگتی تھی جو گھپ اندھیری رات میں کہیں دُور

ٹمٹمارہاہو اور ان آنکھوں کے اِرد گرد لمبی خمیدہ پلکوں نے کچھ ایسی گھنی قطار باندھ رکھی تھی اور ان آنکھوں کی پہرہ داری کے منصب پر یہ کچھ ایسی مغرور معلوم ہو رہی تھیں کہ گُل رُخ کی آنکھوں میں آنکھیں ڈالنے سے پہلے ذراسا سوچنا پڑتا تھا۔ بھویں اتنی لمبی تھیں کہ اس کی مینڈھیوں میں گم ہوئی جارہی تھیں۔ سونے کے سے رنگ پر ان کی سیاہی یوں اُبھر آئی تھی کہ معلوم ہوتا تھا بناوٹی ہیں اور آنکھوں کے تناسب کے مطابق کتر کر چپکا دی گئی ہیں۔ اس کی ناک کی اتار میں ایک تدریجی اٹھان تھی اور نتھنوں کے ذرا سے اُبھار میں جذبات سمٹے بیٹھے تھے۔ درد پر ضبط کرنے کے باعث اس کے نتھنے پھڑک پھڑک جاتے تھے اور چہرے کا سونا چمک اُٹھتا تھا۔ مصنوعی حد تک گلابی ہونٹ نیم وا تھے اس لیے ان کے بیرونی خطوط بہت واضح ہو رہے تھے۔ اُوپر کا ہونٹ اس کمان کا سا تھا۔ جسے قدیم یونانی سنگ تراش کیوپڈ کے ہاتھ میں دکھاتے تھے اور نچلا ہونٹ ایک قوس سی معلوم ہو رہا تھا۔ صرف وسط میں آکر وہ بہت خفیف سا خم کھا گیا تھا۔ دونوں ہونٹوں کے گوشے کہاں ملتے تھے، اس کا مجھے علم نہیں ہو سکا۔ کیونکہ دونوں قوسیں دونوں طرف کہیں گہرائیوں میں چلی گئی تھیں اور

ایک گوشے کے کنارے کا تل جیسے اس گہرائی میں مستقل جھانک رہا تھا۔ نیم وا ہونٹوں کے درمیان ذرا ذرا دکھائی دیتے ہوئے بہت سفید دانتوں میں بھی آگ کے شعلے ناچ رہے تھے۔ اس کی ٹھوڑی کو گودڑ کے ایک حِصّے نے چھپالیا تھا اور کانوں کو ایک میلی سُرخ چادر نے جس کے کنارے کے ساتھ ساتھ اس کی کنپٹیوں سے اُوپر کی باریک باریک گندھی ہوئی مینڈھیوں کا ایک حصہ نظر آرہا تھا۔ یہ سب کچھ میں نے ایک نظر میں اور ایک پل میں دیکھ لیا اور بعد میں جب میں نے سوچا کہ ایک ہی پل میں اس کے چہرے کی ایک ایک تفصیل کو کس طرح اپنے ذہن میں محفوظ کرلیا، آخر مجھے اس کی کنپٹیوں کے

نیچے والے سنہرے روئیں کیسے دکھائی دے گئے اور اس کے ایک گال پر کا وہ سوئی کی نوک کا سا سُرخ نشان کیسے یاد رہ گیا جو شاید مچھر کے کاٹنے سے پیدا ہوا تھا۔ بہر حال میں نے گل رُخ کو ایک نظر دیکھا اور پھر خان کی طرف یوں دیکھا جیسے کہہ رہا ہوں۔ "تم ٹھیک کہتے تھے خان! تمھاری بیٹی صحیح معنوں میں جوان ہے۔"

خان مجھے اپنی طرف متوجہ پاکر میرے پاس بیٹھ گیا اور پھر رقت بھرے انداز میں بولا۔ "ہم کیا کرے ڈاگدار صاحب! ہم مرد ہو کر روتا ہے، ہم کو بڑا شرم لگتا ہے پر ہمارا بیٹی ہمارا خزانہ ہے۔۔۔ یہ مر گیا تو ہم مر جائے گا۔ اس کو کوئی ایسا دوائی دو کہ بس یوں۔۔۔" اور اس نے ایک نہایت زوردار چٹکی بجائی۔۔۔ "یوں درد چلا جائے۔ ہم تمھارا نوکری کرے گا۔ ہم تمھارا بچّوں کو دُعا دے گا۔"

میں نے خان کے ایک کندھے کو تھپکا اور پھر دوسری نظر گل رُخ پر ڈالی مگر میری آنکھیں فوراً جھپک گئیں، وہ میری طرف دیکھ رہی تھی اور ان آنکھوں میں کتنی وسعت اور کتنی گہرائی تھی۔ میرا ذہن اتنے مکمل حسن کو گرفت میں لانے کے لیے ہاتھ پیر مار رہا تھا۔ سو اسے اس بے کار کی ریاضت سے بچانے کے لیے میں نے گُل رُخ سے پوچھا کس قسم کا درد ہے گل رُخ؟ ایک جگہ پر کچو کا سا محسوس ہوتا ہے یا یہ دَرد کافی حِصے پر پھیلا ہوا ہے؟"

خان کی آواز ایک دم کرخت ہو گئی۔ "اُور کیا پُوچھتا ہے، ادھر ہم سے پوچھونا!"

میں نے ناگواری سے کہا۔ "تم مجھے یہاں اس لیے لائے ہو نا کہ میں مریضہ کو دیکھوں؟"

"دیکھ تو لیا۔" اس نے کہا۔ "اب دوسرا باتیں ہم سے پوچھو!"

میں خود تو پریشان ہو ہی رہا تھا، انتقاماً میں نے اسے بھی پریشان کرنا چاہا۔ "میں گل

رُخ کی نبض دیکھنا چاہتا ہوں۔"

"نہیں۔" وہ بولا۔ "نبض نہیں دیکھے گا۔ تم غیر محرم ہے۔ ہم زنانہ لوگ کا نبض نہیں دکھاتا ہے۔ ہم پٹھان ہے۔"

میں غصے سے اُٹھا اور تیزی سے قدم اٹھاتا باہر آ گیا۔ خان میرے پیچھے بھاگا اور اندر سے گل رُخ کی لمبی لمبی کراہوں کی آواز آنے لگی۔

"کِدر کو جاتا ہے ڈاگدار صاحب؟" خان کا لہجہ پھر نرم ہو گیا۔ "نراضی مت کرونا۔ ادھر ہمارے وطن میں لڑکی کا نبض نہیں دکھاتا ہے۔ ہم تم کو بتاتا ہے گل رُخے کے ادھر کو بھی درد ہے۔ اُدھر کو بھی درد ہے۔ بڑا کافر بخار ہے۔ زبان سُوکھ جاتا ہے۔ کھانستا ہے تو چیختا ہے۔ رات کو کھانسا تو بے ہوشی ہو گیا۔ دیکھو ڈاگدار صاحب! ہمارا بڑا نقصان ہو جائے گا۔ ہمارا بیٹی جوان ہے۔"

میں نے تنگ آ کر کہا۔ "خان! دیکھو، ڈاکٹر اگر مریض کی نبض نہ دیکھے، یہ آلہ لگا کر درد والی جگہ نہ دیکھے۔ اس کی زبان نہ دیکھے، اس کے ناخنوں کا رنگ نہ دیکھے اور خود مریض سے اس کی بیماری کا حال نہ سنے تو وہ علاج خاک کرے گا۔ اگر یہ ساری باتیں تمہی کو بتانی تھیں تو پھر مجھے یہاں کیوں لائے۔"

"اہو ڈاگدار صاحب!" خان ان الفاظ کو کچھ یوں کھینچ کر بولا جیسے اسے میری سادگی پر رحم آ گیا ہے۔ "ہم تم کو یہ دکھانے لایا کہ ہمارا بیٹی جوان ہے!"

میں چکرا کر رہ گیا۔ میرے دل میں اُبال سا اُٹھا کہ خان سے اس تکرار کی وجہ پوچھوں اور اسے یہ بھی بتا دوں کہ اس کی بیٹی واقعی جوان ہے اور ناقابلِ یقین حد تک حسین بھی ہے اور وہ ان میلے کچیلے گودڑوں میں لپٹی ہوئی یوں نظر آتی ہے جیسے کوڑے پر گلاب کا پھول پڑا ہو۔ لیکن آخر ان سب باتوں سے مجھے کیا لینا ہے!

خان نے مجھے حیران دیکھ کر پوچھا۔ "سمجھا؟"

"سمجھ گیا۔" میں نے کہا۔

اور خان کو میں نے پہلی بار مسکراتے دیکھا۔ لیکن گل رُخ کی کراہوں کی آواز سُن کر اُس کی مسکراہٹ مرجھاگئی اور وہ لپک کر دروازے تک گیا۔ پشتو میں اس نے گل رُخ سے کچھ کہا اور میرے پاس آکر گُل رُخ کے درد، بخار اور بیقراری کا سارا قصہ دوبارہ کہہ سنایا۔ مَیں نے اسے تسلی دی اور بتایا کہ پنسلین کے چند انجکشنوں سے گل رُخ تندرست ہوجائے گی۔ "سوئی لگے گا؟" اس نے آنکھیں پھاڑ کر مجھ سے پوچھا۔ "نہیں ڈاگدار صاحب! سوئی نہیں لگاؤ۔ گولی دو۔ شربت دو،۔۔۔ سوئی بڑا کافر چیز ہے۔ سوئی تو ہم بھی نہیں لگوائے گا۔

گل رُخ کیسے لگوائے گا؟"

اب یہ نئ مشکل پیدا ہوگئی تھی اور ادھر شام ہونے کو آئی تھی اور مطب میں مریضوں کا ایک ہجوم میرا منتظر تھا۔ میں نے خان کو یقین دلانے کے لیے خلافِ عادت قسمیں کھائیں کہ گل رُخ صرف اسی طرح تندرست ہوسکتی ہے۔ پھر اسے چند واقعات سنائے کہ کس طرح نمونیہ کے وہ مریض جو یہ انجکشن نہ لگوا سکے، مرگئے۔ ساتھ ہی میں نے اسے یہ بھی سمجھایا کہ ڈاکٹروں اور حکیموں کے معاملے میں محرم اور غیر محرم کی قید اڑا دینی چاہیے "اور اگر تم یہ سب باتیں نہیں مانتے" میں نے اسے خوف زدہ کرنے کی کوشش کی "تو پھر اپنی گل رُخ کے کفن اور قبر کا ابھی سے انتظام کرلو۔ اس حالت میں تو شاید وہ آدھی رات تک بھی مشکل ہی سے جی سکے۔"

خان نچلے ہونٹ کو دانتوں میں دبا کر یوں ایک دم پُھوٹ پُھوٹ کر رو دیا کہ باوجود ڈاکٹر ہونے کے مجھ سے ضبط نہ ہوسکا۔ میں نے فوراً بیگ کھولا۔ دوا تیار کرکے سرنج میں

بھری اور دروازے کی طرف بڑھا۔ مگر خان اسی طرح روتا ہوا راستہ روک کر دروازے میں کھڑا ہو گیا اور آہستہ سے بولا۔ "سوئی کو چھپا لو ڈاگدار صاحب! گل رُخے دیکھے گا تو روئے گا۔"

مَیں نے سرنج چھپالی تو وہ بولا۔ "ہم کو بتادو ہم لگادے گا۔"

مَیں نے اسے پھر سمجھانا شروع کیا کہ کوئی دوسرا آدمی یہ کام کرے گا تو سوئی کے ٹوٹنے اور غلط انجکشن لگنے سے مریض کے مر جانے تک کا خطرہ ہوتا ہے۔

وہ دروازے میں سے بادِلِ ناخواستہ ہٹ گیا اور بڑے پیار سے بیٹی کو پکارا "گل رُخے۔"

گل رُخ کی کراہیں ایک دم رک گئیں۔

خان بولا۔ "ڈاگدار صاحب تم کو ایک دوائی دے گا۔ دوائی ذرا سا کاٹتا ہے پر یہ اِن شاء اللہ بیماری کو بھی کاٹتا ہے۔ میرا بیٹی ٹھیک ہو جائے گا۔ ہم اپنا بیٹی کے لیے ریشم کا شلوار لائے گا۔ شیشے والی چوڑی لائے گا۔ جلیبی کھلائے گا۔" پھر اُس نے مجھے اندر آنے کا اشارہ کیا۔

گل رُخ نے دیوار کی طرف کروٹ بدل لی تھی اور اس کی موٹی سی چوٹی فرش پر بچھے ہوئے گودڑ پر ناگن کی طرح لہرائی ہوئی پڑی تھی۔ خان نے ایک لمبا ڈگ بھرا اور چوٹی کو گودڑ میں کچھ اس تیزی سے چھپا دیا جیسے اس چوٹی کہ وجہ سے ساری گل رُخ ننگی ہو رہی ہے۔ پھر اس نے ہونٹوں سے پچ پچ کی آواز نکالتے ہوئے گل رُخ کے سر پر ہاتھ پھیرا اور میری طرف دیکھا۔

"بازو پر سے کپڑا ہٹا دو۔" میں نے کہا۔ "یہاں سے۔"

خان کسی سوچ میں ڈوب گیا۔ پھر کچھ اس انداز سے جیسے وہ بالکل بے بس کر دیا گیا

ہے۔ اس نے اپنے سَر کو دو تین بار جھٹکا اور گل رُخ کی کھلی آستین اُوپر چڑھادی مگر فوراً اس کے سارے بازو پر گودڑ پھیلا دیا۔ صرف وہی ذرا سا حصہ ننگا رکھا جس کی طرف مَیں نے اشارہ کیا تھا۔ اس کو بیٹی کے معاملے میں اس حد تک محتاط دیکھ کر میں نے اس کا دل رکھنے کے لیے کہا۔ "دیکھو خان! میں گل رُخ کو ہاتھ نہیں لگاؤں گا۔ تم اس کا بازو اچھی طرح تھامے رکھو۔ گل رُخ کو سمجھا دو کہ وہ بازو نہ ہلائے ورنہ گڑبڑ ہو جائے گی۔"

خان نے پشتو میں گل رُخ کو سمجھایا اور میری طرف بڑے دردمندانہ انداز میں دیکھا۔ مجھے بازو کی طرف جُھکتا دیکھ کر اس نے گل رُخ سے کہا۔ "دواکاٹے گا گل رُخے خبردار!"

میں نے تیزی سے سوئی کو گل رُخ کے بازو کے سونے میں اتار دیا۔ وہ سر سے پاؤں تک لرز گئی مگر اُف تک نہ کی۔ خان نے اپنے نچلے ہونٹ کو بڑے زور سے دانتوں میں دبا لیا۔ میں نے جلدی سے دوا گزار دی اور پھر خان کو سوئی کے پاس انگلی سے دباؤ ڈالنے کو کہا اور سوئی کھینچ لی۔ روئی کا ذرا سا ٹکڑا دے کر میں نے اسے ہدایت کی کہ انجکشن کی جگہ کو ذرا سا مل دے۔ میں واپس چلا تو خان بولا۔ "اب پھر کب لگے گا ڈاگدار صاحب۔۔۔؟"

"کل صبح کو۔" میں نے کہا۔ "تمھارے آنے کی ضرورت نہیں۔ میں خود آجاؤں گا۔"

خان نے دعاؤں کا تانتا باندھ دیا اور دروازے پر سے ایک بڑا زوردار "السلام علیکم" کہہ کر اندر چلا گیا۔

میں نے مسلسل تین روز گل رُخ کو پنسلین کے باقاعدہ انجکشن دیے اور وہ صحت یاب ہوگئی۔ میرے جاتے ہی وہ خود ہی آستین چڑھا لیتی، مسکراتی۔ انجکشن لے کر آستین گراتی اور کروٹ بدل لیتی اور خان باہر آکر مجھے ہزار ہزار دعائیں دیتا اور کہتا۔ "خدا نے

بچایا، ڈاگدار صاحب نے بچایا۔ بڑا مہربانی کیا۔ ہمارا بیٹی جوان تھا نا۔ مر جاتا تو ہم بھی مر جاتا۔"

انجکشن کے آخری روز میں نے خان کو کھانسی کی چند گولیاں دیں اور کہا کہ وہ دو روز بعد مطب میں آکر مجھے گل رُخ کی کیفیت بتا جائے۔ اگر اس کی کھانسی ان گولیوں سے نہ رُکی تو دوا بدل دی جائے گی۔ اس روز میں نے خان سے یہ بھی کہہ دیا کہ میں انجکشنوں اور دواؤں کی قیمت نہیں لوں گا۔

"وہ تو ہم کو پہلے خبر تھا۔" وہ فوراً بولا۔ تمھارا شرافت تمھارا ماتھے میں چمکتا ہے۔"

اس روز میں نے گل رُخ سے بھی ایک بات کرنے کی جرأت کرلی۔ "اچھا بھئی گل رُخ!" میں نے کہا۔ "خدا نے تمھیں صحت بخشی۔ اب چند روز آرام کرنا۔ اچھا۔۔۔!"

گل رُخ دیوار سے لگ کر بیٹھی تھی۔ میری یہ بات سُن کر اس کا چہرہ اچانک گلابی ہو گیا۔ اس کی آنکھیں ڈبڈبا آئیں اور وہ مسکرادی۔ نہایت دھیمی آواز میں بولی۔ "خدا تم کو خوش رکھے۔"

دو روز بعد شام کو جب میں مطب کو بند کرنے کی تیاری کر رہا تھا تو خان اندر آیا اور بڑے تپاک سے دونوں ہاتھوں سے مصافحہ کرتے ہوئے بولا۔ "کھانسی بھی چلا گیا ڈاگدار صاحب۔ گل رُخے چلتا پھرتا ہے۔ اچھا سوتا ہے۔ بڑا خوش ہے۔"

میں نے کہا" خدا کا شکر ہے!"

خان بولا۔ "تم نے بڑا مہربانی کیا ڈاگدار صاحب! تم نے ہم کو خرید لیا۔ ہمارا بیٹی کو اچھا کر دیا۔ ہمارا بیٹی مر تا تو ہم بھی مر جاتا۔۔۔ ہمارا بیٹی جوان ہے۔"

آج میں ضبط نہ کر سکا۔ فوراً پوچھا۔ "خان! یہ بتاؤ، آخر تم بار بار مجھے یہ کیوں بتاتے ہو کہ تمھاری بیٹی جوان ہے۔"

"اوہو ڈاگدار صاحب!" خان ان الفاظ کو کچھ یوں کھینچ کر بولا جیسے اسے میری سادگی پر رحم آگیا ہے۔ "تم نہیں جانتا۔ تم تو بالکل بچہ ہے۔ تم نے ہمارا گل رُخے کو بچایا۔ تم نے ہمارا ایک ہزار روپیہ بچایا۔"

"میں یہ بھی نہیں سمجھا۔" میں نے چکرا کر کہا۔

"دیکھو۔" خان مُسکرا کر بولا۔ "ہمارا بیٹی بڑا اچھا جوان ہے نا۔ ہم کو گل رُخے کی شادی کا پانچ سو ملتا ہے۔ ہم ایک ہزار سے کم نہیں لے گا۔ تم نے ہمارا ایک ہزار روپیہ بچایا۔

تم بڑا سچا مسلمان ہے ڈاگدار صاحب!"

(۳) دس روپے

سعادت حسن منٹو

وہ گلی کے اس نکڑ پر چھوٹی چھوٹی لڑکیوں کے ساتھ کھیل رہی تھی۔ اور اس کی ماں اسے چالی (بڑے مکان جس میں کئی منزلیں اور کئی چھوٹے چھوٹے کمرے ہوتے ہیں) میں ڈھونڈ رہی تھی۔ کشوری کو اپنی کھولی میں بٹھا کر اور باہر والے سے کافی چائے لانے کے لیے کہہ کر وہ اس چالی کی تینوں منزلوں میں اپنی بیٹی کو تلاش کر چکی تھی۔ مگر جانے وہ کہاں مر گئی تھی۔ سنڈاس کے پاس جا کر بھی اس نے آواز دی۔ "اے سریتا۔۔۔۔۔ سریتا!" مگر وہ تو چالی میں تھی ہی نہیں اور جیسا کہ اس کی ماں سمجھ رہی تھی۔ اب اسے پیچش کی شکایت بھی نہیں تھی۔ دوا پیے بغیر اس کو آرام آچکا تھا۔ اور وہ باہر گلی کے اس نکڑ پر جہاں کچرے کا ڈھیر پڑا رہتا ہے، چھوٹی چھوٹی لڑکیوں سے کھیل رہی تھی اور ہر قسم کے فکر و تردّد سے آزاد تھی۔ اس کی ماں بہت متفکر تھی۔ کشوری اندر کھولی میں بیٹھا تھا۔ اور جیسا کہ اس نے کہا تھا، دو سیٹھ باہر بڑے بازار میں موٹر لیے کھڑے تھے لیکن سریتا کہیں غائب ہی ہو گئی تھی۔ موٹر والے سیٹھ ہر روز تو آتے ہی نہیں، یہ تو کشوری کی مہربانی ہے کہ مہینے میں ایک دو بار موٹی اسامی لے آتا ہے۔ ورنہ ایسے گندے محلے میں جہاں پان کی پیکوں اور جلی ہوئی بیڑیوں کی ملی جلی بو سے کشوری گھبراتا ہے، سیٹھ لوگ کیسے آسکتے ہیں۔ کشوری چونکہ ہوشیار ہے اس لیے وہ کسی آدمی کو مکان پر نہیں لاتا بلکہ سریتا کو کپڑے وپڑے پہنا کر باہر لے جایا کرتا ہے اور ان لوگوں سے کہہ دیا کرتا ہے کہ "صاحب لوگ

آج کل زمانہ بڑا نازک ہے۔ پولیس کے سپاہی ہر وقت گھات میں لگے رہتے ہیں۔ اب تک دوسو دھندا کرنے والی چھوکریاں پکڑی جاچکی ہیں۔ کورٹ میں میرا ابھی ایک کیس چل رہا ہے۔ اس لیے پھونک پھونک کر قدم رکھنا پڑتا ہے۔" سریتا کی ماں کو بہت غصہ آرہا تھا۔ جب وہ نیچے اتری تو سیڑھیوں کے پاس رام دئی بیٹھی بیڑیوں کے پتے کاٹ رہی تھی۔ اس سے سریتا کی ماں نے پوچھا۔ "تو نے سریتا کو کہیں دیکھا ہے۔ جانے کہاں مر گئی ہے، بس آج مجھے مل جائے وہ چار چوٹ کی ماردوں کہ بند بند ڈھیلا ہو جائے۔۔۔۔۔۔ لوٹھا کی لوٹھا ہوگئی ہے پر سارا دن لونڈوں کے ساتھ کدکڑے لگاتی رہتی ہے۔" رام دئی بیڑیوں کے پتے کاٹتی رہی۔ اور اس نے سریتا کی ماں کو جواب نہ دیا۔ دراصل رام دئی سے سریتا کی ماں نے کچھ پوچھا ہی نہیں تھا۔ وہ یونہی بڑبڑاتی ہوئی اس کے پاس سے گزر گئی۔ جیسا کہ اس کا عام دستور تھا۔ ہر دوسرے تیسرے دن اسے سریتا کو ڈھونڈنا پڑتا تھا اور رام دئی کو جو کہ سارا دن سیڑھیوں کے پاس پٹاری سامنے رکھے بیڑیوں پر لال اور سفید دھاگے لپیٹی رہتی تھی مخاطب کرکے یہی الفاظ دہرایا کرتی تھی۔ ایک اور بات وہ چالی کی ساری عورتوں سے کہا کرتی تھی۔ "میں تو اپنی سریتا کا کسی بابو سے بیاہ کروں گی۔۔۔۔۔۔ اسی لیے تو اس سے کہتی ہوں کہ کچھ پڑھ لکھ لے۔۔۔ یہاں پاس ہی ایک اسکول منسی پالٹی (میونسپلٹی) نے کھولا ہے۔ سوچتی ہوں اس میں سریتا کو داخل کرادوں، بہن اس کے پِتا کو بڑا شوق تھا کہ میری لڑکی لکھی پڑھی ہو۔۔۔" اس کے بعد وہ ایک لمبی آہ بھر کر عام طور پر اپنے مرے ہوئے شوہر کا قصہ چھیڑ دیتی تھی۔ جو چالی کی ہر عورت کو زبانی یاد تھا۔ رام دئی سے اگر آپ پوچھیں کہ اچھا جب سریتا کے باپ کو جو ریلوائی میں کام کرتا تھا۔ بڑے صاحب نے گالی دی تو کیا ہوا تو رام دئی فوراً آپ کو بتادے گی کہ سریتا کے باپ کے منہ میں جھاگ بھر آیا۔ اور وہ صاحب سے کہنے لگا۔ "میں تمہارا نوکر نہیں ہوں۔ سرکار کا نوکر ہوں۔ تم مجھ پر

رعب نہیں جما سکتے۔ دیکھو اگر پھر گالی دی تو یہ دونوں جبڑے حلق کے اندر کر دوں گا۔"
بس پھر کیا تھا۔ صاحب تاؤ میں آگیا، اور اس نے ایک اور گالی سنا دی۔ اس پر سریتا کے باپ نے غصے میں آکر صاحب کی گردن پر دھول جما دی کہ اس کا ٹوپ دس گز پر جا گرا اور اس کو دن میں تارے نظر آگئے۔ مگر پھر بھی وہ بڑا آدمی تھا آگے بڑھ کر اس نے سریتا کے باپ کے پیٹ میں اپنے فوجی بوٹ سے اس زور کی ٹھوکر ماری کہ اس کی تلی پھٹ گئی اور وہیں لائنوں کے پاس گر کر اس نے جان دے دی۔ سرکار نے صاحب پر مقدمہ چلایا۔ اور پورے پانچ سو روپے سریتا کی ماں کو اس سے دلوائے مگر قسمت بُری تھی۔ اس کو سٹہ کھیلنے کی چاٹ پڑ گئی۔ اور پانچ مہینے کے اندر اندر سارا روپیہ برباد ہو گیا۔ سریتا کی ماں کی زبان پر ہر قت یہ کہانی جاری رہتی تھی لیکن کسی کو یقین نہیں تھا کہ یہ سچ ہے یا جھوٹ۔ چالی میں سے کسی آدمی کو بھی سریتا کی ماں سے ہمدردی نہ تھی۔ شاید اس لیے کہ وہ سب کے سب خود ہمدردی کے قابل تھے، کوئی کسی کا دوست نہیں تھا۔ اس بلڈنگ میں اکثر آدمی ایسے رہتے تھے جو دن بھر سوتے تھے اور رات کو جاگتے تھے۔ کیونکہ انھیں رات کو پاس والی مل میں کام پر جانا ہوتا تھا۔ اس بلڈنگ میں سب آدمی بالکل پاس رہتے تھے۔ لیکن کسی کو ایک دوسرے سے دلچسپی نہ تھی۔ چالی میں قریب قریب سب لوگ جانتے تھے کہ سریتا کی ماں اپنی جوان بیٹی سے پیشہ کراتی ہے لیکن چونکہ وہ کسی کے ساتھ اچھا بُرا سلوک کرنے کے عادی ہی نہ تھے، اس لیے سریتا کی ماں کو کوئی جھٹلانے کی کوشش نہ کرتا تھا جب وہ کہا کرتی تھی میری بیٹی کو تو دنیا کی کچھ خبر ہی نہیں۔ البتہ ایک روز صبح سویرے نل کے پاس جب تکارام نے سریتا کو چھیڑا تھا تو سریتا کی ماں بہت چیخی چلائی تھی۔ اس موئے گنجے کو تو کیوں سنبھال کے نہیں رکھتی۔ پرماتما کرے دونوں آنکھوں سے اندھا ہو جائے۔ جن سے اس نے میری کنواری بیٹی کی طرف بُری نظروں

سے دیکھا۔۔۔سچ کہتی ہوں۔ ایک روز ایسا فساد ہو گا کہ اس تیری سوغات کا مارے جوتوں کے سر پلپلا کر دوں گی۔۔۔ باہر جو چاہے کرتا پھرے یہاں اسے بھلے مانسوں کی طرح رہنا ہو گا۔سنا!" اور یہ سن کر تکا رام کی بھینگی بیوی دھوتی باندھتے باندھتے باہر نکل آئی۔ "خبر دار موئی چڑی جو تو نے ایک لفظ بھی اور زبان سے نکالا۔۔۔۔۔۔ یہ تیری دیوی تو ہوٹل کے چھوکروں سے بھی آنکھ مچولی کھیلتی ہے اور تو کیا ہم سب کو اندھا سمجھتی ہے کیا ہم سب جانتے نہیں کہ تیرے گھر میں نت نئے بابو کس لیے آتے ہیں۔ اور یہ تیری سریتا آئے دن بن سنور کر باہر کیوں جاتی ہے۔۔۔۔۔۔ بڑی آئی عزت آبرو والی۔۔۔۔۔۔ جا جا دور دفان ہو یہاں سے۔" تکارام کی بھینگی بیوی کے متعلق بہت سی باتیں مشہور تھیں۔ لیکن یہ بات خاص طور پر سب لوگوں کو معلوم تھی کہ گھانسلیٹ والا (مٹی کا تیل بیچنے والا) تیل دینے کے لیے آتا ہے تو وہ اسے اندر بلا کر دروازہ بند کر لیا کرتی ہے۔ چنانچہ سریتا کی ماں نے اس خاص بات پر بہت زور دیا۔ وہ بار بار نفرت بھرے لہجے میں اس سے کہتی۔" وہ تیرا یار گھانسلیٹ۔۔۔۔۔۔ دو دو گھنٹے اسے کھولی میں بٹھا کر کیا تو اس کا گھانسلیٹ سونگھتی رہتی ہے؟" تکارام کی بیوی سے سریتا کی ماں کی بول چال زیادہ دیر تک بند نہ رہی تھی کیونکہ ایک روز سریتا کی ماں نے رات کو اپنی اس پڑوسن کو گھپ اندھیرے میں کسی سے میٹھی میٹھی باتیں کرتے پکڑ لیا تھا اور دوسرے ہی روز تکارام کی بیوی نے جب وہ رات کو پانے دھونی کی طرف سے آ رہی تھی۔ سریتا کو ایک جنٹلمین آدمی کے ساتھ موٹر میں بیٹھے دیکھ لیا۔ چنانچہ ان دونوں کا آپس میں سمجھوتہ ہو گیا تھا۔ اسی لیے سریتا کی ماں نے تکارام کی بیوی سے پوچھا۔ "تو نے کہیں سریتا کو نہیں دیکھا؟" تکارام کی بیوی نے بھینگی آنکھ سے گلی کے نکڑ کی طرف دیکھا۔ "وہاں گھورے کے پاس پٹواری کی لونڈیا سے کھیل رہی ہے۔" پھر اس نے آواز دھیمی کر کے اس سے کہا۔ "ابھی ابھی کشوری اوپر گیا تھا کہ

تجھ سے ملا؟" سریتا کی ماں نے اِدھر اُدھر دیکھ کر ہولے سے کہا۔ "اوپر بٹھا آئی ہوں پر یہ سریتا ہمیشہ وقت پر کہیں غائب ہو جاتی ہے۔ کچھ سوچتی نہیں۔ بس دن بھر کھیل کود چاہیے۔" یہ کہہ کر وہ گھورے کی طرف بڑھی اور جب سیمنٹ کی بنی ہوئی موتری (پیشاب گاہ) کے پاس آئی تو سریتا فوراً اٹھ کھڑی ہوئی اور اس کے چہرے پر افسردگی کے آثار پیدا ہوگئے۔ جب اس کی ماں نے خشم آلود لہجے میں اس کا بازو پکڑ کر کہا۔ "چل گھر میں چل کے مَر۔۔۔ تجھے تو سوائے اچھل کود کے اور کوئی کام ہی نہیں۔" پھر راستے میں اس نے ہولے سے کہا۔ "کشوری بڑی دیر سے آیا بیٹھا ہے، ایک موٹر والے سیٹھ کو بلایا ہے۔۔۔ چل تو بھاگ کے اوپر چل اور جلدی جلدی تیار ہو جا۔۔۔ اور سن۔۔۔ وہ نیلی جارجٹ کی ساڑھی پہن۔۔۔۔۔ اور دیکھ یہ تیرے بال بھی بہت بُری طرح بکھر رہے ہیں۔۔۔۔۔ تو جلدی تیار ہو۔ کنگھی میں کردوں گی۔" یہ سن کر کہ موٹر والے سیٹھ آئے ہیں، سریتا بہت خوش ہوئی۔ اسے سیٹھ سے اتنی دلچسپی نہیں تھی جتنی کہ موٹر سے تھی۔ موٹر کی سواری اسے بہت پسند تھی۔ جب موٹر فراٹے بھرتی کھلی کھلی سڑکوں پر چلتی اور اس کے منہ پر ہوا کے طمانچے پڑتے، تو اس کے دل میں ایک ناقابلِ بیان مسرت ابلنا شروع ہو جاتی۔ موٹر میں بیٹھ کر اس کو ہر شے ایک ہوائی چکر دکھائی دیتی اور سمجھتی کہ وہ خود ایک بگولا ہے جو سڑکوں پر اڑتا چلا جارہا ہے۔ سریتا کی عمر زیادہ سے زیادہ پندرہ برس کی ہوگی۔ مگر اس میں بھنپا تیرہ برس کی لڑکیوں کا سا تھا۔ عورتوں سے ملنا جلنا اور ان سے باتیں کرنا بالکل پسند نہیں کرتی تھی۔ سارا دن چھوٹی چھوٹی لڑکیوں کے ساتھ اونٹ پٹانگ کھیلوں میں مصروف رہتی۔ ایسے کھیل جن کا کوئی مطلب ہی نہ ہو۔ مثال کے طور پر وہ گلی کے کالے لُک پھرے فرش پر کھریا مٹی سے لکیریں کھینچنے میں بہت دلچسپی لیتی تھی اور اس کھیل میں وہ اس انہماک سے مصروف رہتی۔ جیسے سڑک پر یہ

ٹیڑھی بنگی لکیریں اگر نہ کھینچی گئیں تو آمد ورفت بند ہو جائے گی، اور پھر کھولی سے پرانے ٹاٹ اٹھا کر وہ اپنی ننھی ننھی سہیلیوں کے ساتھ کئی کئی گھنٹے ان کو فٹ پاتھ پر جھٹکنے صاف کرنے، بچھانے اور ان پر بیٹھنے کے غیر دلچسپ کھیل میں مشغول رہتی تھی۔ سریتا خوبصورت نہیں تھی۔ رنگ اس کا سیاہی مائل گندمی تھا۔ بمبئی کے مرطوب موسم کے باعث اس کے چہرے کی جلد ہر وقت چکنی رہتی تھی۔ اور پتلے پتلے ہونٹوں پر جو چیکو (ایک پھل جس کا رنگ گندمی ہوتا ہے) کے چھلکے دکھائی دیتے تھے، ہر وقت خفیف سی لرزش طاری رہتی تھی۔ اوپر کے ہونٹ پر پسینے کی تین چار ننھی ننھی بوندیں ہمیشہ کپکپاتی رہتی تھیں۔ اس کی صحت اچھی تھی۔ غلاظت میں رہنے کے باوجود اس کا جسم سڈول اور متناسب تھا۔ ایسا معلوم ہوتا تھا کہ اس پر جوانی کا حملہ بڑی شدت سے ہوا ہے جس نے مخالف قوتوں کو دبا کے رکھ دیا ہے۔ قد چھوٹا تھا جو اس کی تندرستی میں اضافہ کرتا تھا۔ سڑک پر پھرتی سے ادھر ادھر چلتے ہوئے جب اس کی میلی گھگری اوپر کو اٹھ جاتی تو کئی راہ چلنے والے مردوں کی نگاہیں اس کی پنڈلیوں کی طرف اٹھ جاتی تھیں۔ جن میں جوانی کے باعث تازہ رندہ کی ہوئی ساگوان کی لکڑی جیسی چمک دکھائی دیتی تھی۔ ان پنڈلیوں پر جو بالوں سے بالکل بے نیاز تھیں۔ مساموں کے ننھے ننھے نشان دیکھ کر ان سنگتروں کے چھلکے یاد آجاتے تھے جن کے چھوٹے چھوٹے خلیوں میں تیل بھرا ہوتا ہے اور جو تھوڑے سے دباؤ پر فوارے کی طرح اوپر اٹھ کر آنکھوں میں گھس جایا کرتا ہے۔ سریتا کی باہیں بھی سڈول تھیں۔ کندھوں پر ان کی گولائی موٹے اور بڑے بیڈھب طریقے پر سلے ہوئے بلاؤز کے باوجود باہر جھانکتی تھی۔ بال بڑے گھنے اور لمبے تھے۔ ان میں سے کھوپرے کے تیل کی بو آتی رہتی تھی۔ ایک موٹے کوڑے کے مانند اس کی چوٹی پیٹھ کو تھپکتی رہتی تھی۔ سریتا اپنے بالوں کی لمبائی سے خوش نہیں تھی کیونکہ کھیل کود کے دوران

میں اس کی چوٹی اسے بہت تکلیف دیا کرتی تھی اور اسے مختلف طریقوں سے اس کو قابو میں رکھنا پڑتا تھا۔ سریتا کا دل و دماغ ہر قسم کے فکر و تردّد سے آزاد تھا۔ دونوں وقت اسے کھانے کو مل جاتا تھا۔ اس کی ماں گھر کا سب کام کاج کرتی تھی۔ صبح کو سریتا دو بالٹیاں بھر کر اندر رکھ دیتی اور شام کو ہر روز لیمپ میں ایک پیسے تیل بھروالاتی۔ کئی برسوں سے وہ یہ کام بڑی باقاعدگی سے کر رہی تھی۔ چنانچہ شام کو عادت کے باعث خود بخود اس کا ہاتھ اس پیالے کی طرف بڑھتا جس میں پیسے پڑے رہتے تھے اور لیمپ اٹھا کر وہ نیچے چلی جاتی۔ کبھی کبھی یعنی مہینے میں چار پانچ بار جب کشوری سیٹھ لوگوں کو لاتا تھا۔ تو ان کے ساتھ ہوٹل میں یا باہر اندھیرے مقاموں پر جانے کو وہ تفریح خیال کرتی تھی۔ اس نے اس باہر جانے کے سلسلے کے دوسرے پہلوؤں پر کبھی غور ہی نہیں کیا تھا۔ شاید یہ سمجھتی تھی کہ دوسری لڑکیوں کے گھر میں بھی کشوری جیسے آدمی آتے ہوں گے اور ان کو سیٹھ لوگوں کے ساتھ باہر جانا پڑتا ہو گا۔ اور وہاں رات کو ورلی کے ٹھنڈے بنچوں پر یا جوہو کی گیلی ریت پر جو کچھ ہوتا ہے سب کے ساتھ ہوتا ہو گا۔ چنانچہ اس نے ایک بار اپنی ماں سے کہا تھا۔ "ماں اب تو شانتا بھی کافی بڑی ہو گئی۔۔۔۔۔ اس کو بھی میرے ساتھ بھیج دو نا۔۔۔۔۔ یہ سیٹھ جو اب آئے ہیں۔ ابلے انڈے کھانے کو دیا کرتے ہیں۔ اور شانتا کو انڈے بہت بھاتے ہیں۔" اس پر اس کی ماں نے بات گول مول کر دی تھی۔ "ہاں ہاں کسی روز اس کو بھی تمہارے ساتھ بھیج دوں گی۔ اس کی ماں پونہ سے واپس تو آجائے۔" اور سریتا نے دوسرے روز ہی شانتا کو جب وہ سنڈاس سے نکل رہی تھی، یہ خوش خبری سنائی تھی۔ "تیری ماں پُونہ سے آجائے تو سب معاملہ ٹھیک ہو جائے گا۔ تو بھی میرے ساتھ ورلی جایا کرے گی۔" اور اس کے بعد سریتا نے اس کو رات کی بات کچھ اس طریقے پر سنانا شروع کی تھی جیسے اس نے ایک ہی پیارا سپنا دیکھا ہے۔ شانتا کو جو سریتا سے دو برس

چھوٹی تھی یہ باتیں سن کر ایسا لگا تھا جیسے اس کے سارے جسم کے اندر ننھے ننھے گھنگھرو بج رہے ہیں۔ سریتا کی سب باتیں سن کر بھی اس کو تسلی نہ ہوئی تھی اور اس کا بازو کھینچ کر اس نے کہا تھا۔ "چل نیچے چلتے ہیں۔۔۔۔۔۔وہاں باتیں کریں گے۔" اور نیچے اس موتری کے پاس جہاں گردھاری بنیا نے بہت سے ٹاٹوں پر کھوپرے کے میلے ٹکڑے سکھانے کے لیے ڈال رکھے تھے، وہ دونوں دیر تک کپکپی کرنے والی باتیں کرتی رہی تھیں۔ اس وقت بھی جب کہ سریتا دھوتی کے پردے کے پیچھے نیلی جارجٹ کی ساڑھی پہن رہی تھی۔ کپڑے کے مس ہی سے اس کے بدن پر گدگدی ہو رہی تھی اور موٹر کی سیر کا خیال اس کے دماغ میں پرندوں کی سی پھڑپھڑاہٹیں پیدا کر رہا تھا۔ اب کی بار سیٹھ کیسا ہوگا اور اسے کہاں لے جائے گا۔ یہ اور اسی قسم کے اور سوال اس کے دماغ میں نہیں آرہے تھے۔ البتہ جلدی جلدی کپڑے بدلتے ہوئے اس نے ایک دو مرتبہ یہ ضرور سوچا تھا کہ ایسا نہ ہو کہ موٹر چلے اور چند ہی منٹوں میں کسی ہوٹل کے دروازے پر ٹھہر جائے اور ایک بند کمرے میں سیٹھ شراب پینا شروع کردیں اور اس کا دم گھٹنا شروع ہو جائے۔ اسے ہوٹلوں کے بند کمرے پسند نہیں تھے۔ جن میں عام طور پر لوہے کی دو چارپائیاں اس طور بچھی ہوتی تھیں گویا ان پر جی بھر کے سونے کی اجازت ہی نہیں ہے۔ جلدی جلدی اس نے جارجٹ کی ساڑھی پہنی اور اس کی شکنیں درست کرتی ہوئی ایک لمحے کے لیے کشوری کے سامنے آکھڑی ہوئی۔ "کشوری، ذرا دیکھو۔۔۔۔۔۔پیچھے سے ساڑھی ٹھیک ہے نا؟" اور جواب کا انتظار کیے بغیر وہ لکڑی کے اس ٹوٹے ہوئے بکس کی طرف بڑھی جس میں اس نے جاپانی سرخی رکھی ہوئی تھی۔۔۔۔۔۔ایک دھندلے آئینے کو کھڑکی کی سلاخوں میں اٹکا کر اس نے دوہری ہو کر اپنے گالوں پر پوڈر لگایا۔ اور سرخی لگا کر جب بالکل تیار ہوگئی تو مسکرا کر کشوری کی طرف داد طلب نگاہوں سے دیکھا۔ شوخ رنگ کی نیلی ساڑھی

میں، ہونٹوں پر بے ترتیبی سے سرخی کی دھڑی جمائے اور سانولے گالوں پر پیازی رنگ کا پوڈر ملے وہ مٹی کا ایک ایسا کھلونا معلوم ہوئی جو دیوالی پر کھلونے بیچنے والوں کی دکان میں سب سے زیادہ نمایاں دکھائی دیا کرتا ہے۔ اتنے میں اس کی ماں آگئی۔ اس نے جلدی جلدی سریتا کے بال درست کیے اور کہا۔ "دیکھو بٹیا اچھی اچھی باتیں کرنا۔۔۔۔۔۔ اور جو کچھ وہ کہیں مان لینا۔۔۔۔۔۔ یہ سیٹھ جو آئے ہیں نا بڑے آدمی ہیں موٹر ان کی اپنی ہے۔۔۔۔۔۔" پھر کشوری سے مخاطب ہو کر کہا۔ "اب تو جلدی سے لے جا اسے۔۔۔ بچارے کب کے کھڑے راہ دیکھ رہے ہوں گے۔" باہر بڑے بازار میں جہاں ایک کارخانے کی لمبی دیوار دور تک چلی گئی ہے۔ ایک پیلے رنگ کی موٹر میں تین حیدرآبادی نوجوان اپنی اپنی ناک پر رومال رکھے کشوری کا انتظار کر رہے تھے۔ وہ موٹر آگے لے جاتے مگر مصیبت یہ ہے کہ دیوار دور تک چلی گئی تھی۔ اور اس کے ساتھ ہی پیشاب کا سلسلہ بھی۔ جب گلی کے موڑ سے ان نوجوان کو جو موٹر کا ہینڈل تھامے بیٹھا تھا۔ کشوری نظر آیا تو اس نے اپنے باقی دو ساتھیوں سے کہا۔ "لو بھئی آگئے۔۔۔۔۔۔ یہ ہے کشوری۔۔۔ اور۔۔۔ اور۔" اس نے موٹر کی طرف نگاہیں جمائے رکھیں۔ اور۔۔۔۔۔۔ اور۔۔۔ ارے یہ تو بالکل ہی چھوٹی لڑکی ہے۔۔۔ ذرا تم بھی دیکھو نا۔۔۔۔۔۔ ارے بھئی وہ۔۔۔۔۔۔ وہ نیلی ساڑھی میں۔" جب کشوری اور سریتا دونوں موٹر کے پاس آگئے تو پچھلی سیٹ پر جو دو نوجوان بیٹھے تھے۔ انھوں نے درمیان میں سے اپنے ہیٹ وغیرہ اٹھا لیے۔ اور جگہ خالی کر دی کشوری نے آگے بڑھ کے موٹر کے پچھلے حصے کا دروازہ کھولا اور پھرتی سے سریتا کو اندر داخل کر دیا۔ دروازہ بند کر کے کشوری نے اس نوجوان سے جو موٹر کا ہینڈل تھامے تھا۔ کہا۔ "معاف کیجیے گا دیر ہوگئی۔۔۔۔۔۔ یہ باہر اپنی کسی سہیلی کے پاس گئی ہوئی تھی۔۔۔ تو۔۔۔ تو؟" نوجوان نے مڑ کر سریتا کی طرف دیکھا۔ اور کشوری

سے کہا۔ "ٹھیک ہے۔۔۔۔۔۔ لیکن دیکھو۔" سرک کر موٹر کی اس کھڑی میں سے اس نے اپنا سر باہر نکالا اور ہولے سے کشوری کے کان میں کہا۔۔۔۔۔ "شور وور تو نہیں مچائے گی؟" کشوری نے اس کے جواب میں اپنے سینے پر ہاتھ رکھ کر کہا۔ "سیٹھ، آپ مجھ پر بھروسہ رکھیے۔" یہ سن کر اس نوجوان نے جیب میں سے دو روپے نکالے اور کشوری کے ہاتھ میں تھما دیے۔ "جاؤ عیش کرو۔" کشوری نے سلام کیا اور موٹر اسٹارٹ ہوئی۔ شام کے پانچ بجے تھے۔ بمبئی کے بازاروں میں گاڑیوں، ٹراموں، بسوں اور لوگوں کی آمد ورفت بہت زیادہ تھی۔ سریتا خاموشی سے دو آدمیوں کے بیچ میں دبکی بیٹھی رہی۔ بار بار اپنی رانوں کو جوڑ کر اوپر ہاتھ رکھ دیتی اور کچھ کہتے کہتے خاموش ہو جاتی۔ وہ دراصل موٹر چلانے والے نوجوان سے کہنا چاہتی تھی۔ "سیٹھ جلدی جلدی موٹر چلاؤ۔۔۔۔۔ میرا تو یوں دم گھٹ جائے گا۔" بہت دیر تک موٹر میں کسی نے ایک دوسرے سے بات نہ کی۔ موٹر والا موٹر چلاتا رہا۔ اور پچھلی سیٹ پر دونوں حیدرآبادی نوجوان اپنی اچکنوں میں وہ اضطراب چھپاتے رہے جو پہلی دفعہ ایک نوجوان لڑکی کو بالکل اپنے پاس دیکھ کر انھیں محسوس ہو رہا تھا۔۔۔۔۔ ایسی نوجوان لڑکی جو کچھ عرصے کے لیے ان کی اپنی تھی یعنی جس سے وہ بلا خوف و خطر چھیڑ چھاڑ کر سکتے تھے۔ وہ نوجوان جو موٹر چلا رہا تھا۔ دو برس سے بمبئی میں قیام پذیر تھا اور سریتا جیسی کئی لڑکیاں دن کے اجالے اور رات کے اندھیرے میں دیکھ چکا تھا۔ اس کی پیلی موٹر میں مختلف رنگ و نسل کی چھوکریاں داخل ہو چکی تھیں۔ اس لیے اسے کوئی خاص بے چینی محسوس نہیں ہو رہی تھی۔ حیدرآباد کے اس کے دو دوست آئے تھے، ان میں سے ایک جس کا نام شہاب تھا۔ جو بمبئی میں پوری طرح سیر و تفریح کرنا چاہتا تھا۔ اس لیے کفایت نے یعنی موٹر کے مالک نے ازراہ دوست نوازی کشوری کے ذریعہ سے سریتا کا انتظام کر دیا تھا۔ دوسرے دوست انور سے کفایت

نے کہا کہ بھئی تمہارے لیے بھی ایک رہے تو کیا ہرج ہے۔ مگر اس میں چونکہ اخلاقی قوت کم تھی۔ اس لیے شرم کے مارے وہ یہ نہ کہہ سکا کہ ہاں بھئی میرے لیے بھی ایک رہے۔ کفایت نے سریتا کو پہلے کبھی نہیں دیکھا تھا۔ کیونکہ کشوری بہت دیر کے بعد یہ نئی چھوکری نکال کر لایا تھا۔ لیکن اس نئے پن کے باوجود اس نے ابھی تک اس سے دلچسپی نہ لی تھی۔ شاید اس لیے کہ وہ ایک وقت میں صرف ایک کام کر سکتا تھا۔ موٹر چلانے کے ساتھ ساتھ وہ سریتا کی طرف دھیان نہیں دے سکتا تھا۔ جب شہر ختم ہو گیا اور موٹر مضافات کی سڑک پر چلنے لگی تو سریتا اچھل پڑی۔ وہ دباؤ جو اب تک اس نے اپنے اوپر ڈال رکھا تھا، ٹھنڈی ہوا کے جھونکوں اور اڑتی ہوئی موٹر نے ایک دم اٹھا دیا۔ اور سریتا کے اندر بجلیاں سی دوڑ گئیں۔ وہ سرتا پا حرکت بن گئی۔ اس کی ٹانگیں تھرکنے لگیں۔ بازو ناچنے لگے، انگلیاں کپکپانے لگیں اور وہ اپنے دونوں طرف بھاگتے ہوئے درختوں کو دوڑتی ہوئی نگاہوں سے دیکھنے لگی۔ اب انور اور شہاب آرام محسوس کر رہے تھے۔ شہاب نے جو سریتا پر اپنا حق سمجھتا تھا۔ ہولے سے اپنا بازو اس کی کمر میں حائل کرنا چاہا۔ ایک دم سریتا کے گدگدی اٹھی۔ تڑپ کر وہ انور پر جا گری۔ اور پیلی موٹر کی کھڑکیوں میں سے دور تک سریتا کی ہنسی بہتی گئی۔ شہاب نے جب ایک بار پھر اس کی کمر کی طرف ہاتھ بڑھایا تو سریتا دوہری ہو گئی اور ہنستے ہنستے اس کا بُرا حال ہو گیا۔ انور ایک کونے میں دبکا رہا اور منہ میں تھوک پیدا کرنے کی کوشش کرتا رہا۔ شہاب کے دل و دماغ میں شوخ رنگ بھر گئے۔ اس نے کفایت سے کہا۔ "واللہ بڑی کراری لونڈیا ہے۔" یہ کہہ کر اس نے زور سے سریتا کی ران میں چٹکی بھری۔ سریتا نے اس کے جواب میں انور کا ہولے سے کان مروڑ دیا۔ اس لیے کہ وہ اس کے بالکل پاس تھا۔ موٹر میں قہقہے ابلنے لگے۔ کفایت بار بار مڑ مڑ کر دیکھتا تھا۔ حالانکہ اسے اپنے سامنے چھوٹے سے آئینے میں سب کچھ دکھائی دے رہا

تھا۔۔۔۔۔ قہقہوں کے زور کا ساتھ دینے کی خاطر اس نے موٹر کی رفتار بھی تیز کر دی۔ سریتا کا جی چاہا کہ باہر نکل کر موٹر کے منہ پر بیٹھ جائے جہاں لوہے کی اُڑتی ہوئی پری لگی تھی۔ وہ آگے بڑھی۔ شہاب نے اسے چھیڑا، سو سنبھلنے کی خاطر اس نے کفایت کے گلے میں اپنی باہیں حمائل کر دیں۔ کفایت نے غیر ارادی طور پر اس کے ہاتھ چوم لیے۔ ایک سنسنی سی سریتا کے جسم میں دوڑ گئی اور پھاند کر اگلی سیٹ پر کفایت کے پاس بیٹھ گئی۔ اور اس کی ٹائی سے کھیلنا شروع کر دیا۔ "تمہارا نام کیا ہے؟" اس نے کفایت سے پوچھا۔ "میرا نام!" کفایت نے پوچھا۔ "میرا نام کفایت ہے۔" یہ کہہ کر اس نے دس روپے کا نوٹ اس کے ہاتھ میں دے دیا۔ سریتا نے اس کے نام کی طرف کوئی توجہ نہ دی اور نوٹ اپنی چولی میں اڑس کر بچوں کی طرح خوش ہو کر کہا۔ "تم بہت اچھے آدمی ہو۔۔۔ تمہاری یہ ٹائی بہت اچھی ہے۔" اس وقت سریتا کو ہر شے اچھی نظر آ رہی تھی۔۔۔ وہ چاہتی تھی کہ جو بُرے بھی ہیں اچھے ہو جائیں۔۔۔ اور۔۔۔ اور۔۔۔ پھر ایسا ہو، ایسا ہو۔۔۔۔۔۔ کہ موٹر تیز دوڑتی رہے اور ہر شے ہوائی بگولا بن جائے۔ ایک دم اس کا جی چاہا کہ گائے، چنانچہ اس نے کفایت کی ٹائی سے کھیلنا بند کر کے گانا شروع کر دیا۔ تمہیں نے مجھ کو پریم سکھایا سوئے ہوئے ہردے کو جگایا کچھ دیر یہ فلمی گیت گانے کے بعد سریتا ایک دم پیچھے مڑی اور انور کو خاموش دیکھ کر کہنے لگی۔ "تم کیوں چپ چاپ بیٹھے ہو۔۔۔۔۔۔ کوئی بات کرو۔۔۔۔۔۔ کوئی گیت گاؤ۔" یہ کہتی ہوئی وہ اچک کر پچھلی سیٹ پر چلی گئی اور شہاب کے بالوں میں انگلیوں سے کنگھی کرنے لگی۔ "آؤ ہم دونوں گائیں۔۔۔۔۔۔ تمہیں یاد ہے وہ گانا جو دیویکا رانی نے گایا تھا۔۔۔ میں بن کے چڑیا بن کے بولوں رے۔۔۔۔۔۔ دیویکا رانی کتنی اچھی ہے۔" یہ کہہ کر اس نے دونوں ہاتھ جوڑ کر اپنی تھوڑی کے نیچے رکھ لیے اور آنکھیں جھپکاتے ہوئے کہا۔ اشوک کمار اور دیویکا رانی پاس پاس کھڑے تھے۔۔۔۔۔۔ دیویکا رانی

کہتی تھی۔۔۔۔۔ میں بن کی چڑیا بن کے بن بن بولوں رے۔۔۔۔۔ اور اشوک کمار کہتا تھا۔۔۔ تم کہونا۔" سریتا نے گانا شروع کر دیا۔۔۔۔۔ میں بن کی چڑیا بن کے بولوں رے۔ شہاب نے بھدی آواز میں گایا۔" میں بن کا پنچھی بن کے بن بن بولوں رے۔" اور پھر باقاعدہ ڈوئٹ شروع ہوگیا۔ کفایت نے موٹر کا ہارن بجا کر تال کا ساتھ دیا۔ سریتا نے تالیاں بجانا شروع کر دیں۔ سریتا کا باریک سر، شہاب کی پھٹی ہوئی آواز، ہارن کی پوں پوں، ہوا کی سائیں سائیں اور موٹر کے انجن کی پُھر پھراہٹ یہ سب مل جل کر ایک آرکسٹرا بن گئے۔ سریتا خوش تھی، شہاب خوش تھا، کفایت خوش تھا۔۔۔ ان سب کو خوش دیکھ کر انور کو بھی خوش ہونا پڑا۔ وہ دل میں بہت شرمندہ ہوا کہ خواہ مخواہ اس نے اپنے کو قید کر رکھا ہے۔۔۔۔۔ اس کے بازوؤں میں حرکت پیدا ہوئی۔ اس کے سوئے ہوئے جذبات نے انگڑائیاں لیں اور وہ سریتا، شہاب اور کفایت کی شور افشاں خوشی میں شریک ہونے کے لیے تیار ہوگیا۔ گاتے گاتے سریتا نے انور کے سر سے اس کا ہیٹ اتار کر اپنے سر پہن لیا اور یہ دیکھنے کے لیے کہ اس کے سر پر کیسا لگتا ہے، اچک کر اگلی سیٹ پر چلی گئی اور ننھے سے آئینے میں اپنا چہرہ دیکھنے لگی۔۔۔۔۔ انور سوچنے لگا کہ کیا موٹر میں وہ شروع ہی سے ہیٹ پہنے بیٹھا تھا۔ سریتا نے زور سے کفایت کی موٹی ران پر طمانچہ مارا۔" اگر میں تمہاری پتلون پہن لوں۔ اور قمیض پہن کر ایسی ٹائی لگالوں تو کیا پورا صاحب نہ بن جاؤں؟" یہ سن کر شہاب کی سمجھ میں نہ آیا کہ وہ کیا کرے۔ چنانچہ اس نے انور کے بازوؤں کو جھنجھوڑ دیا۔" واللہ تم نرے چغد ہو۔" اور انور نے تھوڑی دیر کے لیے محسوس کیا کہ وہ واقعی بہت بڑا چغد ہے۔ کفایت نے سریتا سے پوچھا۔" تمہارا نام کیا ہے؟"" میرا نام"۔ سریتا نے ہیٹ کے فیتے کو اپنی ٹھوڑی کے نیچے جماتے ہوئے کہا۔" میرا نام سریتا ہے۔" شہاب پچھلی سیٹ سے بولا۔" سریتا تم عورت نہیں پھلجھڑی ہو۔" انور نے کچھ کہنا

چاہا۔ مگر سریتا نے اونچے سروں میں گانا شروع کر دیا۔ پریم نگر میں بناؤں گی گھر میں تج کے سب سن سا آ آر کفایت اور شہاب کے دل میں بیک وقت یہ خواہش پیدا ہوئی کہ یہ موٹر یونہی ساری عمر چلتی رہے۔ انور پھر سوچ رہا تھا کہ وہ چغد نہیں ہے تو کیا ہے۔ پریم نگر میں بناؤں گی گھر میں تج کے سب سن سا آ آر سنسار کے ٹکڑے دیر تک اڑتے رہے۔۔۔۔۔ سریتا کے بال جو اس کی چوٹی کی گرفت سے آزاد تھے۔ یوں لہرا رہے تھے جیسے گاڑھا دھواں ہوا کے دباؤ سے بکھر رہا ہے۔ وہ خوش تھی۔ شہاب خوش تھا، کفایت خوش تھا اور اب انور بھی خوش ہونے کا ارادہ کر رہا تھا۔ گیت ختم ہو گیا۔ اور سب کو تھوڑی دیر کے لیے ایسا محسوس ہوا کہ جو زور کی بارش ہو رہی تھی۔ ایکا ایکی تھم گئی ہے۔ کفایت نے سریتا سے کہا۔ "کوئی اور گیت گاؤ۔" شہاب پچھلی سیٹ سے بولا۔ "ہاں ہاں ایک اور رہے۔۔۔۔۔ یہ سینما والے بھی کیا یاد کریں گے۔" سریتا نے گانا شروع کر دیا مورے آنگنا میں آئے آلی میں چال چلوں متوالی موٹر بھی متوالی چال چلنے لگی۔۔۔۔۔ آخر کار سڑک کے سارے پیچ ختم ہو گئے اور سمندر کا کنارا آ گیا۔۔۔۔۔ دن ڈھل رہا تھا۔ اور سمندر سے آنے والی ہوا خنکی اختیار کر رہی تھی۔ موٹر رکی۔ سریتا دروازہ کھول کر باہر نکلی اور ساحل کے ساتھ ساتھ دور تک بے مقصد دوڑتی چلی گئی۔ کفایت اور شہاب بھی اس دوڑ میں شامل ہو گئے۔ کھلی فضا میں، بے پایاں سمندر کے پاس، تاڑ کے اونچے اونچے پیڑوں تلے گیلی گیلی ریت پر سریتا سمجھ نہ سکی کہ وہ کیا چاہتی ہے۔ اس کا جی چاہتا تھا کہ بیک وقت فضا میں گھل مل جائے، سمندر میں پھیل جائے، اتنی اونچی ہو جائے کہ تاڑ کے درختوں کو اوپر سے دیکھے۔ ساحل کی ریت کی ساری نمی پیروں کے ذریعے سے اپنے اندر جذب کر لے اور پھر۔۔۔۔۔ اور پھر۔۔۔۔۔ وہی موٹر ہو اور وہی اڑانیں وہی تیز تیز جھونکے اور وہی مسلسل پوں پوں۔ وہ بہت خوش تھی۔ جب تینوں حیدرآبادی نوجوان

ساحل کی گیلی گیلی ریت پر بیٹھ کر بیئر پینے لگے تو کفایت کے ہاتھ سے سریتا نے بوتل چھین لیا۔ "ٹھہرو میں ڈالتی ہوں۔" سریتا نے اس انداز سے گلاس میں بیئر انڈیلی کہ جھاگ ہی جھاگ پیدا ہو گئے۔ سریتا یہ تماشا دیکھ کر بہت خوش ہوئی۔ سانولے سانولے جھاگوں میں اس نے اپنی انگلی کھبوئی۔ اور منہ میں ڈال لی۔ جب کڑوی لگی تو بہت بُرا منہ بنایا۔ کفایت اور شہاب بے اختیار ہنس پڑے جب دونوں کی ہنسی بند ہوئی تو کفایت نے مڑ کر اپنے پیچھے دیکھا۔ انور بھی ہنس رہا تھا۔ بیئر کی چھ بوتلیں کچھ تو جھاگ بن کر ساحل کی ریت میں جذب ہو گئیں اور کچھ کفایت، شہاب اور انور کے پیٹ میں چلی گئیں۔ سریتا گاتی رہی۔۔۔۔۔ انور نے ایک بار اس کی طرف دیکھا اور خیال کیا کہ سریتا بیئر کی بنی ہوئی ہے۔ اس کے سانولے گال سمندر کی نم آلود ہوا کے مس سے گیلے ہو رہے تھے۔۔۔۔۔ وہ بے حد مسرور تھی۔ اب انور بھی خوش تھا۔ اس کے دل میں یہ خواہش پیدا ہو رہی تھی کہ سمندر کا سب پانی بیئر بن جائے اور وہ اس میں غوطے لگائے، سریتا بھی ڈبکیاں لگائے۔ دو خالی بوتلیں لے کر سریتا نے ایک دوسرے سے ٹکرا دیں، جھنکار پیدا ہوئی اور سریتا نے زور زور سے ہنسنا شروع کر دیا۔ کفایت، شہاب اور انور بھی ہنسنے لگے۔ ہنستے ہنستے سریتا نے کفایت سے کہا۔" آؤ موٹر چلائیں۔" سب اٹھ کھڑے ہوئے۔۔۔۔۔ خالی بوتلیں گیلی گیلی ریت پر اوندھی پڑی رہیں اور وہ سب بھاگ کر موٹر میں بیٹھ گئے۔۔۔۔۔ پھر وہی ہوا کے تیز تیز جھونکے آنے لگے۔۔۔۔۔ وہی مسلسل پوں پوں شروع ہوئی اور سریتا کے بال پھر دھوئیں کی طرح بکھرنے لگے۔ گیتوں کا سلسلہ پھر شروع ہوا۔ موٹر ہوا میں آرے کی طرح چلتی رہی۔۔۔۔۔ سریتا گاتی رہی۔۔۔۔۔ پچھلی سیٹ پر شہاب اور انور کے درمیان سریتا بیٹھی تھی۔ انور اونگھ رہا تھا۔ سریتا نے شرارت سے شہاب کے بالوں میں کنگھی کرنا شروع کی۔ مگر اس کا نتیجہ یہ

ہوا کہ وہ سو گیا، سریتا نے جب انور کی طرف رخ کیا تو اسے ویسا ہی سویا ہوا پایا۔ ان دونوں کے بیچ میں سے اٹھ کر وہ اگلی سیٹ پر کفایت کے پاس بیٹھ گئی اور آواز دبا کر ہولے سے کہنے لگے۔ آپ کے دونوں ساتھیوں کو سُلا آئی ہوں۔۔۔ اب آپ بھی سو جایئے۔" کفایت مسکرایا۔ "پھر موٹر کون چلائے گا۔" سریتا بھی مسکرائی۔ "چلتی رہے گی۔" دیر تک کفایت اور سریتا آپس میں باتیں کرتے رہے۔ اتنے میں وہ بازار آگیا۔ جہاں کشوری نے سریتا کو موٹر کے اندر داخل کیا تھا۔۔۔۔۔ جب وہ دیوار آئی جس پر " یہاں پیشاب کرنا منع ہے " کے کئی بورڈ لگے تھے۔ تو سریتا نے کفایت سے کہا۔ "بس یہاں روک لو۔" موٹر رُکی۔ پیشتر اس کے کہ کفایت کچھ سوچنے یا کہنے پائے۔ سریتا موٹر سے باہر تھی اس نے اشارے سے سلام کیا اور چل دی۔۔۔۔۔ کفایت ہینڈل پر ہاتھ رکھے غالباً سارے واقعہ کو ذہن میں تازہ کرنے کی کوشش کر رہا تھا کہ سریتا کے قدم رُکے۔ مڑی اور چولی میں سے دس روپے کا نوٹ نکال کر کفایت کے پاس سیٹ پر رکھ دیا۔ کفایت نے حیرت سے نوٹ کی طرف دیکھا اور پوچھا۔ "سریتا یہ کیا؟" "یہ۔۔۔۔۔ یہ روپے میں کس بات کے لوں؟" کہہ کر سریتا پُھرتی سے دوڑ گئی اور کفایت سیٹ کے گدے پر پڑے ہوئے نوٹ کی طرف دیکھتا رہ گیا۔ اس نے مڑ کر پچھلی سیٹ کی طرف دیکھا۔ شہاب اور انور بھی نوٹ کی طرح سو رہے تھے۔

(۴) روشن

عصمت چغتائی

اصغری خانم دو باتوں میں اپنا جواب نہیں رکھتی تھیں۔ ایک تو دین و دھرم کے معاملے میں اور دوسرے شادیاں کروانے میں۔ ان کی بزرگی اور پارسائی میں تو کسی شبہ کی گنجائش ہی نہیں تھی۔ سب کو یقین تھا کہ انہوں نے اتنی عبادت کی ہے کہ جنت میں ان کے لیے ایک شاندار زمرد کا محل ریزرو ہو چکا ہے۔ حوریں اور فرشتے وہاں ان کی راہ دیکھ رہے ہیں کہ کب خدا کا حکم ہو اور وہ وضو کا بدھنا، جائے نماز اور تسبیح سنبھالے برقع پھڑ کائے جنت کی دہلیز پر ڈولی سے اتریں اور وہ انھیں دودھ اور شہد کی نہروں میں تیرا کر پستے اور بادام کے گھنے درختوں کی چھاؤں میں ٹہلاتے ہوئے زمرد کے محل میں بٹھا دیں اور اُن کی سیوا پر جٹ جائیں۔

اصغری خانم کا غصہ ہمیشہ ناک پر دھرا رہتا تھا۔ اگر ذرا بھی کسی جنتی بیوی نے چیں چپڑ کی تو وہ اس کی سات پشت کے مردے اکھاڑنے لگیں گی۔ اور وہ سر پر پاؤں رکھ کر بھاگے گی اور دوزخ کی آگ کی پناہ لے گی۔

دور دور خانم کی دھاک بیٹھی ہوئی تھی۔ انھیں ساری دنیا کا کچّا چٹّھا معلوم تھا۔ مجال تھی جو کوئی ان کے سامنے بڑھ چڑھ کر بولے۔ غازی پور سے لے کر لندن تک کی ہر بدکار عورت کا بھید جانتی تھیں۔

"اے ہے موئی بیاہی تیاہی ڈھڈو نے نگوڑے بادشاہ کو پھانس لیا" وہ مسز سمسن اور

ایڈورڈ ہشتم کے عشق پر تبصرہ کرتیں، "منہ جلی کو لاج بھی تو نہ آئی۔ میرا بس چلتا تو تخصمی (جس نے تین خصم کئے ہوں) کا چونڈا جھلس دیتی۔

مگر مصیبت یہ تھی کہ ان کا بس نہیں چل سکتا تھا۔ لندن سات سمندر پار تھا۔ اور ان کو گھٹنوں میں آئے دن ٹیسیں اٹھتی رہتی تھیں۔ چونڈا جھلسنے کیسے جاتیں۔ اتنا دم ہوتا تو حج نہ کر آتیں۔

مگر شادیاں کرانے میں تو وہ ایسے ایسے معرکے مار چکی تھیں کہ دنیا میں کوئی ان کا مقابلہ نہیں کر سکتا تھا۔ قریب قریب ناممکن قسم کی شادیاں کرانے کا انہوں نے ریکارڈ قائم کر دیا تھا جسے وہ خود ہی آئے دن توڑا کرتی تھیں۔ بس اسی وجہ سے لوگ ان کی بڑی آؤ بھگت کیا کرتے تھے۔ کنواریاں کس گھر کا بوجھ نہیں ہوتیں۔ جس گھر میں چلی جاتیں، لوگ سر آنکھوں پر بٹھاتے، سر جھکا کر ان کی گالیاں سنتے، طعنے سنتے۔ انہوں نے ایسی ایسی ڈراؤنی شکل کی لڑکیوں کے نصیب کھولے تھے کہ لوگوں پر ان کی ہیبت بیٹھ گئی تھی۔ خاص طور پر یہ کنوارے لڑکے تو ان سے ایسے کانپتے تھے جیسے وہ موت کا فرشتہ ہوں۔ نہ جانے کس پر مہربان ہو جائیں اور اپنے بٹوے میں سے کوئی پچھل پائی نکال کر سر پر منڈھ دیں۔ جہاں کوئی شادی کے لائق نظر پڑ جاتی، وہ پنجے جھاڑ کر اس کے ماں باپ اور سارے محلے ٹولے والوں کے پیچھے لگ جاتیں اور شادی کے قابل لڑکے تھرا اٹھتے مگر وہ شادی کرا کے ہی دم لیتیں۔ کچھ ایسا پینترا چلتیں کہ الٹا لڑکا دہلیز پر ناک رگڑنے لگتا۔ لوگوں کا کہنا تھا ان کے قبضے میں جنات ہیں جو اُن کا ہر حکم بجا لاتے ہیں۔

مگر ایک جگہ ان کے سارے ہتھیار کند ثابت ہوئے۔ تمام تعویذ گنڈے چوپٹ ہو گئے۔ ان کی اپنی ممیری بہن توفیق جہاں کی بیٹی صبیحہ کو چوبیسواں سال لگ چکا تھا اور ابھی تک کوار کوٹلہ چنا ہوا تھا۔ اس سے چھوٹی عقیلہ منگی ہوئی تھی۔ عقیلہ کی پیٹھ کی میمونہ

کالج میں پڑھتی تھی۔ سب سے چھوٹی منّو تھی۔

قبر کے بھی چار کونے ہوتے ہیں۔ توفیق جہاں کی قبر چنی کھڑی تھی۔ آج تک خاندان میں نہ کوئی باہر کی لڑکی آئی تھی نہ گئی تھی۔ کھرے سیدوں کے گھرانے کو داغ لگانے کی کسے ہمت تھی۔ لڑکوں کا تو دن بدن کال پڑتا جارہا ہے۔ کسی کی تنخواہ ٹھیک ہے تو مڈی میں کھوٹ، کوئی کمبوہ ہے تو کوئی پٹھان۔ ایک بیچارے انجینئر کی شامت آئی، پیغام بھجوادیا بعد میں پتہ چلا کہ ہے موئے انصاری ہیں۔ اصغری خانم نے ستیہ گرہ شروع کر دی، طوفان کھڑا کر دیا۔ ان کے جیتے جی بیٹی انصاریوں میں جائے، ایسی بھاری چھاتی کا بوجھ ہے تو کوٹیاں میں ڈال دو۔

یہ جب کی بات ہے جب صبیحہ کو میٹھا برس لگا تھا۔ اس کے بعد جب چھ برس چھ صدیوں کی طرح چھاتی پر سے دندناتے گزر گئے تو اصغری خانم کو اپنی پالیسی نرم کرنی پڑی اور یہ طے پایا کہ اچھے خاندان کا لڑکا ہو تو کوئی زیادہ بڑا اندھیر نہیں۔ یہ بات بھی نہیں تھی کہ صبیحہ کوئی بدصورت ہو کہ کانی کھتری اور جاہل مرار میاں کا لٹھ ہو، نہ سانولی سلونی۔ بوٹا سا قد، نازک نازک ہاتھ پیر، کمر سے نیچے جھولتی ہوئی چوٹی، سوئی سوئی آنکھیں جن میں قدرتی کاجل بھرا ہوا تھا، جی بھر کے دیکھ لو تو نشہ آجائے۔ ہنس دیتی تو موتی سے رل جاتے۔ آواز ایسی میٹھی کہ نوحے پڑھتی تو سننے والوں کی ہچکی بندھ جاتی۔ اس پر سونے پر سہاگہ علی گڑھ سے پرائیویٹ میٹرک پاس کر چکی تھی۔

مگر نصیب کی بات تھی، ہونی کو کون ٹال سکتا ہے۔ ورنہ کہاں صبیحہ اور کہاں روشن۔ بڑے بوڑھے کہتے ہیں عورت مرد کا جوڑا آسمانوں پر طے ہو جاتا ہے۔ اگر صبیحہ اور روشن کا جوڑ بھی آسمان پر طے ہوا تھا تو ضرور کچھ گھپلا ہو گیا۔ فرشتوں سے کچھ بھول چُوک ہو گئی۔ یہ دھاندلی آسمانی طاقت نے جان بوجھ کر اصغری خانم کو ستانے کے لیے تو ہرگز نہ

کی ہو گی۔

مگر الزام سارا اصغری خانم کے ماتھے تھوپ دیا گیا۔ لڑکا لڑکی صفا چھوٹ گئے اور وہ دھر لی گئیں۔ صمد میاں کو کسی نے کچھ نہ کہا کہ وہ بہن کی بانہہ پکڑ کے اسے عذاب دوزخ جھیلنے کو جھونک آئے۔ سارا گھر منہ پیٹ کے رہ گیا کسی کی ایک نہ چلی۔

ہائے اصغری خانم کہیں منہ دکھانے کی نہ رہیں۔ کیا آن بان شان تھی بیچاریوں کی۔ مجال تھی جو محلہ میں ان کے بغیر کوئی کاج ہو جائے۔ کسی کی بیٹا کا کن چھیدن ہوتا تو انھیں کو دبوج کر بیٹھنے کے لیے بلوایا جاتا۔ کسی کے بال بچہ ہوتا، وہی زچہ کا پیٹ تھام کر سہارا دیتیں۔ پھر توفیق جہاں تو ان کی سگی ممیری تھیں اور روشن کو شیشے میں اتارنا کوئی کھیل نہ تھا۔ اس لیے معاملہ انہی کو اپنے ہاتھوں میں لینا پڑا۔

صمدؔ میاں چھ سال انگلستان رہ کر لوٹے تو بیٹے کی سلامتی کی خوشی میں توفیقؔ جہاں نے میلاد شریف کروایا تھا۔ بریلی والے میاں خاص طور پر میلاد پڑھنے تشریف لائے تھے۔ سب عورتیں اندر والے گول کمرے میں بیٹھی ثواب لوٹ رہی تھیں۔ لڑکیاں بالیاں چک سے لگی کُھس بُھس کر رہی تھیں کہ اتنے میں صمدؔ میاں روشن کے ساتھ داخل ہوئے۔ وہ شاید میلاد شریف کے بارے میں بھول ہی چکے تھے۔ کوئی اور موقع ہوتا تو شاید لوٹ جاتے مگر میاں صاحب نے گھور کر دیکھا تو پکڑے گئے۔ مجبوراً دونوں ایک طرف بیٹھ گئے۔

"ہائے یہ کون ہے؟" لڑکیوں نے روشن کو دیکھ کر کلیجے تھام لیے۔ صمد میاں کے سارے دوستوں کو دیکھا تھا۔ کمبخت سب ہی تو چرخ مرگھلے اور گھونچو تھے۔ مگر روشن اپنے نام کی طرح روشن تھے کہ آنکھیں چکاچوند ہو گئیں، کلیجے منہ کو آ گئے۔ جیسے دیوار پھاڑ کر آفتاب سوا نیزے پر آ گیا۔ کیا تیز تیز جگمگاتی آنکھیں جو ہنستے میں یوں کھو جاتیں کہ

جی گم ہو جاتا۔ دانت گویا موتی چن دیے ہوں۔ چوڑے چکلے شانے، لمبی لمبی بت تراشوں جیسی سڈول انگلیاں اور رنگت جیسے مکھن میں زعفران کے ساتھ چٹکی بھر شہابی رنگ ملا دیا ہو۔ پنچوں نے دیکھا کہ صبیحہ کے سلونے چہرے پر یکایک ہلدی بکھر گئی۔ گھنی گھنی پلکیں لرزیں اور جھپک گئیں۔ ہونٹ میٹھے میٹھے ہوگئے۔ لڑکیوں کو مکاری سے مسکراتا دیکھ کر بگڑ بیٹھی۔

صمد میاں اور روشن ننگے سر بیٹھے تھے۔ انھیں دیکھ کر ایک ڈاڑھی والے بزرگ غرّائے، "اے صاحبزادے اتنے بھی جنٹلمین نہ بنئے۔ میلاد شریف کے موقع پر ننگے سر بیٹھنے والوں کے سر پر شیطان دھولیں مارتا ہے۔"

روشن نے سہم کر صمد کی طرف دیکھا۔ انہوں نے جھٹ جیب سے رومال نکال کر چپاتی کی طرح سر پر منڈھ لیا۔ روشن نے بھی اُن کی نقل کی۔ ہوا سے رومال اڑا تو بندر کی طرح سر پر ہتھیلی جما کر بیٹھ گئے۔ ایسی بھولی بھولی شکل لگی کہ لڑکیوں کی پارٹی میں گدگدی رینگ گئی۔ صبیحہ کے مکھڑے کی ہلدی میں ایک دم گلال گھل گیا اور نارنجی رنگ پھوٹ نکلا۔

ڈاڑھی والے حضرت مونچھ ڈاڑھی صفاچٹ ولایت پلٹ لڑکوں کی گھات میں بیٹھے تھے اور اپنی قہر آلود نگاہیں دونوں پر گاڑ رکھی تھیں مگر یہ دونوں بھی چوکنّے بیٹھے تھے اور بالکل بندروں کی طرح ان کی نقل میں آنکھیں بند کر کے جھوم جھوم کر سن رہے تھے اور سر دھن رہے تھے۔ بڑے میاں نے درود پڑھ کر انگلیوں کے پوروں کو چوما اور آنکھوں سے لگالیا۔ جھٹ صمد میاں نے ان کی نقل کی اور روشن کو کہنی ماری۔ انہوں نے بھی بوکھلا کر جلدی سے انگلیاں چوم لیں ایسے بھونڈے پن سے کہ لڑکیوں کے دل اچھلنے لگے۔ بڑے میاں کا جی خوش ہو گیا۔ وہ انھیں بڑے فخر سے بھیگی بھیگی آنکھوں سے دیکھنے لگے۔

سید کا بیٹا انگلستان کیا، امریکہ بھی چلا جائے، رہے گا کھرا سیّد مگر لڑکیوں کو خوب معلوم تھا کہ ان لوگوں کو خاک کچھ یاد نہیں۔ یونہی ملّاؤں کی طرح بدبد ہونٹ ہلا رہے ہیں۔ ان کی اس شرارت پر اتنی بری طرح ہنسی کا حملہ ہوا کہ اصغری خانم نے دور سے پنکھے کی ڈنڈی دکھا کر دھمکایا تب کہیں جا کر ہنسی نے دم توڑا۔

میلاد شریف کے خاتمے پر جب سلام پڑھا گیا تو سب کھڑے ہو گئے بڑے میاں نے محبت سے لڑکوں کی طرف دیکھ کر سلام پڑھنے میں شریک ہونے کا اشارہ کیا۔

"پڑھو میاں، خاموش کیوں ہو۔"

"جی!جی!"

خدا کے حضور میں جو دل سے نکلے، وہی اسے منظور ہوتا ہے۔" انہوں نے روشن کو ایسے گھورا کہ وہ سہم کر ساتھ دینے لگے۔

صمد میاں نے بھی ایک تان کچھ "اولڈ مین ردر" سے سروں میں لگائی مگر روشن نے سنبھال لیا۔ کیا بھاری بھر کم پر سوز آواز تھی کہ بڑے میاں پر تو رقت طاری ہو گئی۔ ولایت پلٹ لڑکوں سے بدظن تمام بزرگ اپنے گریبانوں میں منہ ڈال کر رہ گئے۔

"ارے صاحب سچا مسلمان چاہے کافروں میں رہے چاہے مسجد میں، اس کے ایمان پر داغ نہیں پڑتا۔ ماشاء اللہ روشن میاں کے گلے میں عقیدے کا سوز بھرا ہوا ہے۔" بڑے میاں نے آستین کے کونے سے آنکھیں صاف کر کے فرمایا اور روشن کے چہرے پر نور کی چمک دمک دیکھ کر کھل اٹھے۔

صبیحہ کی کٹورہ جیسی آنکھیں چھل چھل برس اٹھیں۔ ٹکٹکی باندھے وہ انھیں تکتی رہ گئی۔ جب لڑکیوں نے قاعدے کے مطابق اسے چھیڑا تو وہ جھوٹوں کو بھی نہ بگڑی۔ زندگی میں پہلی بار ایسا معلوم ہوا جیسے کوئی پرانا جان پہچان کا مل گیا ہو۔

صمد میاں جب گھر میں آئے تو ہر ایک کا چہرہ روشن کے پر تو سے جگمگا رہا تھا۔ سوائے صبیحہ کے، جس نے چاروں طرف سے گھیر کر سوالوں کی بھر مار کر دی۔ کون ہیں۔ کیا کرتے ہیں۔

"اے کس کا لڑکا ہے ؟" صغرا خانم نے لگا میں اپنے ہاتھ میں لے لیں۔

"اپنے باپ کا۔" صمد نے لاپرواہی سے ٹال دیا اور چائے باہر بھجوانے کے لیے کہا۔

"اے ہے لڑکے ہر وقت کا مذاق نہیں بھاتا۔ یہ بتا اس کے باپ کون ہیں ؟"

"ہیں نہیں۔ تھے۔ فورسٹ آفیسر تھے۔ تین سال ہوئے ڈیتھ ہو گئی ان کی۔"

"اناللہ وانّا الیہ راجعون! کیا کرتا ہے لڑکا؟" نانی جی نے پوچھا۔

"کون سا لڑکا؟" صمد نے جاتے جاتے پلٹ کر پوچھا۔

کون!" اے یہی تیرا دوست۔"

"روشن؟ ڈاکٹر ہے۔ ایم ڈی کی ڈگری لینے میرے ساتھ ہی گیا تھا، پھر وہیں انگلینڈ میں نوکری کر لی۔ کچھ کھانے کو بھجوا دیجیے مگر میرے کمرے میں بھجوایئے گا۔ باہر درجن بھر بڈھے بیٹھے ہیں، سب ہڑپ کر جائیں گے۔ یہ بڑھاپے میں لوگ اتنے ندیدے کیوں ہو جاتے ہیں ؟"

صغرا خانم فوراً خم ٹھوک کر میدان میں پھانڈ پڑیں تیر تلوار سنبھالے اور ہلّہ بول دیا۔

"اے صمد میاں! جیسے تم ویسے تمہارا دوست۔ اس سے کیا پردہ؟ ادھر ہی گول کمرے میں بلا لو۔" وہ آنکھوں میں رس گھول کر بولیں۔ ان دنوں سیّدوں میں بھی کانا پردہ شروع ہو گیا ہے۔ خاندان کے بڑے بوڑھوں کی آنکھ بچا کر لڑکیاں کھلے منہ نمائش میں جائیں، مشاعروں میں شریک ہوں سہیلیوں کے بھائیوں اور بھائیوں کے دوستوں سے بڑی بوڑھیوں کی رضامندی لے کر ملیں مگر سڑک پر جاتے وقت تانگہ میں پردہ باندھا

جاتا ہے۔ بزرگوں کو دکھانے کے لیے۔ صمد روشن کو گول کمرے میں لے آئے۔ صبیحہ کے سوا سب وہیں چائے پینے لگے۔

صبیحہ کو صغرا خانم کمرے میں گھیرے چوکھے حملے کر رہی تھیں۔ ان کا بس چلتا تو جہیز کا کوئی بھاری زرتار جوڑا پہنا دیتیں۔ مگر صبیحہ حسب عادت بڑی بڑی آنکھوں میں آنسو لیے رو رہی تھیں۔ گھر میں جب کوئی موٹا مرغا آتا اسے یونہی سجایا جاتا۔ بیچاری کے ہاتھ پیر ٹھنڈے ہو جاتے، منہ لٹک جاتا اور ناک پر پسینہ پھوٹ نکلتا اور شکل چھوٹی بلّی کی سی ہو جاتی۔ جب سے کئی پیغام آکر پھر گئے تب سے اسے اور بھی دہشت ہونے لگی تھی۔ روشن جیسا ہینڈسم اور کماؤ بر بھلا کیسے پھنسے گا۔ ذرا کوئی لڑکا کسی قابل ہوا تو خاندان والے ہی رشتہ کا حق وصول کرنے دوڑ پڑتے ہیں۔ پھر ملنے والوں کی باری آتی ہے۔ ہو سکتا ہے اس کی شادی بھی ہو چکی ہو۔ دو بچے ہوں! مگر اصغری خانم کچّی گولیاں نہیں کھیلتی تھیں نہ انہوں نے دھوپ میں چونڈا اسفید کیا تھا۔

"لونڈا خیر سے کنوارا ہے، بیاہے مرد کا ڈھنگ ہی اور ہوتا ہے۔" دوسرے انہوں نے پہلے ہی صمد سے پوچھ لیا تھا۔ "بیوی بچّے سنگ ہی ہیں؟"

"کس کے؟ روشن کے۔ ارے اس گدھے کے بیوی بچے کہاں، ابھی تو خود ہی بچہ ہے مجھ سے دو سال چھوٹا ہے۔" بس اصغری خانم نے چٹ حساب لگا لیا کہ صبیحہ سے چار سال بڑا ہوا۔ خوب جوڑی رہے گی۔ اس سے کم فرق ہو تو چار بچوں بعد بیوی میاں کی اماں لگنے لگتی ہے۔ ویسے مرنے والے تو اصغری خانم سے بیس برس بڑے تھے۔ ہائے کیا عشق تھا اپنی دلہن جان سے! مگر جب اصغری خانم سجا بنا کر صبیحہ کو گول کمرے میں لائیں تو روشن جا چکے تھے۔ اصغری خانم کا بس چلتا تو چیختی چلاتی ان کے پیچھے لپکتیں۔ مگر صمد میاں کی انھوں نے خوب ٹانگ لی۔

"جوان بہنیا کی پال کب تک ڈالو گے۔ کیا سفید چونڈے میں افشاں چُنی جائے گی۔ تم ہی کچھ نہ کرو گے تو کون کرے گا؟"

"کون میں؟" صمدؔ خواہ مخواہ چڑ گئے، "مجھ سے خود تو اپنی شادی ہو نہیں رہی ہے، دوسروں کی کیا کروں گا؟"

"مذاق میں ہر بات کو ٹال دیتے ہو۔ آج اس کا باپ زندہ ہوتا تو۔۔۔" افسری خانم ٹسر ٹسر رونے لگیں، "آخر کیا ہو گا ان چار چٹانوں کا۔ توفیق نگوڑی کو ہول دل کے دورے نہ پڑیں تو اور کیا ہو۔"

"کون سی چٹانیں؟" صمدؔ میاں انجینئر تھے۔ انھیں چٹانوں، پہاڑیوں سے بڑی دلچسپی تھی۔

"اے میاں اب بنو مت۔ اللہ رکھے اب تم اس قابل ہو اپنے دوستوں میں سے ڈھونڈھو کوئی۔"

"بھئی میں ان جھگڑوں میں نہیں پڑنا چاہتا۔" وہ ٹال کر چل دیے۔

مگر آندھی ٹلے طوفان ٹلے اصغری خانم کو کون ٹالے؟ آتے جاتے ٹانگ لیتیں۔ پھر انھیں ایک انوکھی ترکیب سوجھی۔ وہ فوراً کسی جان لیوا اور انجانے مرض میں مبتلا ہو گئیں۔ اور عین اس وقت جب روشن صمد میاں سے ملنے آئے، ان پر سخت بھیانک قسم کا دورہ پڑ گیا۔ اتنی زور زور سے آہیں بھریں کہ بیچارے بدحواس ہو گئے۔ جھٹ سے نوکر کو بھیج کر اپنی ڈسپنسری سے بیگ اور انجکشن منگوائے۔ بڑی دیر تک دیکھتے بھالتے رہے۔ اصغری خانم آخری وقت میں بھلا صبیحہ کا ہاتھ کیونکہ چھوڑ دیتیں۔ وہ ان کے سرہانے سہمی بیٹھی رہی کہ کہیں چور پکڑ نہ لیا جائے۔ انھیں خاموش دیکھ کر وہ سمجھ گئی کہ اصغری بوا کی چال پکڑی گئی۔

"کیا بیماری ہے؟" اس نے ڈرتے ڈرتے پوچھا۔

"یہ پوچھئے کون سی بیماری نہیں ہے۔ گردوں کی حالت خراب ہے، معدہ قطعی کام نہیں کرتا۔ دل بس ذرا سا دھڑک رہا ہے۔ آنتوں میں زخم ہیں۔ پھیپھڑوں کے نیچے پانی اتر آیا ہے۔" انہوں نے صمد کو ایک طرف لے جاکر کہا۔ صبیحہ نے سنا تو ہنسی نہ روک سکی۔ اصل مرض کی طرف تو انہوں نے آنکھ اٹھا کر بھی نہ دیکھا۔

"اماں ہٹاؤ بھی اتنی بیماریاں ہوتیں تو زندہ کیسے رہ سکتی تھیں۔ اور زندہ بھی کیسی، سارے خاندان پر چابک پھٹکارتی ہیں۔" صمد بولے۔

"یہی تو میں سوچ رہا ہوں یہ زندہ کیسے ہیں۔ کچھ ایسی لیپا پوتی ہوتی رہتی ہے کہ کھنڈر کھڑا ہے۔ ڈاکٹری سے بڑھ کر کوئی طاقت کام کر رہی ہے۔"

اصغری بوا ٹھنکیں اور بدک اٹھیں، "اوئی نوج۔۔۔ دور پار۔ اے لو میرے دشمن کا ہے کو لب گور ہوتے۔ اے میاں تم ڈاکٹر ہو کہ نرے سلوتری۔ اے چولہے میں جائیں تمہاری دوائیں۔ موئی فرنگیوں کی دواؤں میں دنیا بھر کی قلتیں ہوتی ہیں۔ تھُو۔" وہ بڑبڑائیں۔

"بس اللہ پاک عزت آبرو سے اٹھالے۔ اے لڑکے ٹھیک سے بیٹھ۔ نگوڑیو کچھ شربت پانی لاؤ کہ گدھیوں کی طرح کھڑی منہ دیکھ رہی ہو۔ اے بچے کے بہنیں ہیں تیری۔" اچانک صغرا خانم نے پینترا بدلا۔

"ایں! جی دو۔ دو بڑی بہنیں۔ ایک بیوہ ہے۔" روشن نے سنبھل کر وار روکا۔

"چہ ہے ہے۔ اور دوسری کہاں بیاہی ہے؟"

"کانپور میں سول انجینئر ہیں ان کے۔۔۔"

"اے کانپور ہی میں تو اپنے تقی میاں کی خلیا ساس رہویں ہیں۔ کیا نام ہے اللہ رکھے بہنوئی کا۔"

"ایس این کچلو۔" صمد میاں بولے۔ "کیوں کیا کچھ بنوانے کا ارادہ ہے۔"

"ہاں اپنی قبر بنواؤں گی۔ اچھا تو تم لوگ کشمیری ہو۔" بیچاری کچھ بجھ گئیں۔ "یہ سیف الدین کچلو کے خاندان سے کچھ ہے میل۔"

"جی وہ میرے چاچا کے دوست تھے۔"

روشن کے جانے کے بعد تڑپ کر مریضہ اٹھ بیٹھیں۔

"بھئی سوچ لو کشمیری ہیں۔"

"ہاں اور اس سے پہلے جو پیغام آیا تھا وہ لوگ کمبوہ تھے۔ بس یہی دیکھتی رہو۔ ارے سب انسان برابر ہیں۔ پاک پروردگار نے سب کو اپنے ہاتھ سے بنایا ہے۔ مسلمانوں میں ذات پات چھوت چھات نہیں ہوتی۔" توفیق جہاں بگڑنے لگیں۔

"بھئی مجھے یہ صبیحہ کے نخرے پھوٹی آنکھ نہیں بھاتے۔ ادھر وہ آیا اور ادھر بنو منہ تھوتھا کر بھاگیں۔ جی چاہا لگاؤں چڑیل کے دو چانٹے۔"

مگر صبیحہ کیا کرتی۔ روشن کے آتے ہی وہ کمرے میں بھاگ جاتی۔ یوں سب کے سامنے گھور کر دیکھتی تو نہ جانے وہ کیا سوچتے۔ دروازے کی آڑ سے مزے سے جی بھر کے دیکھ سکتی تھی۔ اب تو علاج کے لیے وہ بلا ناغہ آنے لگے۔ اصغری خانم کچھ ایسی ترکیب چلتیں کہ صبیحہ کو پاس روک لیتیں۔ اور بے چارے روشن تو ایسے جھینپو تھے کہ صبیحہ بھی شیر ہو گئی۔ انھیں ایک نظر بھر کے اپنی کالی بھونرا آنکھوں سے دیکھتی تو ان کے ہاتھ میں انجکشن کی سوئی کانپنے لگتی۔ وہ ہنس پڑتی تو گھبرا کر بچوں کی طرح ناخن کترنے لگتے۔ تب وہ اور بھی دیدہ دلیر ہو جاتی۔

"ڈاکٹر صاحب ہماری بلی کا جی اچھا نہیں۔"

"کیا ہو گیا؟"

"پتہ نہیں۔ بیچاری کھوئی کھوئی سی رہتی ہے۔"

"اوہو۔ معلوم ہوتا ہے بیچاری کا دل ٹوٹ گیا ہے۔"

"ارے واہ۔ کیوں؟"

"آپ روٹھ گئی ہوں گی۔" وہ دبی زبان سے کہتے۔

"اجی ہاں، میں کیوں روٹھتی؟" صبیحہ کالی کالی پلکیں جھپکاتی۔

"تو پھر ڈرتی ہو گی آپ سے۔"

"واہ کیا میں اتنی ڈراؤنی ہوں۔"

"ڈراؤنی چیزوں سے تو ڈرپوک ڈرتے ہیں!"

"اور بہادر؟"

"کالی کالی آنکھوں سے۔"

دونوں انگریزی میں نوک جھونک کیے جاتے تو اصغری خانم کو گھبراہٹ ہونے لگتی۔ بھلا گٹ پٹ کر کے بھی کہیں پیار کی باتیں ہوا کرتی ہیں۔ موئی کافروں کی زبان میں "لفٹ رائٹ کوئک مارچ" کے سوا اور کیا ہوتا ہے؟ وہ ایک دم بیچ میں کود پڑتیں، "اے روشن! میرے چاند، ذرا میری بالوشاہیوں پر نیاز تو دے دے۔ تیرے خالو میاں کی برسی ہے۔" وہ فوراً ہوشیاری سے رشتہ لگاتیں۔

"کون میں؟" روشن بوکھلا گئے۔

"آپ بھی حد کرتی ہیں اصغری خالہ۔ ان سے فاتحہ پڑھوا کر اپنی عاقبت خراب کرنے کا ارادہ ہے۔ بھلا انھیں کیا خبر کہ فاتحہ کس چڑیا کا نام ہے۔ ایک آیت بھی نہ یاد ہو گی۔" صبیحہ اڑانے لگی۔

"اچھّا ملانی جی آپ بیچ میں نہ بولیں۔" روشن چڑ گئے۔

"ارے صاحب چھوڑیے۔ ہمیں معلوم ہے۔ آپ اور صمد بھیا میں کیا کچھ فرق

ہے؟ وہ بھی تو صاحب بہادر بن گئے ہیں۔"

"خالہ جی آپ روشن سے فاتحہ پڑھوا رہی ہیں؟" صمد نے قہقہہ لگایا۔

"اے غارت ہو کل مونہو۔ لعنت ہو۔ موئے آج کل کے لونڈے ہیں کہ نگوڑے سب کے سب بے دین۔" صغرا خانم بالوشاہیوں کا تھال اٹھا کر دالان میں لے گئیں۔ مگر بیچاری کی فکر دور نہ ہوئی۔

"اے توفیق جہاں۔"

"ہاں کیا ہے؟" توفیق جہاں نے پنکھے سے مکھی کو دھمکا کر جواب دیا۔

"اے میں کہوں یہ آج کل کے لڑکوں کے نکاح کیسے پڑھے جاویں گے۔"

"کیوں؟"

"اے انھیں۔ آمنتو بھی تو نہیں آتی۔" آمنت باللہ ایک آیت ہوتی ہے جو نکاح کے وقت دولہا کو پڑھنی پڑتی ہے، جس میں وہ اقرار کرتا ہے کہ میں خدا اور اس کے فرشتوں اور اس کی بھیجی ہوئی کتابوں پر ایمان رکھتا ہوں۔ اس آیت کو پڑھے بغیر نکاح نہیں ہو سکتا۔" قاضی جی بولتے جاتے ہیں اور دولہا دہراتا جاتا ہے۔

بس بہن اب تو ایسے ہی نکاح ہو رہے ہیں۔" توفیق جہاں بولیں۔

"مگر اب اس نیاز کا کیا ہو؟" وہ فکر مند ہو گئیں۔

"کیسی نیاز؟"

"ارے بھئی میں نے تو جھوٹ موٹ کہہ دیا تھا کہ ان کی برسی ہے۔ یہ منّت کی نیاز ہے۔ لڑکا خود نیاز دے جب ہی پوری ہو گی۔"

"اے چلو ادھر۔ ایسی کوئی منت نہیں ہوتی۔" توفیق جہاں نے ٹالنا چاہا۔ "نہیں جی! تم تو کسی بات کو مانتی ہی نہیں ہو۔ خیر پھر سہی۔" اور وہ خود دوپٹہ سر پر منڈھ کر بد نیاز

دینے لگی۔

دوسرے دن روشن آئے تو جھٹ پوچھا، "کیوں رے تو نے قرآن ختم کیا تھا؟"

"جی؟ نہیں تو، ایک بار انگریزی میں پڑھا تھا تھوڑا سا۔ تو۔۔۔" روشن ہکلائے۔

"ہے ہے۔۔۔ یہ موئی لکڑ توڑ زبان میں کیسا قرآن؟ لڑکے دیوانہ تو نہیں ہوا۔"

"تو صمد بھیا نے کون سا پڑھ لیا ہے۔ ساری عمر انگریزی اسکولوں میں رہے۔ کالج میں فرصت نہ ملی۔ اس کے بعد انگلینڈ چلے گئے۔"

مگر صبیحہ خود ہر رمضان کے مہینے میں پانچ قرآن ختم کرتی تھی۔ روزے نماز کی پابند تھی۔ حالانکہ صمد کہتے تھے۔ وہ نازک بدن بننے کے لیے فاقے کرتی تھی۔ توبہ توبہ!

سوت نہ کپاس کولہو سے لٹھم لٹھا! روشن کی آنکھوں سے دل کے راز کا پتہ بچے بچے کو چل چکا تھا، مگر زبان نہ جانے کیوں گنگ تھی۔ کبھی بیٹھے بیٹھے ایک دم آنکھوں میں غم کا اتھاہ سمندر ٹھاٹھیں مارنے لگتا اور سر جھکا کر اٹھ کر چلے جاتے۔ صبیحہ کی طرف ایسی ترسی ہوئی نگاہوں سے دیکھتے جیسے وہ کسی دوسری دنیا میں کھڑی ہو، درمیان میں فولادی سلاخیں ہوں اور کالے دیو کا پہرا۔ صبیحہ کے مکھڑے پر غرور اور اطمینان کا نور پھوٹنے لگا تھا۔ جیسے منزل پر پہنچ کر آرام سے چھاؤں میں بیٹھ گئی ہو۔ ساری انجانی کسک اور تنہائی مٹ کر گھروندا جگر مگر کرنے لگا ہو۔

مگر دقت یہ تھی کہ لڑکے کا یہاں کوئی ہے نہیں، پھر پیغام کیسے منگوایا جائے۔ آج تو شادیاں ایسے ہی ہوتی ہیں کہ دو جنوں کا ایک دوسرے پر جی آگیا۔ دوستوں نے پیغام دیا۔ یاروں نے شادی کر دی۔ اصغری خانم کو ایسی ٹکڑہ توڑ شادیوں سے نفرت تھی مگر زمانے کے نئے رنگ ڈھنگ دیکھ کر نئی وضع کی شادیوں سے بھی انہوں نے روپیٹ کر سمجھوتہ کر لیا تھا۔ پہلے پہل جب نصرت اور خلیقہ نے ایسی چٹ پٹ شادی کی تھی تو انھوں نے بڑا

شور مچایا تھا۔ مگر پھر انھیں اپنی پالیسی نرم کرنا پڑی۔

ادھر روشن بھوندو تھے۔ ادھر صبیحہ بھی ذرا چنٹ ہوتیں تو کبھی کا انھیں ڈکار چکی ہوتیں۔ کاش اسے کوئی چھوٹی پیاری سی بیماری لگ جاتی تو روشن اس کا علاج کرتے کرتے خود مرض مول لے بیٹھتے۔ اصغری خانم گھیر گھیر کے مرغی کو ڈربے میں پھانسنے کی کوشش کرتیں مگر اپنے منہ کی کھا کر رہ جاتیں۔

"اے لڑکی تیرے سر میں آدھے سر کا درد ہووے ہے۔ علاج کیوں نہیں کرا لیتی ڈاکٹر سے؟" وہ صبیحہ کو رائے دیتیں۔

"اے واہ خالہ جی میرے سر میں کاہے کو ہوتا درد۔" وہ بگڑنے لگتی گدھی۔

"پہلے تو ہووے تھا اب بھلی چنگی ہو گئی ہو تو مجھے نہیں خبر۔"

وہ صبیحہ کی صحت سے جل کر کہتیں۔ "دیکھ تو بیٹا روشن کیسی جھلس کر رہ گئی ہے بچی۔"

"ارے خالہ جی ان کی تو رنگت ہی سیاہ بھٹ ہے۔ کہیے تو کھال کھینچ کر دوسری چڑھا دوں پلاسٹک سرجری سے۔"

"جی ہاں بڑے آئے کھال کھینچنے والے۔ ہم کالے ہی بھلے۔"

"اوئی کالی کدھر ہے لونڈیا۔ ہاں گیہواں رنگت ہے۔" اصغری بوا پریشان ہو کر کہتیں۔

"جی ہاں ادھر کچھ دنوں سے امریکہ سے گیہوں بھی کالا ہی آرہا ہے۔" روشن چھیڑتے۔

"ہاں بس ایک آپ ہی زمانے بھر میں گورے ہیں، ہونہہ پھیکے شلجم!" صبیحہ چڑ جاتی۔

"آپ تو نمک کی کان ہیں۔ چلیے کچھ تو مزہ آجائے گا۔" وہ چپکے سے کہتے۔

صغرا خانم بدمزگی مٹانے کو جلدی سے بات بدلتیں، "اے کالی گوری رنگتیں سب اللہ کی دین ہیں۔ پرسوں کہہ رہی تھی سر بھاری ہے۔ ویسے تیرے بال بھی تو جھڑ رہے ہیں۔ بیٹا کوئی بال بڑھانے کی دوا بتاؤ۔"

"ارے خالہ جی بہت بال ہیں۔ ہاں کہیے تو دماغ کو بڑھانے کے دو چار انجکشن لگادوں۔"

"آہاہا بڑے آئے سلوتری جی۔" اور روشن کا چہرہ ہنستے ہنستے صبیحہ کے گلابی آنچل کو مات کرنے لگتا۔

صغرا خانم اس کچر پچر سے اداس ہو کر بڑی زور زور سے کراہنے لگتیں۔ ایک دن انہوں نے صمد کو گھیر کر بات کر ہی ڈالی۔

"اے بھیا کوئی پیغام نہ ایغام۔"

"کیسا پیغام؟"

"اے روشن کا۔ اس سے کہو اپنی بہن بہنوئی سے پیغام بھجوائے۔"

"مگر خالہ جی روشن۔۔۔"

"ہاں ہاں بیٹے مجھے سب معلوم ہے۔ مگر اب زمانہ بدل گیا ہے، ہزاروں شادیاں ہو رہی ہیں، کب تک لڑکی بٹھائے رکھیں گے۔ توفیق جہاں کا دل کوئی دن اور کام دے گا۔ پھر دونوں میں اللہ رکھے چاؤ بھی ہے۔"

"مگر۔۔۔ خالہ جی"

"بیٹے! تم اللہ رکھے سات سمندر پار رہے، تمھیں کیا معلوم دنیا کتنی بدل گئی۔ سیّدوں کی بیٹیاں کن کن کو گئیں۔ سرفراز میاں کی لڑکی نے تو زہر کھالیا۔ اب اللہ کی مرضی یہی ہے تو جہالت کی باتوں میں پڑنے سے کیا حاصل۔"

"مگر۔۔۔ میں سوچوں گا۔" صمد میاں چکرائے سے جاکر باہر پڑ گئے۔ اس انقلاب کی انھیں امید نہ تھی۔ دنیا سے دور وہ کتنے جاہل رہ گئے جبکہ ان کے بزرگ تک اتنے روشن خیال ہو چکے تھے۔ ان کا دل غرور سے بھر گیا۔ شام کی گاڑی سے انھیں سائنس کانفرنس میں شرکت کے لیے جانا تھا۔ اب وہاں سے لوٹ کر ہی سب کچھ ہو گا۔

ادھر اصغری خانم نے وقت ضائع کرنا مناسب نہ سمجھا۔ اگر کوئی اور موقع ہوتا تو آسمان سر پر اُٹھا لیتیں۔ یہاں بیٹی بیاہنی تھی اس لیے توفیق جہاں کو کہہ سن کر پٹا لیا کہ صبیحہ بیکار وقت برباد کرنے کے بجائے اگر کچھ کام سیکھنے لگے تو کیسا رہے؟ طے ہوا کہ روشن میاں کی ڈسپنسری میں نرسنگ سیکھنے چلی جایا کریں۔ بلی کے بھاگوں چھینکا ٹوٹا اور صبیحہ نرسنگ سیکھنے جانے لگی، جس کا سبق صبح سے لے کر رات کے سینما کے آخری شو تک چلتا رہتا۔ اور صبیحہ چست چالاک نرس کے بجائے دن بدن اس جانے پہچانے مرض میں کھوتی گئیں جو جنم جنم سے مرد عورت کو سونپتا آیا۔ روشن کے سوئٹر بنے جانے لگے اور کمرے میں ان کی قمیص، ان کے موزے بکھر سے گئے۔ بس چودہ طبق روشن ہو گئے۔

جیسے ہی شکار گرتا ہے، شکاری جو مکر گانٹھے جھاڑیوں میں دبکا ہوتا ہے، ایک ہی جست لگا کر آدبوچتا ہے اور گلے پر چھری رکھ دیتا ہے۔ اصغری خانم نے بھی ساری بیماری دور پھینکی اور دھم سے اکھاڑے میں آن جمیں۔ جھپا جھپ جہیز سلنے لگا، بڑی دیغوں پر سے لحاف توشک کے انبار اتار کر قلعی ہونے لگی۔ ڈیوڑھی پر سنار بیٹھ گیا کہ سامنے نہ بنواؤ تو موا اپلے تھوپ دے گا۔ بی سیدانی مچلے کی پوٹ سنبھال کر طوی چمپا اور گوکھرو توڑنے لگیں۔ گوکھرو کے ہر کنگورے پر لب بھر کے دعائیں دیتی جاتیں۔ گوئیاں سہاگ اور بنرے یاد کر کر کے کاپیوں میں اتارنے لگیں۔ گورے دولہا اور سانولی دلہن پر گیت جوڑے جانے لگے۔

"اے بھی باپ کا نام روشن تو بیٹے کا؟" صغرا خانم فکر مند ہو کر پوچھتیں۔

"جوشن" کوئی شوخ سہیلی چھیڑتی اور صبیحہ جل کر اس کی بوٹیاں نوچنے لگتی۔

"اے بھی انھیں اپنی کلورانی ہی پسند ہے، تم لوگ کاہے کو جلی مرتی ہو۔" صغرا خانم ڈانٹتیں اور صبیحہ آنکھوں میں خوابوں کے جمگھٹے لیے نرسنگ سیکھنے بھاگ جاتیں۔

مگر کسے خبر تھی قسمت یہ گل کھلائے گی۔ پل بھر میں چمکتا سورج الٹا تو ابن جائے گا۔ وہی روشن جو کل تک چودھویں کے چاند کو شرما رہے تھے، لوٹ پوٹ کر کھڑے ہوئے تو کالا دیو! اور اس کالے دیو نے پلک جھپکاتے میں اونچے اونچے محلوں کو چکنا چور کر دیا۔ صغرا خانم کے سارے نئے پرانے مرض ایک دم اُن پر ٹوٹ پڑے۔ جب صمد میاں کانفرنس سے جم جم لوٹے تو گھر میں جیسے کوئی میت ہو گئی ہو۔ سناٹا بھائیں بھائیں کر رہا تھا۔ صغرا خانم کا ایک کو سنا زمین تو ایک آسمان۔ زمرد کا محل ساتویں آسمان پر لرزا اور ایک دم پھس سے بیٹھ گیا۔ قلعی کی دیغوں پر پھر لحاف تو شک لد گئے۔ دھنک کی پنڈیاں الجھ کر جھونج بن گئیں۔ سنار ڈیوڑھی سے دھتکار دیا گیا اور جس نے سنا منہ پیٹ لیا۔

"آخر ہوا کیا۔ کچھ معلوم تو ہو؟" صمد میاں نے پوچھا۔

"ارے اس چھتیسی سے پوچھو۔ جو چڑھ چڑھ کے دیدے لڑانے جاتی تھی۔"

توفیق جہاں نے زانو پیٹ لیا، "حرافہ۔"

(۵) سمے کا بندھن

ممتاز مفتی

آپی کہا کرتی تھی، سنہرے، سمے سمے کی بات ہوتی ہے۔ ہر سمے کا اپنا رنگ ہوتا ہے، اپنا اثر ہوتا ہے۔ اپنے سمے پہچان، سنہرے۔ اپنے سمے سے باہر نہ نکل۔ جو نکلی تو بھٹک جائے گی۔

اب سمجھ میں آئی آپی کی بات۔ جب سمجھ لیتی تو رستے سے نہ بھٹکتی۔ آلنے سے نہ گرتی، سمجھ تو گئی۔ پر کتنی قیمت دینی پڑی سمجھن کی۔ آپی مجھے سنہرے کہہ کر بلایا کرتی تھی۔ کہتی تھی تیرے پنڈے کی جھال سنہری ہے۔ جب رس آئے گا تو سونا بن جائے گی، کٹھالی میں پڑے بنا۔ پھر یہ جھال کپڑوں سے نکل نکل کر جھانکے گی۔

پتا نہیں میرا نام کیا تھا۔ پتا نہیں میں کس کی تھی، کہاں سے آئی تھی۔ کوئی لایا تھا۔ بالپن ہی میں آپی کے ہاتھ بیچ گیا تھا۔ اسی کی گود میں پلی۔ اسی کی سر تال بھری، بیٹھک کے جھولنے میں جھول جھول کر جوان ہوئی۔ پھر سنہر اامڈ امڈ آیا۔ چھپائے نہ چھپتا تھا۔ آپی بولی، نہ دھیے، چھپا نہ۔ جو چھپائے نہ چھپے اسے کیا چھپانا۔

کبھی کھڑکی سے جھانکتی تو آپی ٹوکتی، "یہ کیا کر رہی ہے بیٹی؟ سیانے کہتے ہیں، جس کا کام اسی کو ساجھے۔ تیرا کام دیکھنا نہیں۔ دکھنا ہے۔ تو نظر نہ بن، منظر بن۔ اور جو دیکھے بھی تو تو دکھنے کا گھونگھٹ نکال۔ اس کی اوٹ سے دیکھ۔ پھر سمے دیکھ سنہرے۔ ابھی تو شام ہے۔ یہ سمے تو اداسی کا سمے ہے۔ دکھ کا سمے ہے۔ شام بھئی گھن شام نہ آئے۔" آپی

گنگنانے لگی "یاد ہے نا یہ بول؟ شام تو نہ آنے کا سمے ہے۔ تیرا آنے کا سمے ہے۔ پگلی ذرا رک جا۔ اندھیرا گاڑھا ہونے دے۔ پھر تیرا ہی سمے ہو گا۔ پچھلے پہر تک۔"

ایک دن آپی کا جی اچھا نہ تھا۔ مجھے بلایا۔ گئی۔ لیٹی ہوئی تھی۔ سرہانے تپائی پر سوڈے کی بوتل دھری تھی۔ ساتھ نمک دانی تھی۔ یہ ان دنوں کی بات ہے جب سوڈے کی بوتل کے گلے میں شیشے کا گولہ پھنسا ہوتا تھا۔ "ٹھا" کر کے کھلتا تھا۔ بولی، "سنہرے، بوتل کھول، گلاس میں ڈال۔ چٹکی بھر نمک گھول اور مجھے پلا دے۔" میں نے نمک ڈالا تو جھاگ اٹھا۔ بلبلے ہی بلبلے۔ آپی نے میرا ہاتھ پکڑ لیا۔ بولی، دیکھ لڑکی، یہ ہمارا سمے ہے۔ ہمارا سمے وہ ہے جب جھاگ اٹھے۔ ہم میں نہیں۔ دوجے میں اٹھے۔ دوجے میں جھاگ اٹھانا یہی ہمارا کام ہے۔ خود شانت دوجا بلبلے ہی بلبلے۔ اور جب سمے بیت جائے تو دھیرج پاؤں دھرنا۔ ٹھمک نہ کرنا۔ ٹھمک کا سمے گیا۔ چمک نہ مارنا۔ چمک کا سمے گیا۔ پائل نہ جھنکارنا۔ پائل کی جھنکار بیرن بھئی۔"

پھر وہ لیٹ گئی۔ بولی، "سنہرے، میری باتیں پھینک نہ دینا۔ دل میں رکھنا۔ یہ بھیتر کی باتیں ہیں، اوپر کی نہیں، سنی سنائی نہیں، پڑھی پڑھائی نہیں۔ وہ سب چھلکے ہوتے ہیں، بادام نہیں ہوتے۔ جان لے بیٹی بات وہ جو بھیتر کی ہو۔ گری ہو، چھلکا نہ ہو۔ جو بیتی ہو۔ جگ بیتی نہیں۔ آپ بیتی ہو۔ ہڈ بیتی۔ باقی سب جھوٹ۔ دکھلاوا۔ بہلاوا۔"

آج مجھے باتیں یاد آ رہی ہیں۔ بیتی باتیں۔ بسری باتیں۔ سانپ گزر گیے۔ لکیریں رہ گئیں۔ لکیریں ہی لکیریں۔ سانپ تو صرف ڈراتے ہیں۔ پھنکارتے ہیں۔ لکیریں کاٹتی ہیں۔ ڈستی ہیں، پتا نہیں، ایسا کیوں ہوتا ہے۔ لکیروں نے مجھے چھلنی کر رکھا ہے۔ چلتی ہیں۔ چلے جاتی ہیں۔ جیسے دھار چلتی ہے۔ ایک ختم ہوتی ہے دوجی شروع ہو جاتی ہے۔

آپی کی بیٹھک میں ہم تین تھیں۔ پیلی، روپہ اور میں۔ پیلی بڑی، روپہ منجھلی اور میں

چھوٹی۔ پیلی میں بڑی آن تھی پر مان نہ تھا۔ اس آن میں چھب تھی۔ سندرتا بھرا ٹھہراؤ تھا۔ یوں رعب سے بھری رہتی جیسے مٹیار رس بھری رہتی ہے۔ مورتی سمان۔

روپہ سرہی سر تھی۔ تاروں سے بنی تھی۔ اس کے بند بند میں تار لگے تھے۔ سرتیاں سمرتیاں۔ اور وہ گونجتے مدھم میں گونجتے۔ اور پھر سننے والوں کے دلوں کو جھلا دیتے۔ تیجی میں تھی۔ آپی کہتی تھی سنہرے، تجھ میں دکھ کی بھیگ ہے۔ تو بھگو دیتی ہے۔ خود بھی ڈوب جاتی ہے دوجے کو بھی ڈبو دیتی ہے۔ پگلی دوجے کو ڈبویا کر، خود نہ ڈوبا کر۔ مجھے تجھ سے ڈر آتا ہے سنہرے۔ کسی دن تو ہم سب کو نہ لے ڈوبے۔

آپی کی بیٹھک کوئی عام بیٹھک نہ تھی کہ جس کا جی چاہا منہ اٹھایا اور چلا آیا۔ بیٹھک پر دھن دولت کا زور تو چلتا ہی ہے بیٹھک پر آپی نے برتاؤ کا ایسا رنگ چلا رکھا تھا کہ خالی دھن دولت کا زور نہ چلتا تھا۔ نو دولتیے آتے تھے۔ پر ایسے بدمزہ ہو کر جاتے کہ پھر رخ نہ کرتے۔ آپی کی بیٹھک میں نگاہیں نہیں چلتی تھیں۔ اس نے ہمیں سمجھا رکھا تھا کہ لوگ نگاہوں پر اچھالیں گے تو پڑے اچھالیں۔ لڑکیو تم نہ اچھلنا۔ جو نگاہوں پر اچھل جاتی ہیں وہ منہ کے بل گرتی ہیں۔ اور جو گر گئی وہ سمجھ لو، نظروں سے گر گئی۔ پھر نہ اپنے جوگی رہی نہ دوسروں جوگی۔ آپی کی بیٹھک میں نظریں نہیں چلتی تھیں۔ کان لگے رہتے تھے۔ دل دھڑکتے تھے۔ وہاں ملاپ کا رنگ نہ ہوتا تھا۔ برہا کا ہوتا۔ رنگ رلیاں نہیں ہوتی تھیں۔ نہ وہاں تماشا ہوتا نہ تماش بین۔

مجھے وہ دن یاد آتے ہیں جب ہمارے ہاں ٹھاکر کی بیٹھک لگتی تھی۔ دو مہینے میں ایک بار ضرور لگتی تھی۔ ٹھاکر کی بیٹھک لگتی تو کوئی دوجا نہیں آسکتا تھا۔ صرف ٹھاکر کے سنگی ساتھی۔ ٹھاکر بھی تو عجب تھا۔ اوپر سے دیکھو تو ریچھ۔ طاقت سے بھرا ہوا۔ اندر جھانکو تو بچہ۔ نرم نرم، گرم گرم۔ ویسے تھا آن بھرا۔ سنگت کا رسیا۔ یوں لگتا جیسے بھیتر کوئی لگن

لگی ہو۔ دھونی رمی ہو۔ آرتی سجی ہو۔ ٹھاکر کی ہمارے ہاں بڑی قدر تھی۔ آپی عزت کرتی تھی۔ بھروسا کرتی تھی۔ ٹھاکر نے بھی کبھی نظر اچھالی نہ تھی۔ جھکائے رکھتا۔ پیتا ضرور تھا، پر ایسی کہ جوں جوں پیتا جاتا الٹا مدھم پڑتا جاتا۔ آنکھ کی چمک گل ہو جاتی۔ آواز کی کڑک بھیگ جاتی۔ اس کا نشہ ہی انوکھا تھا۔ جیسے بوتل کا نہ ہو، بھیتر کا ہو۔ بوتل ایک بہانہ ہو۔ بوتل چابی ہو بھیتر کے پٹ کھولنے کی۔

ڈرو سکھیو ڈرو۔ بھیتر کے نشے سے ڈرو۔ بھیتر کے نشے کے سامنے بوتل کا نشہ یوں ہاتھ جوڑے کھڑا ہے جیسے راجہ کے روبرو پنچ کھڑا ہو۔ بوتل کا خالی سر چکراتا ہے۔ بھیتر کا من کا جھولنا جھلا دیتا ہے۔ ڈرو سکھیو ڈرو بھیتر کے نشے سے ڈرو۔ بوتل کا تو کام کاج جوگا نہیں چھوڑتا۔ بھیتر کا کسی جوگا نہیں چھوڑتا۔ خود جوگا بھی نہیں۔ مجھے کیا پتا تھا کہ ٹھاکر کے نشے کا ریلا مجھے بھی لے ڈوبے گا۔

ہاں تو اس روز ٹھاکر کی بیٹھک ہو رہی تھی۔ بول تھے، "گانٹھری میں کون جتن کر کھولوں۔ مورے پیا کے جیا میں پڑی رہی۔" گیت نے کچھ ایسا سماں باندھ رکھا تھا کہ ٹھاکر جھوم جھوم جا رہا تھا۔ پھر کہو، پھر بولو کا جاپ کیے جا رہا تھا۔ نہ جانے کس گرہ کو کھولن کی آرزو جاگی تھی۔ اپنے من یا محبوب کے من کی۔ سمے بیتا جا رہا تھا۔ سمے کی سدھ بدھ نہ رہی تھی۔ کبھی کبھی ایسا بھی ہوتا ہے۔ سمے جیون سے نکل جاتا ہے کہ کون ہیں، کہاں ہیں، کیا کر رہے ہیں۔ کسی بات کی سدھ بدھ نہیں رہتی۔ اس روز وہ سمے ایسا ہی سمے تھا۔"

دفعتاً گھڑی نے تین بجائے۔ آپی ہاتھ جوڑے اٹھ بیٹھی۔ بولی، "شما کرو ٹھاکر جی۔ معافی مانگتی ہوں۔ ہمارا سمے بیت گیا۔ اب بیٹھک ختم کرو۔" ٹھاکر پہلے تو چونکا پھر مسکایا، "نہ آپی" وہ بولا، ابھی تو رات بھیگی ہے۔ آپی بولی ٹھاکر ہم سوکھے پروں والے پنچھی ہیں۔ جب رات بھیگ جاتی ہے تو ہمارا سمے بیت جاتا ہے۔ جو ہمارے پر بھیگ گیے تو اڈاری نہ

رہے گی۔ فن کار میں اڈاری نہ رہے تو باقی رہا کیا؟" ٹھاکر نے بڑی منتیں کیں۔ آپی نہ مانی۔ محفل ٹوٹ گئی تو ہم تینوں آپی کے گرد ہو گئیں۔ "آپی یہ سمے کا گورکھ دھندا کیا ہے؟"

آپی بولی، "لڑکیو سمے بڑی چیز ہے۔ ہر کام کا الگ سمے بنا ہے۔ رات کو گاؤ بجاؤ۔ پیو۔ پلاؤ۔ ملو ملاؤ۔ موج اڑاؤ۔ بس تین بجے تک۔ پھر بھور سمے اس کا سمے ہے۔ اس کا نام جپو۔ اسے پکارو۔ فریاد کرو۔ دعائیں مانگو۔ سجدے کرو۔ اس سمے میں تم عیش نہیں کر سکتے۔ گناہ نہیں کر سکتے۔ قتل نہیں کر سکتے۔ یہ دھندا جو ہمارا ہے اس کے سمے میں نہیں چل سکتا۔ اس کے سمے میں پاؤں نہ دھرنا۔ اس نے برا مانا تو ماری جاؤ گی۔ جو وہ راضی ہو گیا تو بھی ماری جاؤ گی۔ اور دیکھو اس کے سمے کے نیڑے نیڑے بھی ایسا گیت نہ گانا جو اسے پکارے۔ بھجن نہ چھیڑنا۔ ڈرو کہیں وہ تمہاری پکار سن کر ہنکارا نہ بھر دے۔

پھر وہ دن آگیا جب میں نے ان جانے میں سمے کا بندھن توڑ دیا۔ اس روز ٹھاکر آئے۔ آپی سے بولے، "بائی کل خواجہ کا دن ہے۔ خواجہ کی نیاز سارے گاؤں کو کھلاؤں گا۔ آج رات خواجہ کی محفل ہو گی ادھر حویلی میں۔ صرف اپنے ہوں گے، گھر کے لوگ۔ تجھے لینے آیا ہوں۔ چل میرے ساتھ میرے گاؤں۔"

آپی سوچ میں پڑ گئی۔ بولی، "روپہ ماندی ہے۔ وہ تو نہیں جا سکے گی۔ کسی اور دن رکھ لینا نذر نیاز۔"

"خواجہ کا دن میں کیسے بدلوں؟" وہ بولا۔

"تو کسی اور منڈلی کو لے جا۔"

"اونہوں۔" ٹھاکر نے منہ بنالیا۔ "خواجہ کی بات نہ ہوتی تو لے جاتا۔ ان کا نام لینے کے لائق مکھ تو ہو۔"

"میں کس لائق ہوں جو ان کا نام منہ پر لاؤں۔"

"بس اک تیری ہی بیٹھک ہے بائی جہاں پوتر تا ہے۔ جہاں جسم کا نہیں من کا ٹھکانا ہے۔"

آپی مجبور ہو گئی۔ اس نے روپہ کا دھیان رکھنے کے لیے پیلی کو وہاں چھوڑا اور مجھے لے کر ٹھاکر کے گاؤں چلی۔ رات بھر وہاں حویلی میں خواجہ کی محفل لگی۔ وہ تو گھریلو محفل تھی۔ ٹھاکر کی بہنیں، بہوویں، بیٹیاں، ٹھاکرانی سب بیٹھے تھے۔ وہ تو سمجھ لو بھجن منڈلی تھی اور خواجہ کے گیت، "خواجہ میں تو آن کھڑی تورے دوار" سے شروع ہوئی تھی۔

آدھی رات کے سمے محفل اتنی بھیگی کہ سب کی آنکھیں بھر آئیں۔ دل ڈولے۔ آپی کا ڈوب ہی گیا۔ ٹھاکر اسے محفل سے اٹھا کر اندر لے گیا، شربت شیر اپلانے کو۔ پھر وہیں لٹا دیا۔ پھر خواجہ کے گیت چلے تو میں بھی بھیگ گئی۔ آنکھیں بھر بھر آئیں۔ میں حیران میں تو کچھ مانگ نہیں رہی۔ میں تو التجا نہیں کر رہی۔ میں تو اک تاجر ہوں۔ پیسہ کمانے کے لیے آئی ہوں۔ میری آنکھیں کیوں بھر بھر آئیں خواہ مخواہ۔ سو میں بنا سوچے گائے چلی گئی۔ آنکھیں بھر بھر آتی رہیں۔ دل کو کچھ کچھ ہوتا رہا۔ پر میں بھیگ بھیگ کر گاتی رہی۔ سمے بیت گیا اور مجھے دھیان ہی نہ آیا کہ میں اس کے سمے میں پاؤں دھر چکی ہوں۔ آپی تھی نہیں جو مجھے ٹوکتی۔

اور پھر مجھے کیا پتا تھا کہ خواجہ کون ہے۔ میں نے تو صرف نام سن رکھا تھا۔ اس کے گیت یاد کر رکھے تھے۔ میں تو صرف یہ جانتی تھی کہ وہ غریب نواز ہے۔ میں تو غریب نہ تھی۔ مجھے کیا پتا تھا کہ مجھے بھی نواز دے گا۔ خواہ مخواہ، زبردستی۔ مجھے کیا پتا تھا کہ اس میں اتنی بھی سدھ بدھ نہیں کہ کون پکار رہا ہے۔ کون گا رہا ہے۔ کون منگتا ہے۔ کون خالی جھولی پھیلا رہا ہے۔ کون بھری جھولی سمیٹ رہا ہے۔ میں تو یہی سنتی آئی تھی کہ دکھی

لوگ پکار پکار کر ہار جاتے ہیں، پر کوئی سنتا نہیں۔ مجھے کیا پتا تھا کہ اتنا دیالو ہے۔ اتنا نیڑے ہے۔ اتنے کان کھڑے رکھتا ہے۔

پھر ٹھاکر بولا، "سنہری بائی، بس اک آخری فرمائش، خواجہ پیاموری رنگ دے چنریا۔ ایسی بھی رنگ دے رنگ نہ چھوٹے۔ دھوبیا دھوئے جائے ساری عمریا۔"

پھر مجھے سدھ بدھ نہ رہی۔ ایسی رنگ پچکاری چلی کہ میں بھیگ گئی۔ اور میں ہی نہیں ساری محفل رنگ رنگ ہو گئی۔ انگ انگ بھیگا۔ خواجہ نے رنگ گھاٹ بنا دیا۔ گھر پہنچی تو گویا میں، میں نہ تھی۔ دل رویا رویا۔ دھیان کھویا کھویا۔ کسی بات میں چت نہ لگتا۔ بیٹھک بے گانہ دکھتی۔ ساز میں طرب نہ رہا۔ سارنگی روئے جاتی۔ استاد نکو خاں بجاتے پر وہ روئے جاتی۔ طبلہ سر پیٹتا۔ گھنگھرو کہتے پاؤں میں ڈال اور بن کو نکل جا۔ وہاں اس کا جھومر ناچ جو پتے پتے ڈال ڈال سے جھانک رہا ہے۔

روز دن میں تین چار بار ایسی رقت طاری ہوتی کہ بھیں بھیں کر روتی۔ پھر حال کھیلنے لگتی۔ پیلی حیران، روپہ کا منہ کھلا، آپی چپ، یہ کیا ہو رہا ہے۔ جب آٹھ دن یہی حالت رہی بلکہ اور بگڑ گئی تو آپی بولی بس پتر، تیرا اس بیٹھک سے بندھن ٹوٹ گیا۔ دانا پانی کھتم ہو گیا۔ تو نے اس کے سمے میں پاؤں دھر دیا۔ اس نے تجھے رنگ دیا۔ اب تو اس دھندے جوگی نہیں رہی۔

"پر کہاں جاؤں آپی؟ اس بیٹھک سے باہر پاؤں دھرنے کی کوئی جگہ بھی ہو میرے لیے۔"

"جس نے بلایا ہے اس کے دربار میں جا۔" روپہ بولی۔

"اس بھیڑ میں جائے۔" آپی بولی، "یہ لڑکی جائے جس کا سنہری پنڈا کپڑوں سے باہر جھانکتا ہے۔ نہیں، یہ کہیں نہیں جائے گی۔ اسی کوٹھری میں رہے گی۔ بیٹھک میں پاؤں

نہیں دھرے گی۔"

پھر پتا نہیں کیا ہوا۔ رقت ختم ہو گئی۔ دل میں اک جنون اٹھا کہ کسی کی ہو جاؤں۔ کسی ایک کی۔ تن من دھن سے اسی کی ہو جاؤں۔ ہو رہوں۔ وہ آئے تو اس کے جوتے اتاروں۔ پنکھا کروں۔ پاؤں دابوں۔ سر میں تیل کی مالش کروں۔ اس کے لیے پکاؤں۔ میز لگاؤں۔ برتن رکھوں۔ اس کی بنیانیں دھوؤں۔ کپڑے استری کروں۔ آرسی کا کول بناؤں پھر سرہانے کھڑی رہوں کہ کب جاگے، کب پانی مانگے۔

ایک دن آپی بولی، "اب کیا حال ہے دھیے؟" میں نے رورو کے ساری بات کہہ دی کہ، "کہتے ہیں کسی ایک کی ہو جا۔"

بولی، "وہ کون ہے؟ کوئی نظر میں ہے کیا؟"

"اونہہ۔ کوئی نظر میں نہیں۔"

"ناک نقشہ دکھتا ہے کبھی؟"

"نہیں آپی۔"

"کوئی بات نہیں" وہ بولی، "جو کھونٹی پر لٹکانا مقصود ہے تو آپ کھونٹی بھیجے گا۔"

دس ایک دن کے بعد جب بیٹھک راگ رنگ سے بھری ہوئی تھی تو میری کوٹھری کا دروازہ بجا۔ آپی داخل ہوئی بولی، "خواجہ نے کھونٹی بھیج دی۔ اب بول کیا کہتی ہے؟"

"کون ہے؟" میں نے پوچھا۔

"کوئی زمیندار ہے۔ ادھیڑ عمر کا ہے۔ کہتا ہے بس ایک بار بیٹھک میں آیا تھا۔ سنہری بائی کو سنا تھا۔ جب سے اب تک اس کی آواز کانوں میں گونجتی ہے۔ دل کو بہت سمجھایا۔ توجہ بٹانے کے بہت جتن کیے۔ کوئی پیش نہیں گئی۔ اب ہار کے تیرے در پر آیا ہوں۔ بول تو کیا کہتی ہے؟ منہ مانگا دوں گا۔"

میں نے کہا، "دے دے۔ سال کے لیے بخش دے۔ جیسی تیری مرضی۔" آپی ہنسنے لگی۔ پھر بولی، "چل بیٹھک میں اسے دیکھ لے ایک نظر۔"

"اونہوں" میں نے سر ہلایا، "نہیں آپی۔ انہوں نے بھیجا ہے تو ٹھیک ہے۔ دیکھنے کا مطلب۔"

"کتنی دیر کے لیے مانگوں؟"

"جیون بھر کے لیے۔"

"سوچ لے، جو اوباش نکلا تو؟"

"پڑا نکلے۔ کیسا بھی ہے جیسا بھی نکلے۔"

اگلے دن بیٹھک میں ہمارا نکاح ہو گیا۔ زمیندار نے پیسے کا ڈھیر لگا دیا۔ آپی نے رد کر دیا لوٹا دیا۔ بولی، "سودا نہیں کر رہی۔ اپنی دھی وداع کر رہی ہوں۔ اور یاد رکھ یہ خواجہ کی امانت ہے۔ سنبھال کر رکھیو۔"

حویلی یوں اجڑی تھی جیسے دیو پھر گیا ہو۔

ویسے تو سبھی کچھ تھا۔ ساز و سامان تھا۔ آرائش تھی۔ قالین بچھے ہوئے تھے۔ صوفے لگے ہوئے تھے۔ قد آدم آئینے۔ جھاڑ فانوس سبھی کچھ۔ پھر بھی حویلی بھائیں بھائیں کر رہی تھی۔ برآمدے میں آرام کرسی پر چھوٹی چودھرانی بیٹھی ہوئی تھی۔ سامنے تپائی پر چائے کے برتن پڑے تھے۔ مگر اسے خبر ہی نہ تھی کہ چائے ٹھنڈی ہو چکی ہے۔ اسے تو خود کی سدھ بدھ نہ تھی کہ کون ہے، کہاں ہے، کیوں ہے۔ اوپر سے شام آ رہی تھی۔ سمے کو سمے ٹکراتی۔ اداسیوں کے جھنڈے گاڑتی۔ یادوں کے دیے جلاتی۔ بیتی باتوں کے الاپ گنگناتی۔ دبے پاؤں۔ مدھم۔ یوں جیسے پائل کی جھنکار بیر نیا ہو۔

دور، اپنے کوارٹر کے باہر کھاٹ پر بیٹھے ہوئے چوکیدار کی نگاہیں چھوٹی چودھرانی پر

جمی ہوئی تھیں۔ حقے کا سوٹا لگاتا اور پھر سے چھوٹی چودھرانی کو دیکھنے لگتا۔ یوں جیسے اسے دیکھ دیکھ کر دکھی ہوا جارہا ہو۔ دوسری جانب گھاس کے پلاٹ کے کونے پر بوڑھا مالی پودوں کی تراش خراش میں لگا تھا۔ ہر دو گھڑی کے بعد سر اٹھاتا اور چھوٹی چودھرانی کی طرف ٹکٹکی باندھ کر بیٹھ جاتا۔ پھر چونک کر لمبی ٹھنڈی سانس بھرتا اور پھر سے کاٹ چھانٹ میں لگ جاتا۔

جنت بی بی، جو چھوٹی چودھرانی کا کھانا پکاتی تھی، دو تین بار برآمدے کے پرلے کنارے پر کھڑی ہو کر اسے دیکھ گئی تھی۔ جب دیکھتی تو اس کی آنکھیں بھیگ بھیگ جاتی تھیں۔ پلو سے پونچھتی پھر لوٹ جاتی۔ ارے نوکر کمین چھوٹی چودھرانی پر جان چھڑکتے تھے۔ اس کے غم میں گھلے جارہے تھے۔ لیکن ساتھ ہی وہ اس پر سخت ناراض بھی تھے۔ اس نے اپنے پاؤں پر خود کلہاڑی کیوں ماری تھی؟ کیوں خود کو دوجوں کا محتاج بنالیا تھا؟ کیوں؟ اپنی اولاد ہوتی تو پھر بھی سہارا ہوتا۔ اپنی اولاد بھی تو تھی نہیں۔

جب چودھری مرنے سے پہلے بقائمی ہوش وہواس اپنی آدھی غیر منقولہ جائیداد چھوٹی چودھرانی کے نام گفٹ کر گیا تو اسے کیا حق تھا کہ اپنا تمام حصہ بڑی چودھرانی کے دونوں بیٹوں میں تقسیم کر دے۔ اگر ایک دن بڑی چودھرانی نے اسے حویلی سے نکال باہر کیا تو وہ کیا کرے گی؟ کس کا در دیکھے گی؟

ایک طرف تو اتنی بے نیازی کہ اتنی بڑی جائیداد اپنے ہاتھ سے بانٹ دی اور دوسری طرف یوں سوچوں میں گم تصویر بن کر بیٹھ رہتی ہے۔ سارے ہی نوکر حیران تھے کہ چھوٹی چودھرانی کس سوچ میں کھوئی رہتی ہے۔ چودھری کو مرے ہوئے تین مہینے ہو گیے تھے۔ جب سے یونہی حواس گم قیاس گم بیٹھی رہتی ہے۔ اور پھر ٹوٹتی رات سمے اس کے کمرے سے گنگنانے کی آواز کیوں آتی ہے؟ کس خواجہ پیا کو بلاتی ہے؟ خواجہ

پیا موری لیجو خبریا۔ کون خبر لے؟ کیسی خبر لے؟ چھوٹی چودھرانی پر انہیں پیار ضرور آتا تھا۔ پر اس کی باتیں سمجھ میں نہیں آتی تھیں۔ پتا نہیں چلتا تھا کہ کس سوچ میں پڑی رہتی ہے۔

چھوٹی چودھرانی کو صرف ایک سوچ تھی۔ اندر سے ایک آواز اٹھتی۔ بول تیرا جیون کس کام آیا؟ وہ سوچ سوچ ہار جاتی، پر اس سوال کا جواب ذہن میں نہ آتا۔ الجھے الجھے خیال الجھاتے۔ مجھے چمن سے اکھیڑا۔ بیل بنا کر اک درخت کے گرد گھما دیا اور اب اس درخت کو اکھیڑ پھینکا۔ بیل مٹی میں مل گئی۔ اب یہ کس کے گرد گھومے؟ بول میرا جیون کس کام آیا؟ دفعتاً اس نے محسوس کیا کہ کوئی اس کے روبرو کھڑا ہے۔ سر اٹھایا۔ سامنے گاؤں کا پٹواری کھڑا تھا۔

"کیا ہے؟" وہ بولی۔

"میں ہوں پٹواری، چھوٹی چودھرانی جی!"

"تو جا، جا کر بڑی چودھرانی سے مل۔ مجھ سے تیرا کیا کام؟"

"آپ ہی سے کام ہے۔" وہ بولا۔

"تو بول کیا کہتا ہے؟"

"گاؤں میں دو درویش آئے ہیں۔ گاؤں والے چاہتے ہیں انہیں چند دن یہاں روکا جائے۔ جو آپ اجازت دیں تو آپ کے مہمان خانے میں ٹھہرا دیں۔"

"ٹھہرا دو۔" وہ بولی۔

"نوکر چاکر، بندوبست۔۔۔" وہ رک گیا۔

"سب ہو جائے گا۔"

پٹواری سلام کر کے جانے لگا تو پتا نہیں کیوں اس نے سرسری طور پر پوچھا، "کہاں

سے آئے ہیں؟"

پٹواری بولا، "اجمیر شریف سے آئے ہیں۔ خواجہ غریب نواز کے فقیر ہیں۔" اک دھماکہ ہوا چھوٹی چودھرانی کی بوٹیاں ہوا میں اچھلیں۔ اگلی شام چھوٹی چودھرانی نے جنت بی بی سے پوچھا، "جنت یہ جو دو درویش ٹھہرے ہوئے ہیں یہاں، ان کے پاس گاؤں والے آتے ہیں کیا؟" جنت بولی، "لو چھوٹی چودھرانی وہاں تو سارا دن لوگوں کا تانتا لگا رہتا ہے۔ بڑے پہنچے ہوئے ہیں۔ جو منہ سے کہتے ہیں ہو جاتا ہے۔"

"تو تیار ہو جا۔ جنت ہم بھی جائیں گے۔ تو اور میں۔"

"چودھرانی جی وہ مغرب کے بعد کسی سے نہیں ملتے۔"

"تو چل تو سہی۔" چودھرانی نے خود کو چادر میں لپیٹتے ہوئے کہا، "اور دیکھ وہاں مجھے چودھرانی کہہ کر نہ بلانا۔ خبردار!"

جب وہ مہمان خانے پہنچیں تو دروازہ بند تھا۔ جنت نے دروازہ کھٹکھٹایا۔ کون ہے؟ اندر سے آواز آئی۔ جنت نے پھر دستک دی۔ سفید ریش بوڑھے خادم نے دروازہ کھولا۔ جنت زبردستی اندر داخل ہو گئی۔ پیچھے پیچھے چودھرانی تھی۔ سفید ریش گھبرا گیا۔ بولا، "سائیں بادشاہ مغرب کے بعد کسی سے نہیں ملتے۔ وہ اس کمرے میں مشغول ہیں۔"

"ہم سائیں بادشاہ سے ملنے نہیں آئے۔" چھوٹی چودھرانی بولی۔

"تو پھر؟" سفید ریش گھبرا گیا۔

"ایک سوال پوچھنا ہے۔" چودھرانی نے کہا۔

"سائیں بابا اس سمے سوال کا جواب نہیں دیں گے۔"

"سائیں بابا نے جواب نہیں دینا۔ انہوں نے پوچھنا ہے۔" وہ بولی۔

"کس سے پوچھنا ہے؟" خادم بولا۔

"اس سے پوچھنا ہے جس کے وہ بالکے ہیں۔" یہ سن کر سفید ریش خادم سن ہو کر کھڑے کا کھڑا رہ گیا۔

"ان سے پوچھو۔۔۔" چھوٹی چودھرانی نے کہا، "ایک عورت تیرے دوار پر کھڑی پوچھ رہی ہے اے غریب نواز بتا کہ میرا جیون کس کام آیا؟"

کمرے پر منوں بوجھل خاموشی طاری ہو گئی۔

چھوٹی چودھرانی بولی، "کہو وہ عورت پوچھتی ہے تو نے بیٹھک کے گملے سے اک بوٹا اکھیڑا۔ اسے بیل بنا کر ایک درخت کے گرد لپیٹ دیا کہ جا اس پر نثار ہوتی رہ۔" وہ رک گئی۔ کمرے کی خاموشی اور گہری ہو گئی، "اب تو نے اس درخت کو اکھیڑ پھینکا ہے۔ بیل مٹی میں رل گئی۔ وہ بیل پوچھتی ہے بول میرا جیون کس کام آیا؟" یہ کہہ کر وہ چپ ہو گئی۔

"تیرا جیون کس کام آیا۔ تیرا جیون کس کام آیا۔" سفید ریش خادم کے ہونٹ لرزنے لگے۔

"تو پوچھتی ہے تیرا جیون کس کام آیا؟" وہ رک گیا۔ کمرے کی خاموشی اتنی بوجھل ہو گئی کہ سہاری نہیں جاتی تھی۔

"میری طرف دیکھ۔" سفید ریش خادم نے کہا، "سنہری بائی، میری طرف دیکھ کہ تیرا جیون کس کام آیا۔ مجھے نہیں پہچانتی؟ میں تیرا سارنگی نواز تھا۔ دیکھ میں کیا تھا کیا ہو گیا۔"

چھوٹی چودھرانی کے منہ سے ایک چیخ نکلی، "استاد جی، آپ؟" وہ استاد کے چرن چھونے کے لیے آگے بڑھی۔ عین اسی وقت ملحقہ کمرے کا دروازہ کھلا۔ ایک بھاری بھر کم نورانی چہرہ برآمد ہوا۔

"سنہری بی بی!" وہ بولا، "مجھ سے پوچھ تیرا جیون کس کام آیا؟"

چھوٹی چودھرانی نے مڑ کر دیکھا، "ٹھاکر!" وہ چلائی۔

ٹھاکر بولا، "اب ہمیں پتا چلا کہ سرکار نے ہمیں ادھر آنے کا حکم کیوں دیا تھا۔" اس نے سنہری بی بی کے سامنے اپنا سر جھکا دیا۔ بولا، "بی بی ہمیں آشیرباد دے۔"

(۶) یہ پری چہرہ لوگ

غلام عباس

پت جھڑ کا موسم شروع ہو چکا تھا۔ بیگم بلقیس تراب علی ہر سال کی طرح اب کے بھی اپنے بنگلے کے باغیچے میں مالی سے پودوں اور پیڑوں کی کانٹ چھانٹ کرا رہی تھیں۔ اس وقت دن کے کوئی گیارہ بجے ہوں گے۔ سیٹھ تراب علی اپنے کام پر اور لڑکے لڑکیاں اسکولوں کالجوں میں جا چکے تھے۔ چنانچہ بیگم صاحب بڑی بے فکری کے ساتھ آرام کرسی پر بیٹھی مالی کے کام کی نگرانی کر رہی تھیں۔

بیگم تراب علی کو نگرانی کے کاموں سے ہمیشہ بڑی دلچسپی رہی تھی۔ آج سے پندرہ سال پہلے جب ان کے شوہر نے جو اس وقت سیٹھ تراب علی نہیں بلکہ شیخ تراب علی کہلاتے تھے اور سرکاری تعمیرات کے ٹھیکے لیا کرتے تھے۔ اس نواح میں بنگلہ بنوانا شروع کیا تھا تو بیگم صاحب نے اس کی تعمیرات کے کام کی بڑی کڑی نگرانی کی تھی اور یہ اسی کا نتیجہ تھا کہ یہ بنگلہ بڑی کفایت کے ساتھ اور تھوڑے ہی دنوں میں بن کر تیار ہو گیا تھا۔

بیگم تراب علی کا ڈیل ڈول مردوں جیسا تھا۔ آواز اونچی اور گھنبیر اور رنگ سانولا جو غصے کی حالت میں سیاہ پڑ جایا کرتا۔ چنانچہ نوکر چاکر ان کی ڈانٹ ڈپٹ سے تھر تھر کانپنے لگتے اور گھر بھر پر سناٹا چھا جاتا۔ ان کی اولاد میں سے تین لڑکے اور دو لڑکیاں سن بلوغت کو پہنچ چکے تھے مگر کیا مجال جو ماں کے کاموں میں دخل دینا یا اس کی مرضی کے خلاف کوئی کام کرنا پسند کرتے تھے۔ چنانچہ بیگم صاحب پورے خاندان پر ایک ملکہ کی طرح حکمراں

تھیں۔ عمر اور خوش حالی کے ساتھ ساتھ ان کی فربہی بھی بڑھتی جارہی تھی اور فربہی کے ساتھ رعب اور دبدبہ بھی۔

ان پندرہ برس میں جو انہوں نے اس نواح میں گزارے تھے وہ یہاں کے قریب قریب سبھی رہنے والوں سے بخوبی واقف ہوگئی تھیں۔ بعض گھروں سے میل ملاپ بھی تھا اور کچھ بیبیوں سے دوستی بھی۔ وہ اس علاقے کے حالات سے خود کو باخبر رکھتی تھیں۔ یہاں تک کہ املاک کی خرید و فروخت اور بنگلوں میں نئے کرایہ داروں کی آمد اور پرانے کرایہ داروں کی رخصت کی بھی انہیں پوری پوری خبر رہتی تھی۔

اس وقت بیگم تراب علی کی تیز نظروں کے سامنے مالی کا ہاتھ بڑی پھرتی سے چل رہا تھا۔ اس نے پودوں اور چھوٹے چھوٹے پیڑوں کی کاٹ چھانٹ تو قینچی سے کھڑے کھڑے ہی کرڈالی تھی اور اب وہ اونچے اونچے درختوں پر چڑھ کر بیگم صاحب کی ہدایت کے مطابق سوکھے یا زائد ٹہنے کلہاڑی سے کاٹ کاٹ کر نیچے پھینک رہا تھا۔

کچھ دیر بعد بیگم صاحب بیٹھے بیٹھے تھک گئیں اور کرسی سے اٹھ کر بنگلے کی چار دیواری کے ساتھ ساتھ ٹہلنے لگیں۔ بنگلے کے آگے کی دیوار کے ساتھ ساتھ جو پیڑ تھے ان میں دو ایک تو خاصے بڑے تھے جن کی چھاؤں گھنی تھی خاص کر ولائتی بادام کا پیڑ۔ اس کا سایہ نصف بنگلے کے اندر اور نصف باہر سڑک پر رہتا تھا۔ دن کو جب دھوپ تیز ہو جاتی تو کبھی کبھی کوئی راہگیر یا خوانچے والا ذرا دم لینے کو اس کے سائے میں بیٹھ جاتا تھا۔

بیگم بلقیس تراب علی جیسے ہی اس پیڑ کے پاس پہنچیں ان کے کان میں دیوار کے باہر سے کسی کے بولنے کی آواز آئی۔ انہوں نے اس آواز کو فوراً پہنچان لیا۔ یہ اس علاقے کی مہترانی سگو کی آواز تھی جو اپنی بیٹی جگو سے بات کر رہی تھی۔ یہ ماں بیٹیاں بھی اکثر دوپہر کو اسی پیڑ کے نیچے ستانے یا ناشتہ پانی کرنے بیٹھ جایا کرتی تھیں۔

بیگم بلقیس تراب علی نے پہلے تو ان کی باتوں کی طرف دھیان نہ دیا۔ مگر ایکا ایکی ان کے کان میں کچھ ایسے الفاظ پڑے کہ وہ چونک اٹھیں۔ سگو اپنی بیٹی سے پوچھ رہی تھی:

"کیوں ری تو نے طوطے والی کے ہاں کام کر لیا تھا؟"

"ہاں" جگو نے اپنی مہین آواز میں جواب دیا۔

'اور کھلونے والی کے ہاں؟'

"وہاں بھی۔"

"اور تپ دق والی کے ہاں؟"

اب کے جگو کی آواز سنائی نہ دی۔ شائد اس نے سر ہلا دینے پر ہی اکتفا کیا ہو گا۔

"اور کالی میم کے ہاں؟"

اب تو بیگم تراب علی سے ضبط نہ ہو سکا اور وہ بے اختیار پکار اٹھیں:

"سگو۔ اری او سگو۔ ذرا اندر تو آئیو۔"

سگو کے وہم و گمان میں بھی یہ بات نہ تھی کہ اس کی باتیں کوئی سن رہا ہو گا۔ خصوصا بیگم بلقیس تراب علی جن کی سخت مزاجی اور غصے سے اس کی روح کانپتی تھی۔ وہ پہلے تو گم سم رہ گئی۔ پھر مری ہوئی آواز میں بولی:

'ابھی آئی بیگم صاحب!'

تھوڑی دیر بعد وہ آنچل کو سینے سے ڈھانپتی، لہنگا ہلاتی، بنگلے کا پھاٹک کھول اندر آئی۔ جگو اس کے پیچھے پیچھے تھی۔ دونوں ماں بیٹیوں کے کپڑے میلے چکٹ ہو رہے تھے۔ دونوں نے سر میں سرسوں کا تیل خوب لیسا ہوا تھا۔

"سلام بیگم صاحب!" سگو نے ڈرتے ڈرتے کہا۔ ابھی تک اس کی سمجھ میں نہ آیا تھا کہ کس قصور کی بنا پر اسے بیگم صاحب کے حضور پیش ہونا پڑا۔

بیگم صاحب نے تحکمانہ لہجے میں پوچھا:

"کیوں ری مردار یہ تو باہر بیٹھی کن لوگوں کے نام لے رہی تھی ؟"

"کیسے نام بیگم صاحب ؟"

"اری تو کہہ رہی تھی نا طوطے والی، کھلونے والی، تپ دق والی، کالی میم ؟"

سگو نے مسکرانے کی کوشش کرتے ہوئے کہا:

"وہ تو بیگم صاحب ہم آپس میں باتیں کر رہے تھے۔"

"دیکھ سگو سچ بتادے ورنہ میں جیتا نہ چھوڑوں گی۔"

سگو پل بھر خاموش رہی۔ اس نے جان لیا کہ بیگم صاحب سے بات چھپانی مشکل ہو گی اور اس نے بڑی لجاجت سے کہنا شروع کیا:

"وہ بات یہ ہے بیگم صاحب ہم لکھت پڑھت تو جانتے نہیں اور ہم کو لوگوں کے نام بھی معلوم نہیں۔ سو ہم نے اپنی نسانی کے لئے ان کے نام رکھ لیے ہیں۔"

"اچھا تو یہ طوطے والی کون ہے ؟"

"وہ جو بڑا سا گھر ہے نہ اگلی گلی میں نکڑ والا۔۔۔"

"فاروق صاحب کا ؟"

"جی بیگم صاحب وہی۔ ان کی بیوی نے طوطا پال رکھا ہے۔ ہم ان کو نسائی کے لیے طوطے والی کہتے ہیں۔"

"اور یہ کھلونے والی کون ہے"؟

"وہ جو مسیت کے برابر والے بنگلے میں رہتی ہیں۔"

بیگم تراب علی نے اس علاقے کا نقشہ ذہن میں جمایا ذرا دیر غور کیا۔ پھر بولیں:

"اچھا بخش الٰہی صاحب کا مکان ؟"

"جی سرکار وہی۔"

"اری کمبخت تو ان کی "بیگم کو کھلونے والی" کیوں کہتی ہے۔ جانتی بھی ہے وہ تو لکھ پتی ہیں لکھ پتی، کھلونے تھوڑا ہی بیچتے ہیں۔"

"جب دیکھو ان کی کوٹھی میں ہر طرف کھلونے ہی کھلونے بکھرے رہتے ہیں۔ بہت بڑھیا بڑھیا کھلونے۔ یہ بڑے بڑے ہوائی جہاج۔ چلنے والی باتیں کرنے والی گڑیا۔ بجلی کی ریل گاڑی، موٹریں۔۔۔"

"اری موئی یہ کھلونے تو وہ خود اپنے بچوں کے کھیلنے کے لیے ولایت سے منگواتے ہیں بیچتے تھوڑا ہی ہیں۔"

"ہم تو نسانی کے لیے کہتے ہیں بیگم صاحب۔"

"اور یہ کالی میم کس بی صاحبہ کا خطاب ہے؟"

وہ جو کرستان رہتے ہیں نا۔۔۔"

"مسٹر ڈی فلوری؟"

"جی ہاں وہی"

"ہے کم بخت تیرا ناس جائے۔۔۔ اور تپ دق والی کون ہے؟"

"ادھر کو" سگو نے ہاتھ سے اشارہ کرتے ہوئے کہا۔ "وہ بڑی سڑک پر پہلی گلی کے نکڑ والا جو گھر۔ اس میں ہر وکھت ایک عورت پلنگ پر پڑی رہے ہے اور میج پر بہت سی دواؤں کی سیسیاں نجر آوے ہیں۔"

بیگم صاحب بے اختیار مسکرا دیں۔ ان کا غصہ اب تک اتر چکا تھا اور وہ سگو کی باتوں کو بڑی دل چسپی سے سن رہی تھیں کہ اچانک ایک بات ان کے ذہن میں آئی اور ان کے چہرے کا رنگ متغیر ہو گیا۔ ماتھے پر بل پڑ گئے۔ ڈانٹ کر بولیں:

"کیوں ری مردار تو نے میرا ابھی تو کوئی نہ کوئی نام ضرور رکھا ہوگا۔ بتا کیا نام رکھا ہے؟ سچ سچ بتائیو، نہیں تو مارتے مارتے برکس نکال دوں گی۔"

سگو ذرا ٹھٹکی مگر فوراً سنبھل گئی۔

"بیگم صاحب چاہے ماریئے چاہے جندہ چھوڑیے ہم تو آپکو بیگم صاحب ہی کہتے ہیں۔"

"چل جھوٹی مکار"

"میں جھوٹ نہیں بولتی سرکار چاہے جس کی قسم لے لیجیے۔۔۔ ہم بیگم صاحب کو بیگم صاحب ہی کہتے ہیں نا؟"

جگو نے ماں کی طرف دیکھا اور جلدی سے منڈیا ہلا دی۔

"مجھے تو تم ماں بیٹیوں کی بات پر یقین نہیں آتا" بیگم تراب علی بولیں۔ اس پر سگو خوشامدانہ لہجہ میں کہنے لگی:

"اجی آپ ایسی سکھی (سخی) اور گریب پرور ہیں۔ بھلا ہم آپ کی سان میں ایسی گستاکھی کر سکتے ہیں۔"

بیگم صاحب کا غصہ کچھ دھیما ہوا اور انہوں نے سگو کو نصیحت کرنی شروع کی:

"دیکھو سگو۔ اس طرح شریف آدمیوں کے نام رکھنا ٹھیک نہیں۔ اگر ان کو پتہ چل جائے تو تجھے ایک دم نوکری سے جواب دے دیں۔"

"اچھا بیگم صاحب۔ اس دفعہ تو ہمیں معاف کر دیں۔ آگے کو ہم کسی کو ان ناموں سے نہیں بلائیں گے۔"

سگو نے جب دیکھا کہ بیگم صاحب کا غصہ بلکل اتر گیا ہے تو اس نے زمین پر پڑے ہوئے ٹھہنوں کو للچائی ہوئی نظروں سے دیکھا۔

"بیگم صاحب" اس نے بڑی لجاجت سے کہنا شروع کیا، "کھدا اجور کے صاحب اور بچوں کو سدا سکھی رکھے۔ یہ جو دو ٹھنے آپ نے کٹوائے ہیں یہ تو آپ ہمیں دے دیجیئے سرکار۔ جھونپڑی کی چھت کئی دنوں سے ڈوبی ہوئی ہے۔ اس کی مرمت ہو جائے گی۔ گریب دعادیں گے۔"

بیگم بلقیس تراب علی پہلے خاموش رہیں۔ مگر جب سگو نے زیادہ گڑگڑانا شروع کیا تو پسیج گئیں۔

"اچھا اپنے آدمی سے کہنا اٹھالے جائے۔"

"کھدا آپ کو سدا سکھی رکھے بیگم صاحب کھدا۔۔۔"

بیگم صاحب اس کی دعا پوری نہ سن سکیں۔ کیونکہ ان کو ایک ضروری کام یاد آگیا اور وہ بنگلے کے اندر چلی گئیں۔

دوپہر کو بارہ بجے کے قریب سگو اور جگو سب کام نمٹا گھر جارہی تھیں کہ سامنے ایک مہتر منڈاسا باندھے جھاڑو سے سڑک پر گرد غبار کے بادل اڑاتا جلد جلد چلا آرہا تھا۔

دونوں ماں بیٹیاں اس کے قریب پہنچ کر رک گئیں:

"آج بڑی دیر میں سڑک جھاڑنے نکلے ہو جگو کے باوا؟"

"ہاں جرا آنکھ دیر میں کھلی تھی۔"

یہ کہہ کر وہ مہتر آگے بڑھ جانا چاہتا تھا کہ اس کی بیوی نے اسے روک لیا۔

"سن جگو کے باوا۔ جب سڑک جھاڑ چکیو۔ تو ڈھڈو کے بنگلے پر چلے جائیو۔ وہاں دو بڑے بڑے ٹھنے کٹے پڑے ہیں انہیں اٹھا لائیو۔ میں نے "ڈھڈو" سے اجاجت لے لی ہے۔۔۔"

(۷) جلاوطن

قرۃ العین حیدر

سندر لالہ۔ سجے دلالہ۔ ناچے سری ہری کیرتن میں۔

ناچے سری ہری کیرتن میں۔

ناچے۔

چوکھٹ پر اکڑوں بیٹھی رام رکھی نہایت انہماک سے چاول صاف کر رہی تھی۔ اس کے گانے کی آواز دیر تک نیچے کھموں والی سنسان گلی میں گونجا کی۔ پھر ڈاکٹر آفتاب رائے صدر اعلیٰ کے چبوترے کی اور سے بڑے پھاٹک کی سمت آتے دکھلائی پڑے۔

"بندگی بھین صاحب۔۔۔" رام رکھی نے گھونگھٹ اور زیادہ طویل کر کے آواز لگائی۔ "بندگی۔۔۔ بندگی۔۔۔" ڈاکٹر آفتاب رائے نے زینے پر پہنچتے ہوئے بے خیالی سے جواب دیا۔

"راجی کھسی ہو بھین صاحب۔۔۔" رام رکھی نے اخلاقاً دریافت کیا۔ "اور کیا۔۔۔ مجھے کیا ہوا ہے جو راضی خوشی نہ ہوں گا۔ یہ سوپ ہٹا بیچ میں سے" انہوں نے جھنجھلا کر کہا، "بھین صاحب ناج پھٹک رہی تھی۔"

"تو ناج پھٹکنے کے لیے تجھے گاڑی بھر راستہ چاہیے۔ چل ہٹا سب چیز۔۔۔"

ڈاکٹر آفتاب رائے نے دنیا بھر کی ڈگریاں تو لے ڈالی تھیں۔ لیکن حالت یہ تھی کہ ذری ذری سی بات پر بچوں کی طرح خفا ہو جایا کرتے تھے۔ رام رکھی پر برستے ہوئے وہ

اوپر آئے اور مونڈھے پر پیر ٹکا کر انہوں نے اپنی بہن کو آواز دی۔۔۔ جیجی۔۔۔جی ای ای۔۔۔جی ای ای ای۔۔۔(چھورا ہے اب تلک مورا بھین۔۔۔ ہیم کرن پیار سے کہا کرتیں)

دالان کے آگے کھلی چھت پر نیم کی ڈالیاں منڈیر پر جھکی پچھوا ہوا میں سرسرا رہی تھیں۔شام کی گہری کیفیت موسم کی اداسی کے ساتھ ساتھ سارے میں بکھری تھی۔ دن بھر نیچے مہوا کے باغ میں شہد کی مکھیاں بھنبھنایا کرتیں۔ اور ہر چیز پر غنودگی ایسی چھائی رہتی۔ آم اب پیلے ہو چلے تھے۔'ٹھکرائن کی بگیا' میں صبح سے لے کر رات گئے تک روں روں کر تا رہٹ چلا کرتا۔

"آوت ہن بھین صاحب۔۔۔" ہیم کرن نے دالان کا پیتل کے نقش و نگار والا کواڑ کھولتے ہوئے غلے کے گودام میں سے باہر آکر جواب دیا۔ اور کنجیوں کا گچھا ساری کے پلو میں باندھ کر چھن سے پشت پر پھینکتی ہوئی صحنچی میں آ گئیں۔

"جے رام جی کی بھین صاحب۔۔۔" رسویے نے چوکے میں سے آواز لگائی۔۔۔"کٹہل کی ترکاری کھیو بھین صاحب۔۔۔؟"

"ہاں۔ہاں ضرور کھیبا بھائی۔۔۔"ڈاکٹر آفتاب رائے مونڈھے پر سے ہٹ کر ٹہلتے ہوئے تلسی کے چبوترے کے پاس آ گئے۔ صحنچی میں رنگ برنگی مورتیاں سالگ رام سے لے کر بجرنگ بلی مہراج تک سیندور سے لپی پتی اور گنگا جل سے نہائی دھوئی قرینے سے سجی تھیں۔ ہیم کرن تھیں تو بڑی سخت رام بھگت، لیکن باقی کے سبھی دیوی دیوتاؤں سے سمجھوتہ رکھتی تھیں کہ نہ جانے کون کس سمے آڑے آ جائے۔ سب سے بنائے رکھنی چاہئے۔ ابھی سرین اور راما کانت کھیل کے میدان سے لوٹیں گے۔ آٹھ بجے کھیما کتھک کے توڑے سیکھ کر جمنا مہراج کے ہاں سے واپس آئے گی۔ پھر چوکے میں کھانا پروسا

جائے گا (پیتل کے برتن ٹھنڈی چاندنی میں جھلملائیں گے۔ نیچے آنگن میں رام رکھی کوئی کجری شروع کردے گی) یہاں پر بالآخر امن تھا۔ اور سکون۔

اب کھیم نیچے پکی گلیارے میں سے چلتی ہوئی اوپر آرہی تھی۔ ٹھکرائن کی بگیا میں سے ابھی اس نے کروندے اور کمرکھیں اور مکوہ توڑ کر جلدی جلدی منہ میں ٹھونسے تھے۔ دھاکر دادھی ناکت تا۔۔۔ دھاکر دا۔۔۔ اس نے کھتک کے بول دہرائے۔۔۔ ارے باپ رے اس نے منڈیر پر سے اوپر جھانک کر دمینتی سے کہا۔۔۔ ماما آئے ہیں۔ بھاگ جاورنہ ماما مجھے ماریں گے کہ ہر سمے کھیلتی ہے۔۔۔ دمینتی بھاگ گئی۔

کھیم چھت پر آئی۔ لمبے سے ڈھیلے ڈھالے فراک میں ملبوس، جس پر موتیوں سے خوب تتلیاں اور پھول پتے بنے تھے، خوب کھینچ کر بالوں کی مینڈھیاں گوندھے، ہاتھوں میں چھنا چھن چوڑیاں بجاتی کھیم وتی رائے زادہ اپنے اتنے پیارے اور اتنے سندر ماما کو دیکھ کر بے حد خوش ہوئی۔

"نمستے ماما۔۔۔ ابھی کتابیں لاتی ہوں بس ذرامنہ ہاتھ دھو آؤں۔۔۔"

"چل چڑیل۔۔۔ بہانے باز۔۔۔ سبق سنا پہلے۔۔۔" ڈاکٹر آفتاب رائے نے پیار سے کہا (لیکن یہ کچھ تجربہ انہیں تھا کہ اپنے سے کم عمر لوگوں سے اور کنبے برادری والوں سے یہ گھر گرہستی اور لاڈ پیار کے مکالمے وہ زیادہ کامیابی سے ادا نہ کرپاتے تھے)

"تجھے تو میں انٹر میڈیٹ میں بھی حساب دلاؤں گا۔ دیکھتی جا۔۔۔" (انہوں نے پھر ماما بننے کی سعی کی، "ارے باپ رے۔۔۔! کھیم نے مصنوعی خوف کا اظہار کیا۔"

"اور تو نے چوڑیاں تو بڑی خوب صورت خریدی ہیں ری۔۔۔"

"ہی ہی ہی۔۔۔ ماما۔۔۔" کھیم نے دلی مسرت سے اپنی چوڑیوں کو دیکھا، "اور تو ساری بھی تو پہنا کر کہ فراک ہی پہنے پھرے گی۔۔۔ باؤلی سی۔۔۔" (انہوں نے اپنی

بزرگی کا احساس خود اپنے اوپر طاری کرنا چاہا۔)

جی ماما۔۔۔ کھیم کے ذہن میں وہ ساریاں جھما جھم کرتی کوند گئیں جو ماں کے صندوقوں میں ٹھنسی تھیں۔ وہ تو خدا سے چاہتی تھی کہ کل کی پہنتی آج ہی وہ ساریاں پہن ڈالے۔ مگر ہیم کرن ہی پر انگریزیت سوار تھی۔ ایک تو وہ یہ نہیں بھولی تھیں کہ تھیں تو وہ جونپور کے اس ٹھیٹھ، دقیانوسی سریواستو اگھرانے کی بیٹا۔۔۔ پر ان کا بیاہ ہوا تھا۔ الہ آباد کے اتنے فیشن ایبل کنبے میں جس کے سارے افراد سول لائنز میں رہتے تھے۔ اور جوتے پہنے پہنے کھانا کھاتے تھے۔ اور مسلمانوں کے ساتھ بیٹھ کر چائے پانی پیتے تھے۔ اور ودھوا ہوئے ان کو اب سات برس ہونے کو آئے تھے اور تب سے وہ میکے ہی میں رہتی تھیں۔ لیکن محلے پر ان کا رعب تھا۔ کیوں کہ وہ الہ آباد کے رائے زادوں کی بہو تھیں۔۔۔

دوسرے یہ کہ یہ فراک کا فیشن ڈاکٹر سین گپتا کے ہاں سے چلا تھا۔ ڈاکٹر سین گپتا ضلع کے سول ہسپتال کے اسسٹنٹ سرجن تھے۔ اور ہسپتال سے ملحق ان کے پیلے رنگ کے اجاڑ سے مکان کے سامنے ان کی پانچوں بیٹیاں رنگ برنگے فراک پہنے دن بھر اودھم مچایا کرتیں۔ شام ہوتی تو آگے آگے ڈاکٹر سین گپتا دھوتی کا پلا نہایت نفاست سے ایک انگلی میں سنبھالے، ذرا پیچھے ان کی بی بی سرخ کنارے والی سفید ساڑی پہنے، پھر پانچوں کی پانچوں لڑکیاں سیدھے سیدھے بال کندھوں پر بکھرائے چلی جارہی ہیں، ہوا خوری کرنے۔ افوہ کیا ٹھکانہ تھا بھلا۔ بس ہر بنگالی گھرانے میں یہ لڑکیوں کی فوج دیکھ لو۔

ہیم کرن کو ڈاکٹر سین گپتا سے بڑی ہمدردی تھی۔ کھیم کی ان سب سے بہت گھٹتی تھی۔ خصوصاً مونديرا سے، اور اسکول کے ڈرامے کے دنوں میں تو بس کھیم اور مونديرا ہی سب پر چھائی رہتیں۔ کیا کیا ڈرامے مہادیوی کنیا پاٹھ شالہ نے نہ کر ڈالے۔۔۔ دنل

دمینتی'۔ اور شکنتلا ہریش چندر، اور 'راج رانی میرا۔۔' اور اوپر سے ڈانس الگ۔۔۔ گربا بھی ہو رہا ہے کہ آر تیرے گنگا پار ٹیرے جمنا بیچ میں ٹھاڑے ہیں نند لال۔۔۔ اور آپ کا خدا بھلا کرے رادھا کرشنا ڈانس بھی لیجئے کہ میں تو گردھر آگے ناچوں گی۔ جی ہاں اور وہ گگری والا ناچ بھی موجود ہے کہ چلو چلو سکھی سکھیاری ری چلو پنگھٹ بھروا پانی۔۔۔ اور ساتھ ساتھ موندیرا سین گپتا ہے کہ فراٹے سے ہارمونیم بجا رہی ہے۔

ایسے ہونے کو تو مسلمانوں کا بھی ایک اسکول تھا۔ انجمن اسلام گرلز اسکول۔ وہاں یہ سب ٹھاٹھ کہاں۔ بس بارہ وفات کی بارہ وفات میلاد شریف ہو جایا کرتا۔ اس میں کھڑے ہو کر لڑکیوں نے خاصی بے سری آوازوں میں پڑھ دیا، "تم ہی فخر انبیاء ہو۔ یا نبی سلام علیک۔۔۔ چلیے قصہ ختم" ایک مرتبہ ایک سر پھری ہیڈ مسٹرس نے جو نئی نئی لکھنؤ سے آئی تھی۔ 'روپ متی باز بہادر' خواتین کے سالانہ جلسے میں اسٹیج کروا دیا تو جناب عالی لوگوں نے اسکول کے پھاٹک پر کمپٹنگ کر ڈالی۔ اور روزنامہ صدائے حق نے پہلے صفحے پر جلی حروف میں شائع کیا، "ملت اسلامیہ کی غیرت کا جنازہ۔ گرلز اسکول کے اسٹیج پر نکل گیا۔"

مسلمانو! تم کو خدا کے آگے بھی جواب دینا ہو گا۔ بنات اسلام کو رقص و سرور کی تعلیم۔ اسکول کو بند کرو۔ (یہ سب قصے کھیم کی مسلمان سہیلی کشوری اسے سنایا کرتی تھی جو پڑوس میں رہتی تھی) صدر اعلیٰ کے چبوترے کے آگے والے مکان میں وہ اسلامیہ گرلز اسکول میں پڑھتی تھی۔ اس کا بڑا بھائی اصغر عباس، سرین اور رماکانت کے ساتھ ہاکی کھیلنے آیا کرتا تھا۔ ویسے پڑھتے وہ لوگ بھی الگ الگ تھے۔ سرین اور رماکانت ڈی اے وی کالج میں تھے۔ اصغر عباس فیض اسلام کنگ جارج انٹر کالج میں۔

"کیوں ری۔ ایف اے کرنے کہاں جائے گی۔ جولائی آ رہی ہے۔ بنارس جائے گی یا

لکھنؤ۔۔۔؟"ڈاکٹر آفتاب رائے نے چوکے میں بیٹھتے ہوئے سوال کیا۔

اب یہ ایک ایسا ٹیڑھا اور اچانک سوال تھا۔ جس کا جواب دینے کے لیے کھیم وتی ہرگز تیار نہ تھی۔ دونوں جگہوں سے متعلق اسے کافی انفرمیشن حاصل تھی۔ لیکن دوٹوک فیصلہ وہ فی الحال کسی ایک کے حق میں نہ کر سکتی تھی۔ بنارس میں ایک تو یہ کہ چوڑیاں بہت عمدہ ملتی تھیں۔ لیکن لکھنؤ کو بھی بہت سی باتوں میں فوقیت حاصل تھی۔ مثلاً سنیما تھے۔ اور دس سنیماؤں کا ایک سنیما تو خود مہیلا ودیالہ تھا۔ جہاں اسے بھیجنے کا تذکرہ ماما نے کیا تھا۔ پردہ غالباً اسے بہر صورت ہر جگہ کرنا تھا۔ تانگے پر پردہ یہاں بھی ہیم کرن اپنے اور اس کے لیے بندھواتی تھیں۔ اور ماما جو اتنا بڑا ڈنڈا لیے سر پر موجود تھے۔

یہ ماما اس کے آج تک پلّے نہ پڑے۔ ولایت سے ان گنت ڈگریاں لے آئے تھے۔ یونی ورسٹی میں پروفیسری کرتے تھے۔ تاریخ پر کتابیں لکھتے تھے۔ فارسی میں شعر کہتے تھے۔ چوں چوں کا مربہ تھے کھیم کے ماما۔

رہے رما کانت اور سرین۔ تو رما کانت تو شاعر آدمی تھا۔ سارے مقامی مشاعروں میں جا کر وہ غزلے، سہ غزلے پڑھ ڈالتا۔ اور حضرت ناشاد جون پوری کے نام نامی سے یاد کیا جاتا۔ سرین اس کے برعکس بالکل انجینئر تھا۔ اس سال وہ بھی انٹر کر کے بنارس انجینئرنگ کالج چلا جائے گا۔ باقی کے سارے کنبے برادری کے بہن بھائی یوں ہی بکواس تھے۔ اس سلسلے میں اس کی گوئیاں کشوری یعنی کشور آرا بیگم کے بڑے ٹاٹھ تھے۔ اس کے بے شمار رشتے کے بھائی تھے اور سب ایک سے ایک سورما۔ یہاں کسی کے سورما پنے کا سوال ہی پیدا نہ ہوتا تھا۔ کسی نے آج تک اس سے یہ نہ کہا کہ چل کھیم تجھے سرکس یا نوٹنکی ہی دکھلا دیں۔۔۔ (نوٹنکی کے دنوں میں رسویا تک لہک لہک کر گاتا۔۔۔ اب یہی ہے میں نے ٹھانی۔۔۔ لاؤں گا نوٹن کی رانی۔۔۔) کہاں کشوری کے ماجد بھائی ہیں تو اس کے لیے لکھنؤ

سے چوڑیاں لیے چلے آتے ہیں۔ اکرام بھائی ہیں تو کشوری ان کے لیے جھپا جھپ پل اوور بن رہی ہے۔ اشفاق بھائی ہیں تو کشوری کو بیٹھے انگریزی شاعری پڑھا رہے ہیں۔ ان بھائیوں اور کھیم کے بھائیوں میں زمین آسمان کا فرق تھا۔ کہاں کی چوڑیاں اور پل اوور۔ یہاں تو جوتیوں میں دال بٹتی تھی۔

ہیم کرن کو گھر کے کام دھندوں ہی سے فرصت نہ ملتی۔ آفتاب رائے ان کے لیے بڑا اسہارا تھے۔ وہ ہر تیسرے چوتھے مہینے لکھنؤ سے آکر مل جاتے۔ رہنے والے ان کے بھین صاحب جون پور ہی کے تھے۔ پر یہاں ان کی کسی سے ملاقات نہ تھی۔ 'ضلع کے رؤساء اور مقامی عمائدین شہر' میں ان کا شمار تھا۔ پر آپ کا خیال اگر یہ ہے کہ ڈاکٹر اافتاب رائے جون پور کے ان معززین کے ساتھ اپنا وقت خراب کریں گے تو آپ غلطی پر ہیں۔ حکام سے ان کی کبھی نہ بنی۔ انٹلکچوئیل آدمی تھے۔ ان سول سروس اور پولس والوں سے کیا دماغ سوزی کرتے۔

جگن ناتھ جین آئی سی ایس جب نیا نیا حاکم ضلع ہو کر آیا تو اس نے کئی بار ان کو کلب میں بلا بھیجا۔ پر یہ ہرگز نہ گئے۔ رئیس الدین کاظمی ڈسٹرکٹ اینڈ سیشن جج نے دعوت کی۔ اس میں بھی نہ پہنچے۔ اور تو اور ولایت واپس جاتے وقت مسٹر چارلس مارٹن نے کوئین وکٹوریہ گورنمنٹ انٹر کالج کی پرنسپل شپ پیش کی۔ لیکن کھیم کے ماما نے اسے بھی رد کر دیا۔ یوں تو خیر کانگریسی ہونا کوئی خاص بات نہیں۔ شہر اور قصبہ جات کا ہر ہندو جو سرکاری ملازم نہ تھا گھر پر ترنگا لگاتا تھا اور ہر مسلمان کے اپنے دسیوں مشغلے تھے۔ احرار پارٹی تھی، شیعہ کانفرنس تھی، ڈسٹرکٹ کانگریس کمیٹی میں مسلمان بھرے ہوئے تھے۔ مسلم لیگ کا تو خیر اس وقت کسی نے نام بھی نہ سنا تھا، پر بہت سے مسلمان اگر انصاف کی پوچھئے تو کچھ بھی نہ تھے، یا شاعری کرتے تھے۔ یا مجلسیں پڑھتے تھے۔

تو کہنے کا مطلب یہ کہ کوئی ایسی تشویش ناک بات نہ تھی۔ پر ڈاکٹر آفتاب رائے کی زیادہ تر لوگوں سے کبھی نہ پٹی۔ ارے صاحب یہاں تک سنا گیا ہے کہ تری پورہ کانگریس کے موقع پر انہوں نے سب کو کھری کھری سنادی۔ گو یہ راوی کو یاد نہیں کہ انہوں نے کیا کہا تھا۔

ضلع کی سوسائٹی جن عناصر پر مشتمل تھی۔ انہیں سے ڈاکٹر آفتاب رائے کوسوں دور بھاگتے تھے۔ وسط شہر میں مہاجنوں، ساہوکاروں اور زمین داروں کی اونچی حویلیاں تھیں۔ یہ لوگ سرکاری فنڈوں میں ہزاروں روپیہ چندہ دیتے۔ اسکول کھلواتے، مجرے اور مشاعرے اور دنگل کرواتے۔ جلسے جلوس اور سر پھٹول بھی ان ہی کی زیر سرپرستی منعقد ہوتے۔ ہندو مسلمانوں کا معاشرہ بالکل ایک سا تھا۔ وہی تیج تہوار۔ میلے ٹھیلے۔ محرم، رام لیلا، بالے میاں کی برات۔ پھر وہی مقدمے بازیاں۔ موکل، گواہ، پیشکار، سمن، عدالتیں، صاحب لوگوں کے لیے ڈالیاں۔

شہر کے باہر ضلع کا ہسپتال تھا۔ لق ودق ہری گھاس کے میدانوں میں بکھری ہوئی اداس پیلے رنگ کی عمارتیں۔ کچے احاطے۔ نیم کے درختوں کی چھاؤں میں آؤٹ ڈور، مریضوں کے ہجوم۔ گرد آلود یکوں کے اڈے۔ سڑک کے کنارے بیٹھے ہوئے دو دو آنے میں خط لکھ کر دینے والے بہت بوڑھے اور شکستہ حال منشی جو دھاگوں والی عینکیں لگائے دھندلی آنکھوں سے راہ گیروں کو دیکھتے۔ پھر گلیاں تھیں جن کے گموں کے فرش پر پانی بہتا تھا۔ سیاہی مائل دیواروں پر کوئلے سے اشتہار لکھے تھے۔ حکیم مارکہ دھاگہ خریدیئے۔ پری برانڈ بیڑی پیو۔ ایک پیسہ باپ سے لو۔۔۔ چائے جاکر ماں کو دو۔۔۔ آگیا۔ آگیا۔۔۔ سال رواں کا سنسنی خیز فلم 'لہری راجہ' آگیا، جس میں مس مادھوری کام کرتی ہے۔۔۔

پھر سایہ دار سڑکوں کے پرے آم اور مولسری میں چھپی ہوئی حکام ضلع کی بڑی بڑی کوٹھیاں تھیں۔ انگریزی کلب تھا۔ جس میں بے اندازہ خنکی ہوتی۔ چپ چاپ اور سائے کی طرح چلتے ہوئے مودب اور شائستہ 'بیرے' انگریز اور کالے صاحب لوگوں کے لیے ٹھنڈے پانی کی بوتلیں اور برف کی بالٹیاں لاکر گھاس پر رکھتے، نیلے پردوں کی قناتوں کے پیچھے ٹینس کی گیندیں سبزے پر لڑھکتی رہتیں۔

اور سول لائنز کی اس دنیا میں اوپر سے آئی کنول کماری جین جگن ناتھ جین، آئی سی ایس کی بالوں کٹی بیوی جس نے لکھنؤ کے مشہور انگریزی کالج ازابلا تھوبرن میں پڑھا تھا اور جو گیند بلا کھیلتی تھی۔ کلب میں بڑی چہل پہل ہوگئی۔ گنتی کی کل تین تو میمیں ہی تھیں کلب میں۔ کوئین وکٹوریہ گورنمنٹ انٹر کالج کے انگریز پرنسپل کی میم ایک۔ زنانہ ہسپتال کی بڑی ڈاکٹرنی میم مس مک کنزی دو۔ اور اے پی مشن گرلز ہائی اسکول کی بڑی استانی مس سالفرڈ جو چن چنیا میم کہلاتی تھی کہ نوکروں پر چلاتی بہت تھی۔ ان تین کے علاوہ ڈاکٹرنی میم کی چھوٹی بہن مس اولیو مک کنزی تھی۔ جو اپنی بہن سے ملنے نینی تال سے آئی ہوئی تھی اور ضلع کے غیر شادی شدہ حکام کے ساتھ ٹنس کھیلنا اس کا خاص مشغلہ تھا اور اس میں ایسا کچھ اس کا جی لگا تھا کہ اب واپس جانے کا نام نہ لیتی تھی۔

شام ہوتے ہی وہ کلب میں آن موجود ہوتی اور وے مسٹر سکسینہ اور وے مسٹر فرحت علی۔ اور وے مسٹر پانڈے۔ سبھی تو اس کے چاروں طرف کھڑے دانت نکھو سے ہنس رہے ہیں۔ اس ایک مسیانے بھائی لوگوں کو تگنی کا ناچ نچا رکھا تھا۔ باقی ماندہ حضرات بھی کہتے تھے کہ میاں کیا مضائقہ ہے۔ جون پور ایسی ڈل جگہ پر مس مک کنزی کا دم ہی غنیمت جانو۔ اب غور کرنے کا مقام ہے کہ مس شبیرہ حمایت علی جو دوسری لیڈی ڈاکٹر تھیں ان کا تو نام سن کر ہی جی بیٹھ جاتا تھا۔ مگر وہ خود بے چاری بڑی اسپورٹنگ آدمی

تھیں۔ برابر جی داری سے ٹینس کھیلنے آیا کرتیں۔ لکھنؤ کے کنگ جارجز کی پڑھی ہوئی تھیں۔ لندن جا کر ایک ٹھوڈ پلوما بھی مار لائی تھیں، لیکن کیا مجال جو کبھی بد دماغی دکھلا جاویں۔ لوگ کہتے تھے۔ صاحب بڑی شریف ڈاکٹرنی ہے۔ بالکل گائے سمجھئے، گائے۔ جی ہاں اب یہ دوسری بات ہے کہ آپ یہ توقع کریں کہ ہر لیڈی ڈاکٹر افسانوں اور ناولوں کی روایت کے مطابق بالکل حور شمائل مہ وش پری پیکر ہو۔ اچھی آدمی کا بچہ تھیں۔ بلکہ ایک مرتبہ توڈسٹرکٹ جج مسٹر کاظمی کی بیگم صاحب نے مسٹر فرحت علی سے تجویز بھی کی تھی کہ بھیا آزادی کا زمانہ ہے، مس شبیرہ ہی سے بیاہ کرلو۔ یہ جو سال کے سال چھٹیوں میں تمہاری اماں تمہیں لڑکیاں دیکھنے کے لیے نینی تال مسوری بھیجا کرتی ہیں۔ اس درد سر سے بھی نجات ملے گی اور کیا۔

راوی کہتا ہے کہ فرحت علی نے جو ان دنوں بڑے معرکے کا سپرنٹنڈنٹ پولس لگا ہوا تھا۔ بیگم کاظمی کے سامنے کان پکڑ کر اٹھک بیٹھک کی تھی۔ اور تھر تھر کانپا تھا۔ اور دست بستہ یوں گویا ہوا تھا کہ آئندہ وہ مس شبیرہ حمایت سے جو گفتگو کرے گا۔ وہ صرف چار جملوں پر مشتمل ہو گی۔ آداب عرض۔ آپ اچھی طرح سے ہیں؟ جی ہاں میں بالکل اچھی طرح ہوں۔ شکریہ، آداب عرض۔

مصیبت یہ تھی کہ جہاں کسی شامت کے مارے نے کسی 'غیر منسلک' خاتون محترم سے سوشل گفتگو کے دوران میں ان چار جملوں سے تجاوز کیا تو بس سمجھ لیجئے ایکٹی وٹی ہو گئی۔

تو غرض یہ کہ راوی دریا کو یوں کوزے میں بند کرتا ہے کہ کنول کماری کے میاں کا تقرر اس جگہ پر ہوا (انگریز حاکموں کی اصطلاح میں صوبے کا ضلع اسٹیشن کہلاتا تھا)

اور نئے حاکم ضلع کے اعزاز میں کنور نرنجن داس رئیس اعظم جون پور نے (کہ یہ

سارا کا سارا ایک نام تھا) اپنے باغ میں بڑی دھوم کی دعوت کی۔ چبوترے پر زرتار شامیانہ تانا گیا۔ رات گئے تک جلسہ رہا۔ بیبیوں کے لیے اندر علاحدہ دعوت تھی۔ مصرانیوں نے کیا کیا کھانے نہ بنائے۔ مسلمان مہمانوں کے لیے باؤلے ڈپٹیوں کے وہاں سے باورچی بلوائے گئے تھے (باؤلے ڈپٹیوں کا ایک خاندان تھا۔ جس میں عرصہ ہوا ایک ڈپٹی صاحب کا دماغ چل گیا تھا۔ اس کے بعد سے وہ پورا خاندان باؤلے ڈپٹیوں کا گھرانا کہلاتا تھا) کہار آواز لگاتے۔ اجی باؤلے ڈپٹیوں کے ہاں سے سواریاں آئی ہیں اتروالو۔ مہریوں سے کہا جاتا، ارے باؤلے ڈپٹیوں کے ہاں نیوتہ دیتی آناری رام رکھی۔ جھاڑوڈ پیٹی۔

ہیم کرن ایسے تو کہیں آتی جاتی نہ تھیں۔ پر رانی نرنجن داس کی زبردستی پر وہ بھی دعوت میں آگئی تھیں۔ کلکٹر کی بیوی، سے ملنے کے لیے عمائدین شہر کی بیویوں نے کیا کیا جوڑے نہ پہنے تھے۔ لیکن جب خود کنول کماری کو دیکھا تو پتہ چلا کہ یہ تو پوری میم ہے۔ غضب خدا کا ہاتھوں میں چوڑیاں تک نہ تھیں۔ ناک کی کیل تو گئی چولہے بھاڑ میں، ہلکے نیلے رنگ کی ساڑی سی پہنے، گاؤتکیے سے ذرا ہٹ کر بیٹھی، وہ سب سے مسکرا مسکرا کر باتیں کرتی رہی۔

"اے لو بیٹا تم نے تو سہاگ کی نشانی ہی کو جھاڑو پیٹے فیشن کی بھینٹ کر دیا۔" صدر اعلیٰ کی بیگم نے ناک پہ انگلی رکھ کر اس سے کہا، "اے ہاں سچ تو ہے۔ کیا ڈنڈا ایسے ہاتھ لیے بیٹھی ہو۔ دور پار چھائیں پھویں دیکھے ہی سے ہول آتا ہے!" بیگم کاظمی نے بھی صاد کیا۔

کھیم کی تو بہر حال آج عید تھی۔ اس نے تیز جامنی رنگ کی بنارسی ساری باندھی تھی۔ پاؤں میں رام جھول پہنے تھے۔ سونے کی کردھنی اور دوسرے سارے گہنے پاتے علاحدہ کندن کا چھپکا تو کشوری بھی پہن آئی تھی۔ لیکن کشوری کی اماں (جو محلے میں بڑی

بھاوج کے نام سے یاد کی جاتی تھیں) بن بیاہی لڑکیوں کے زیادہ سنگار پٹار کی قطعی قائل نہ تھیں۔ ان کے یہاں تو لڑکیاں بالیاں مانگ تک بالوں میں نہ کاڑھ سکتی تھیں۔ پر اب زمانے کی ہوا کے زیر اثر نئی پود کی لڑکیوں نے سیدھی اور آڑی مانگیں کاڑھنی شروع کر دی تھیں۔ کھیم دور سے بیٹھی کنول کماری کو دیکھتی رہیں۔ کتنی سندر ہے اور پھر ایم اے پاس۔ ایم اے پاس لڑکی کھیم اور کشوری کی نظروں میں بالکل دیوی دیوتا کا درجہ رکھتی تھی۔

کنول کماری جین ساری مہمان بیبیوں سے ہنس ہنس کر سخت خوش اخلاقی سے گفتگو کرنے میں مصروف تھی (اور ساری حاضرات محفل نے اسی وقت فیصلہ کر لیا تھا کہ یہ لڑکی سابق کلکٹر کی بیوی اس چڑیل مسز بھارگو اسے کہیں زیادہ اچھی اور ملنسار ہے، رانی بٹیا ہے بالکل)

دالان کے گملوں کی اوٹ میں کھیم اور کشوری بیٹھی تھیں۔ اور منٹ منٹ پر ہنسی کے مارے لوٹ پوٹ ہوئی جاتی تھیں۔ اب ایک بات ہو تو بتلائی جائے۔ دسیوں تھیں۔ مثلاً موٹی مصرانی کی چال ہی دیکھ لو۔ اور اوپر سے کنور نرنجن داس صاحب خانہ کی اسٹیٹ کے منیجر صاحب لالہ گنیش مہاشے بار بار ڈیوڑھی میں آن کر للکارتے، "جی پردہ کر لو کہار اندر آرہے ہیں۔" تو ان کے حلق میں سے ایسی آواز نکلتی جیسے ہار مونیم کے پردوں کو برساتی ہوا مار گئی ہو۔

اب کے سے جب ماما لکھنؤ سے گھر آئے تو کھیم نے دعوت کی۔ ساری داستان ان کے گوش گزار کر دی۔ کنول کماری ایسی۔ اور کنول کماری ویسی۔ ماما چپکے بیٹھے سنتے رہے۔

کھیم جب رات کا کھانا کھا کر سونے چلی گئی۔ اور سارے گھر میں خاموشی چھا گئی تو ڈاکٹر آفتاب رائے چھت کی منڈیر پر آکھڑے ہوگئے۔ باغ اب سنسان پڑے تھے۔ گرمیوں کا موسم نکلتا جا رہا تھا۔ اور گلابی جاڑے شروع ہونے والے تھے۔ پروائی ہوا

آہستہ آہستہ بہ رہی تھی۔ نیچے ٹھکرائن کی بگیاوالی گلی کے برابر سے مسلمانوں کا محلہ شروع ہوتا تھا، اس کے بعد بازار تھا۔ جس میں مدھم گیس اور لالٹین کی روشنیاں جھلملا رہی تھیں۔ پھر پولس لائنز کے میدان تھے۔ اس کے بعد کچہری اور سول لائنز۔

سول لائنز میں حاکم ضلع کی بڑی کوٹھی تھی۔ جس پر یونین جیک جھٹ پٹے کی نیم تاریکی میں بڑے سکون سے لہرا رہا تھا۔ سارے میں یہ تھکی ہوئی خاموشی چھائی تھی۔ سامنے عہد سلطان حسین شرقی کے اونچے پھاٹک اور مسجدوں کے بلند مینار رات کے آسمان کے نیچے صدیوں سے اسی طرح ساکت اور صامت کھڑے تھے۔ زندگی میں بے کیفی تھی اور اداسی، اور ذلت تھی اور شدید غلامی کا احساس تھا۔

عمر بھر آفتاب رائے نے یوں ہی سوچا تھا کہ اب وہ اور کچھ نہ کریں گے۔ لیکن دنیا موجود تھی۔ وہ کام بھی کرتے کھانا بھی کھاتے۔ سال میں چار دفعہ جون پور آکر جی جی سے دماغ سوزی بھی کرتے۔ زندگی کے بھاری پن کے باوجود گاڑی تھی کہ چلے جارہی تھی۔

کنول کماری اس منظر کے پرے مولسری کے جھنڈ کے دوسری طرف یونین جیک کے سائے میں براجتی تھی۔ بہت سے لوگ ہیں کہ جو راستہ سوچا اختیار کر لیا۔ آرام سے اس پر چلتے چلے گئے۔ یہاں کسی راستے کا تعین ہی نہ ہو پاتا تھا۔ ایک کے بعد ایک سب ادھر ادھر نکل گئے تھے۔ آفتاب رائے وہیں کے وہیں تھے، "کنول کماری۔۔۔؟ لاحول ولا قوۃ۔"

جب وہ یونی ورسٹی سے ڈاکٹریٹ کے لیے ولایت جارہے تھے تو کنول نے ان سے کہا تھا، "آفتاب بہادر تم کو اپنے اوپر بڑا مان ہے۔ پر وہ مان ایک روز ٹوٹ جائے گا۔ جب میں بھی کہیں چلی جاؤں گی۔"، "تم کہاں چلی جاؤ گی۔۔۔؟"

"افوہ۔۔۔ لڑکیاں کہاں چلی جاتی ہیں۔۔۔؟"

"گویا تمہارا مطلب ہے کہ تم بیاہ کرلو گی؟"

"میں خود تھوڑا ہی بیاہ کرتی پھروں گی۔ ارے عقل مند داس میرا بیاہ کر دیا جائے گا" اس نے جھنجھلا کر جواب دیا تھا۔

"ارے جاؤ۔۔۔" آفتاب رائے خوب ہنستے تھے۔۔۔ "میں اس جھانسے میں آنے والا نہیں ہوں۔ تم لڑکیوں کی پسند بھی کیا شے ہے۔ تم جیسی موڈرن لڑکیاں آخر میں پسند اسی کو کرتی ہیں جو ان کے سماجی اور معاشی معیار پر پورا اترتا ہے۔ باقی سب بکواس ہے۔ پسند اضافی چیز ہے تمہارے لیے۔۔۔"

"ہاں۔۔۔ بالکل اضافی چیز ہے۔ آفتاب بہادر۔۔۔" وہ غصے کے مارے بالکل خاموش ہو گئی تھی۔

وہ چاند باغ میں تھی۔ آپ بادشاہ باغ میں بڑی دھوم دھام سے براجتے تھے۔ یونین کی پریزیڈنٹی کرتے تھے۔ تقریریں بگھارتے تھے۔ ایک منٹ نچلے نہ بیٹھتے تھے تاکہ کنول نوٹس نہ بھی لیتی ہو تو لے۔ وہ اے پی سین روڈ پر رہتی تھی اور سائیکل پر روز چاند باغ آیا کرتی تھی۔ لکھنؤ کی بڑی نمائش ہوئی تو وہ بھی اپنے کنبے کے ساتھ میوزک کانفرنس میں گئی۔ وہاں یونی ورسٹی والوں نے سہگل کو اپنے محاصرے میں لے رکھا تھا۔ جس گانے کی یونی ورسٹی اور چاند باغ کا مجمع فرمائش کرتا۔ وہی سہگل کو بار بار گانا پڑتا۔ بھائی آفتاب بھی شور مچانے میں پیش پیش۔ لیکن اگلی صف میں کنول کو بیٹھا دیکھ کر فوراً سٹ پٹا کر چپ ہو گئے اور سنجیدگی سے دوستوں سے بولے کہ یار چھوڑو کیا ہلڑ مچا رکھا ہے۔ اس پر عزت نے عسکری بلگرامی سے کہا۔ (آج ان دونوں پیارے دوستوں کو مرے بھی اتنا عرصہ ہو گیا تھا، منڈیر پر کھڑے ہوئے آفتاب رائے کو خیال آیا)

"استاد یہ اپنا آفتاب جو ہے یہ اس لونڈیا پر اچھا امپریشن ڈالنے کی فکر میں غلطاں و

پیچاں ہے۔ اب خداوند تعالیٰ ہی اس پر رحم کرے۔۔۔"

"بی اے کے بعد تم کیا کرو گی۔۔۔؟" ایک روز آفتاب رائے نے کنول سے سوال کیا، "مجھے کچھ پتہ نہیں۔۔۔" کنول نے کہا تھا۔ اس میں گویا یہ اشارہ تھا کہ مجھے تو کچھ پتہ نہیں تم ہی کوئی پروگرام بناؤ۔

لیکن کچھ عرصہ بعد وہ سیدھے سیدھے ولایت نکل لیے۔ کیوں کہ غالباً ان کی زندگی ان کے لیے، ان کے گھر والوں کے لیے کنول کے وجود سے کہیں زیادہ اہم تھی۔ پھر ان کی آئیڈیالوجی تھی (یار کیا بکواس لگا رکھی ہے۔ عزت نے ڈپٹ کر کہا تھا)

پر ایک رو، لندن میں، جب وہ سینٹ ہاؤس کی لائبریری سے گھر کی اور جا رہے تھے تو راہ میں انہیں مہی پال نظر آیا جس نے دور سے آواز لگائی۔۔۔ "چائے پینے چلو تو ایک واقعہ فاجعہ گوش گزار کروں۔ کنول کمار کا جگن ناتھ جین سے بیاہ ہو گیا۔ وہی جو سن پینتیس کے بیچ کا ہے۔۔۔"

لڑکیوں کی عجب بے ہودہ قوم ہے۔ اس روز آفتاب رائے اس نتیجے پر پہنچے، "ان کو سمجھنا ہمارے تمہارے بس کا روگ نہیں۔ میاں وہ جو بڑی انٹلکچوئیل کی ساس بنی پھرتی تھی، ہو گئی ہو گی۔ اب گلیڈ۔۔۔ جگن ناتھ جین مائی فٹ۔۔۔ کون تھا یہ الو۔۔۔ میں نے کبھی دیکھا ہے اسے۔۔۔؟" مہی پال کے کمرے میں پہنچ کر آتش دان سلگاتے ہوئے انہوں نے سوال کیا۔

مہی پال رائے زادہ کھڑکی میں جھکا باہر سڑک کو دیکھ رہا تھا۔ جہاں ٹھیلے والے کو کنی لکھنؤ یونی ورسٹی کے نامور طلباء دن بھر گلا پھاڑ کر چلاتے رہنے کے بعد اب اپنے اپنے ترکاریوں کے ٹھیلے ڈھکیلتے ہوئے سر جھکائے آہستہ آہستہ چل رہے تھے۔ شام کا دھندلکا سارے میں بکھر گیا تھا۔ زندگی بڑی اداس ہے۔ اس نے خیال کیا تھا۔ ہاں۔ اس نے

آفتاب رائے سے کہا تھا میں نے اسے پٹنے میں دیکھا تھا۔ کالا سا آدمی ہے۔ عینک لگاتا ہے۔ کچھ کچھ لومڑی سے ملتی جلتی اس کی شکل ہے۔

"بے وقوف بھی ہے۔۔۔؟" آفتاب رائے نے پوچھا تھا، "خاصا بے وقوف ہے۔۔۔" مہی پال رائے زادہ نے جواب دیا تھا، "پھر کنول اس کے ساتھ خوش کیسے رہ سکے گی؟" آفتاب رائے نے مہی پال سے مطالبہ کیا۔

"میاں آفتاب بہادر۔۔۔" مہی پال نے مڑ کر ان کو مخاطب کیا۔۔۔"یہ جتنی لڑکیاں ہیں نا۔۔۔ جو افلاطون زماں بنی پھرتی ہیں۔ یہ بے وقوفوں کے ساتھ ہی خوش رہتی ہیں۔ آیا عقل میں تمہاری۔۔۔؟"

"کیا بکواس ہے۔۔۔" آفتاب رائے نے آزردگی سے کہا۔

اب مہی پال رائے زادہ کو صریحاً غصہ آگیا۔ اس نے جھنجھلا کر کہا تھا۔۔۔"تو میاں تم کو روکا کس نے تھا اس سے بیاہ کرنے کو، جواب مجھے بور کر رہے ہو۔ کیا وہ تم سے خود آکر کہتی کہ میاں آفتاب بہادر میں تم سے بیاہ کرنا چاہتی ہوں۔ ایں۔۔۔؟ اور فرض کرو اگر وہ خود سے ہی انکار کر دیتی تو کیا قیامت آجاتی۔ میاں لڑکی تھی یا ہوا۔ کیا مارتی وہ تم کو بھاڑو لیکر۔۔۔ کیا کرتی۔۔۔؟ تم نے لیکن کہہ کے ہی نہیں دیا۔ خیر چلو۔۔۔ خیریت گذر گئی۔ اچھا ہی ہوا۔ کہاں کا جھگڑا مول لیتے بے کار میں۔ کیوں کہ میرا مقولہ ہے۔ (اس نے انگلی اٹھا کر عالمانہ انداز میں کہا) کہ شادی کے ایک سال بعد سب شادیاں ایک سی ہو جاتی ہیں۔۔۔ تم کو تو جگن ناتھ جین کا شکر گزار ہونا چاہئے کہ اس نے تم کو ایک بار عظیم سے سبکدوش کیا۔ بلکہ وہ تمہارے حق میں بالکل دافع بلیلات ثابت ہوا۔۔۔"

"بے ہودہ ہیں آپ انتہا سے زیادہ۔۔۔" آفتاب رائے نے جھنجھلا کر کہا تھا۔

لکھنؤ لوٹ کر ایک روز آفتاب رائے اتفاقاً اے پی سین روڈ پر سے گزرے۔ سامنے

کنول کے باپ کی سرخ رنگ کی بڑی سی کوٹھی تھی۔ جس کی برساتی پر کاسنی پھولوں کی بیل پھیلی تھی۔ یہاں ایک زمانے میں کتنا اودھم مچتا۔ کنول کے سارے بہن بھائیوں نے مل کر اپنا آرکیسٹرا بنا رکھا تھا۔ کوئی بانسری بجاتا۔ کوئی جل ترنگ۔ کنول طبلہ بجاتی، ایک بھائی وائلن کا استاد تھا۔ سب مل کر جے جے ونتی شروع کر دیتے۔ مورے مندر اب لوں نہیں آئے۔۔۔ کیسی چوک بھئی مو سے آلی۔۔۔ پھر ارچنا بنرجی آجاتی اور کوئل ایسی آواز میں گاتی۔۔۔ آمی پو ہوڑی جھور نا فکر مکر بوجوئے۔۔۔ بوجوئے ہو۔۔۔ اتوار کو دن بھر بیڈ منٹن کھیلا جاتا، ہر سمے تو آفتاب رائے ان لوگوں کے یہاں موجود رہتے تھے۔ اور جب ایک روز خود ہی چپکے سے ولایت کھسک لیے تو ان لوگوں کا کیا قصور۔ وہ لڑکی کو بنک کے سیف ڈپازٹ میں تو ان کے خیال سے رکھنے سے رہے اور جگن ناتھ جین ایسا رشتہ تو بھائی قسمت والوں ہی کو ملتا ہے۔

پھر ایک روز امین آباد میں انہوں نے کنول کو دیکھا۔ وہ کار سے اتر کر اپنی سسرال والوں کے ساتھ پارک کے مندر کی اور جا رہی تھی اور سرخ ساڑی میں ملبوس تھی اور آلتا اس کے پیروں میں تھا (آلی ری سائیں کے مندر دیا بار آؤں۔ کر آؤں سولہ شرنگار۔۔۔ وہ گرمیوں کی شام تھی۔ امین آباد جگمگا رہا تھا۔ ہوا میں موتیا اور خس کی مہک تھی۔ اور مندر کا گھنٹہ یکسانیت سے بجے جا رہا تھا)

اب آفتاب رائے یونی ورسٹی میں تاریخ پڑھاتے تھے۔ ساتھیوں کی محفل میں خوب اودھم مچاتے، ٹینس کھیلتے اور صوفی ازم کی تاریخ پر ایک مقالہ لکھ رہے تھے۔ میں وہ نہیں ہوں جو میں ہوں۔ میں وہ ہوں جو میں نہیں ہوں۔ ہر چیز باقی ساری چیزیں ہیں۔ بھگوان کرشن جب ارجن سے کہتے ہیں، "او پرنس ارجنا۔۔۔ (ارے جا بے) عسکری ڈانٹ بتاتا۔ اگر تم اس چکر میں ہو کہ تم بھی پروفیسر ڈی پی مکرجی کی طرح مہا گرو بن کے

بیٹھ جاؤ گے تو تم غلطی پر ہو۔ ڈاکٹر آفتاب رائے، تمہارا تو ہم مارتے مارتے حلیہ ٹھیک کر دیں گے۔" مہی پال اضافہ کرتا)

جون پور آکر وہ کھیم کو دیکھتے کہ تندہی سے کچالو کھا رہی ہے۔ کتھک سیکھ رہی ہے۔ جل بھرنے چلی ری گوئیاں آں آں گاتی پھر رہی ہے۔ یہ بھی کنول کماری کی قوم سے ہے۔

"اری او باؤلی۔۔۔ بتا تو کیا کرنے والی ہے۔۔۔" وہ سوال کرتے، "پتہ نہیں ماما۔۔" وہ معصومیت سے جواب دیتی، "پتہ نہیں کی بچی۔۔۔ وہ دل میں کہتے تھے۔"

چھت کی منڈیر پر ٹہلتے ٹہلتے آفتاب رائے نیم کی ڈالیوں کے نیچے آگئے۔ سامنے بہت دور سول لائنز کے درختوں میں چھپی ہوئی حاکم ضلع کی کوٹھی میں گیس کی روشنیاں جھلملا رہی تھیں۔ پروائی ہوا بہے جا رہی تھی۔ یہ چاند رات تھی اور مسلمانوں کے محلوں کی طرف سے محرم کے نقاروں کی آوازیں بلند ہونا شروع ہو گئی تھیں۔

محرم آگیا۔۔۔ آفتاب رائے کو خیال آیا۔۔۔ شاید اب کے سے پھر سر پھٹول ہو۔ بہت دنوں سے نہیں ہوئی تھی۔ انہوں نے سوچا۔

ویسے انگریز کی پالیسی یہ تھی کہ جن ضلعوں میں مسلمانوں کی اکثریت تھی۔ وہاں ہندو افسروں کو تعینات کیا جاتا تھا۔ اور جہاں ہندو زیادہ ہوتے تھے۔ وہاں مسلمان حاکموں کو بھیجا جاتا تھا تاکہ توازن قائم رہے۔ یہ دوسری بات تھی کہ صوبے کی چھ کروڑ آبادی کا صرف ۱۳ فی صدی حصہ مسلمان تھے۔ لیکن اتنی شدید اقلیت میں ہونے کے باوجود تہذیبی اور سماجی طور پر مسلمان ہی سارے صوبے پر چھائے ہوئے تھے۔ جون پور، لکھنؤ، آگرہ، علی گڑھ، بریلی، مرادآباد، شاہجہاں پور، وغیرہ جیسے ضلعوں میں تو مسلمانوں کی دھاک بیٹھی ہی ہوئی تھی۔ لیکن باقی کے سارے خطوں میں بھی ان کا بول بالا تھا۔

صوبے کی تہذیب، سے مراد وہ کلچر تھا جس پر مسلمانوں کا رنگ غالب تھا۔ گلی گلی، محلے محلے، گاؤں گاؤں، لاکھوں مسجدیں اور امام باڑے موجود تھے۔ مکتب مدرسے، درگاہیں، قلعے حویلیاں، چپے چپے سے مسلمانوں کی آٹھ سو سال پرانی روایات وابستہ تھیں۔

ہندو مسلمانوں میں سماجی سطح پر کوئی زیادہ فرق نہ تھا۔ خصوصاً دیہاتوں اور قصبہ جات میں عورتیں زیادہ تر ساڑیاں اور ڈھیلے پائجامے پہنتیں۔ اودھ کے بہت سے پرانے خاندانوں میں بیگمات اب تک لہنگے بھی پہنتیں تھیں۔ لیکن بیاہی لڑکیاں ہندو اور مسلمان دونوں ساڑی کے بجائے کھڑے پائنچوں کا پائجامہ زیب تن کرتیں۔ ہندوؤں کے یہاں اسے 'اجا' کہا جاتا۔ مشغلوں کی تقسیم بڑی دل چسپ تھی۔ پولس کا عملہ اسی فیصد مسلمان تھا۔ محکمہ تعلیم میں ان کی اتنی ہی کمی تھی۔ تجارت تو خیر کبھی مسلمان بھائی نے ڈھنگ سے کر کے نہ دی۔ چند پیشے مگر خاص مسلمانوں کے تھے۔ جن کے دم سے صوبے کی مشہور صنعتیں قائم تھیں۔ لیکن خدا کے فضل و کرم سے کچھ ایسا مضبوط نظام تھا کہ سارا منافع تو بازار تک پہنچاتے پہنچاتے مڈل مین ہی مار لے جاتا تھا اور جو بھائی کے پاس بچتا تھا اس میں قرضے چکانے تھے، بٹیا کا جہیز بنانا تھا۔ اور ہزاروں قصے تھے، آپ جانیے۔

زبان اور محاورے ایک ہی تھے۔ مسلمان بچے برسات کی دعا مانگنے کے لیے منہ نیلا پیلا کیے گلی گلی ٹین بجاتے پھرتے اور چلاتے۔۔۔ برسو رام دھڑا کے سے، بڑھیا مر گئی فاقے سے۔ گڑیوں کی بارات نکلتی تو وظیفہ کیا جاتا۔۔۔ ہاتھی گھوڑا پالکی۔۔۔ جے کنہیا لال کی۔ مسلمان پردہ دار عورتیں جنھوں نے ساری عمر کسی ہندو سے بات نہ کی تھی۔ رات کو جب ڈھولک لے کر بیٹھتیں تو لہک لہک کر الاپتیں۔۔۔ بھری گگری موری ڈھرکائی شام۔۔۔ کرشن کنہیا کے اس تصور سے ان لوگوں کے اسلام پر کوئی حرف نہ آتا ہے۔ یہ گیت اور کجریاں اور خیال، یہ محاورے، یہ زبان، ان سب کی بڑی پیاری اور دلآویز

مشترکہ میراث تھی۔ یہ معاشرہ جس کا دائرہ مرزاپور اور جون پور سے لے کر لکھنؤ اور دلی تک پھیلا ہوا تھا۔ ایک مکمل اور واضح تصویر تھا۔ جس میں آٹھ سو سال کے تہذیبی ارتقا نے بڑے گمبھیر اور بڑے خوبصورت رنگ بھرے تھے۔

ڈاکٹر آفتاب رائے نے (کہ ان کا نام ہی اس مشترکہ تمدن کی لطافت کا ایک مظہر تھا) ایک بار سوچا تھا کہ وہ کبھی ایک کتاب لکھیں گے کہ کس طرح پندرہویں صدی میں بھگتی تحریک کے ذریعے۔۔۔ لیکن ذہن ہی کو مکمل سکون کہاں میسر تھا۔ پہلے یہ کنول کماری کود پڑی۔ پھر ان کی معاشی مجبوریاں آڑے آئیں اور ان کو ولایت سے لوٹ کر بنارس میں لیکچررشپ سنبھالنی پڑی۔ جہاں دن رات ہندی اتھوا ہندوستانی کے گن گائے جاتے۔۔۔ یہ میں تم سے کہتا ہوں۔۔۔ کہ شدھ ہندی اور گئور کھشا، اور رام راجیہ یہ سب سے بڑا خطرہ ہے۔ اس خطرے سے بچو۔ انہوں نے ایک دفعہ ایک کانفرنس کے پنڈال میں چلا کر کہا تھا۔

آفتاب رائے کے ساتھی مذاق میں انہیں جون پور کا قاضی کہا کرتے، "یہ جو کتاب تم لکھنے والے ہو اس کا نام رکھنا۔۔۔ جون پور کا قاضی۔۔۔ عرف، میں شہر کے اندیشے میں دبلا کیوں ہوا۔۔۔؟"

رات کی ہوا میں خنکی بڑھ چکی تھی۔ نیم کے پتے بڑے پر اسرار طریقے سے سائیں سائیں کر رہے تھے۔ ہاں زندگی میں بے پایاں اداسی تھی اور ویرانہ اور تاریکی۔

محلے کے مکانوں میں مدھم روشنیاں جھلملا رہی تھیں۔ نیچے بڑی بھاوج کے مکان کے آنگن میں مجلس کے لیے جو گیس کا ہنڈہ نصب کیا گیا تھا۔ اس کی روشنی رات کے اس ویرانے میں لرزہ خیز معلوم ہوتی تھی۔ جیسے مہوے کے جنگل میں اگیا بھتال اور مسان چپکے چپکے روتے ہوں۔

مجلسوں کے گریہ و بکا کی مدھم آوازیں پروائی کے جھونکوں میں رل مل کر وقفے وقفے کے بعد یک لخت بلند ہو جاتی تھیں۔ نکڑ پر کنور نرنجن داس کے ہاں کی محرم کی سبیل کے پاس رکھی ہوئی نوبت یکسانیت سے بجے جا رہی تھی۔

"عاشور کی شب لیلیٰ ارے سرہانے شمع رکھ کر۔۔۔" بوا مدن نے تکیہ پر کرم خوردہ کتاب رکھ کر پڑھنا شروع کیا۔۔۔ "اے تکتی رہیں چہرہ علی اکبر کا۔۔۔" بگن نے باریک تیز آواز میں ساتھ دینا شروع کیا، "اے لو دونوں کی دونوں سٹھیا گئی ہیں۔۔۔ اے بیوی چاند رات کو نویں تاریخ کے مرثیے نکال کر بیٹھ گئیں۔۔۔؟" بڑی بھاوج نے باورچی خانے میں سے پکارا۔

"توبہ توبہ کمبخت ایسی ساڑستی پڑی ہے کہ اب تو کچھ بھی یاد نہیں رہتا۔ اے لو میں تو عینک لانا ہی بھول گئی۔ مجھے کچھ سجھائی تھوڑی دے رہا تھا۔۔۔ میں نے تو اٹکل سے پڑھنا شروع کر دیا۔۔۔ اے بہن۔۔۔ اے نیازی بیگم۔۔۔ ذری اپنی عینک تو دینا۔۔۔" بوا مدن نے طویل سانس بھر کے کہا۔

نیازی بیگم نے اپنی عینک اتار کے دی جو بوا مدن نے ناک کی پھننگ پر رکھ کر پھر سے بیاض کی ورق گردانی شروع کی۔

"اے بوا مدن نجم الملت کی بیاض بھی لائی ہو کہ نہیں۔۔۔؟" بڑی بھاوج نے تخت کے پائے کے قریب آ کر اطمینان سے بیٹھتے ہوئے دریافت کیا۔

"لڑکیوں سے پوچھیے۔۔۔ بڑی بھاوج۔۔۔ نجم الملت کے نوحے تو یہی لوگ پڑھتی ہیں۔۔۔" بگن نے جواب دیا۔

"ہاں بیٹا ہم تو پرانے فیشن کے آدمی ہیں۔ اب تو نوحوں میں بھی نئے راگ رنگ نکلے ہیں۔۔۔" بوا مدن نے قدرے بے نیازی سے اضافہ کیا۔ یہ لڑکیوں پر صفا چوٹ

تھی۔ بوا مدن نے لڑکیوں کی نوحہ خوانی کو کبھی بھی بہ نظر استحسان نہ دیکھا۔

کنبے اور محلے کی ساری لڑکیاں دیوار کے سہارے بڑے اسٹائل سے سیاہ جارجٹ کے دوپٹوں سے سر ڈھانپے خاموش بیٹھی تھیں۔ بوا مدن کے اس طعنے کا انہوں نے ہرگز نوٹس نہیں لیا۔

"سواری اتروالو۔۔۔" باہر سے رام بھروسے کی آواز آئی، "پردہ کرلو لوگو۔۔۔ کہار اندر آتے ہیں۔۔۔"

فیرینی کی سینی دھم سے گھڑونچی پر ٹکا کر ممولہ تیز آواز میں چلائی۔۔، "چھمو بیگم آگئیں۔"

چھمو بیگم ڈولی میں سے اتریں۔ اور پائنچے سمیٹ کے پانی سے لبریز نالی کو الانگنے کے ارادے سے آگے بڑھیں، "اللہ رکھے بڑی بھاوج کے ہاں تو ہر وقت بس بہیاسی آئی رہتی ہے"، انہوں نے ذرا بے زاری سے کہا۔

کہیں ممولہ نے یہ سن لیا، "اے چھمو بیگم۔۔۔ ذری زبان سنبھال کے بات کیا کیجیے۔ بڑی بھاوج کے دشمنوں کے گھر بہیا آوے۔ شیطان کے کان بہرے۔۔۔ ایسا تو میں نے آنگن کا سارا پانی سونتا ہے۔ اپنے ہاں نہیں دیکھتیں۔ ساری گلی کولے کے نوبت رائے کا تلاؤ بنا رکھا ہے۔ اتا اتا پانی آپ کے گھر میں کھڑا رہتا ہے۔ ہاں۔" اس نے منہ در منہ جواب دیا۔

"اے بی ممولہ۔۔۔ ذری آپے میں رہنا۔۔۔ میں خود سے نہیں آگئی۔ بڑی بھاوج نے سو دفعہ بلایا کہ آکر مجلس پڑھ جاؤ۔۔۔ مجلس پڑھ جاؤ۔۔۔ میں اپنے گھر سے فالتو نہیں ہوں کہ ماری ماری پھروں۔ اور ٹکے کی ڈومنیوں کی باتیں سنوں۔ ہاں لو بھائی ڈولی واپس کرو۔۔۔" چھمو بیگم نے بیچ آنگن میں کھڑے ہو کر رجز پڑھا۔

بڑی بھاوج جلدی سے اٹھ کر باہر آئیں۔ اے ہے۔۔۔ یہ کیا کوانو چن مچی ہے۔ اماموں پر مصیبت کی گھڑی آن پہنچی اور تم لوگ ہو کہ کھڑی جھگڑ رہی ہو۔۔۔ چل نکل ممولہ یہاں سے۔۔۔ ڈوبی جب دیکھو تب یہی فضیحتاً شروع کرتی ہے۔ آؤ چھمو بیگم جم جم آؤ۔۔۔"

ڈیوڑھی میں کہاروں نے زور سے ڈنڈا بجایا۔ اجی پیسے تو بھجوایئے بیگم صاحب۔۔۔

(ارے دیا رے۔۔۔ ساڑی دیہہ دکھن لاگت ہے۔۔۔) رام بھروسے نے دیوار سے لگ کر ماتا دین کی بیڑی سلگاتے ہوئے اظہار خیال کیا۔ ویسے محرم کی وجہ سے اب پیسے خوب ملیں گے چہلم تک دس دس پھیرے ایک گلی کے ہوتے تھے اور ہر پھیرا تین تین پیسے۔ دور کے محلوں تک آنے جانے کے تو دو دو آنے تک ہو جاتے تھے۔ بس چاندی تھی آج کل بھائی رام بھروسے اور ان کی برادری کی۔ اور ریڑوے جو چل رہے تھے وہ الگ۔ ریڑوہ ایک طرح کا لکڑی کا کرسی نما ٹھیلہ ہوتا تھا جس میں چاروں طرف پردہ باندھ دیا جاتا تھا۔ اندر دو دو تین تین سواریاں گھس پٹ کر بیٹھ جاتی تھیں۔ اور بچوں کی انگریزی پرام کی طرح پیچھے سے دھکیلا جاتا تھا۔ اور چرخ چوں کرتا ریڑوہ گلیوں کے پتھریلے فرش پر بڑے ٹھاٹھ سے چلتا۔ پالکی کا کرایہ بہت زیادہ تھا۔ یعنی چھ آنے فی پھیرا۔ پرائیوٹ پالکی جو پہلہ صرف صدر اعلیٰ کے یہاں تھا۔

چھمو بیگم اس معرکے کے بعد ٹھک ٹھک چلتی آن کر چاندنی پر بیٹھ گئیں اور عینک لگا کر بڑے ٹھسے سے چاروں طرف نظر ڈالی۔ بوامدن خود بڑی ہائی برو سوز خوان تھیں۔ انہوں نے کبھی چھمو بیگم کی پروانہ کی۔

سوز ختم ہو چکا تھا۔ گوٹے کے پھنکے لگاتی بوامدن طمانیت سے جا کر ایک کونے میں بیٹھ گئیں۔ چٹاپٹی کی گوٹ کا اودا پائجامہ اور طوطے کے پروں ایسے ہرے رنگ کا دوپٹہ

اوڑھے اور اس شان سے دیوار سے لگ کر بیٹھتی تھیں کہ دور سے معلوم ہو جاتا تھا کہ ہاں یہ رام پور کی میریا سن ہیں۔ مذاق نہیں ہے۔

چھمو بیگم ایک تو یہ کہ سیدانی تھیں۔ دوسرے یہ کہ بگن سلمہا کے بیاہ کے سلسلے میں ان سے جنگ ہو چکی تھی۔ لہٰذا وہ بوا مدن کو ہر گز خاطر میں نہ لاتیں۔ بوا مدن کو اگر یہ زعم تھا کہ مالکوس اور سوہنی اور بہاگ میں وہ سوز ایسے پڑھتی ہیں کہ مجلس میں پٹس پڑ جاتی ہے تو چھمو بیگم کو بھی اپنے اوپر ناز بے جا نہ تھا کہ آٹھویں تاریخ والا میر انیس کا مرثیہ پوری راگ داری کے ساتھ ان جیسا کوئی اور نہ پڑھ سکتا تھا۔

چھمو بیگم نے تہ در تہ ریشمی غلافوں میں سے چاند رات کا بیان نکالا اور مجمع کو نہایت گھور کے دیکھا۔

لڑکیوں کا گروہ اپنی جگہ پر ذرا چوکنا ہو گیا۔ ان لڑکیوں پر فرض تھا کہ جب چھمو بیگم حدیث پڑھیں یا وعظ کریں تو یہ لوگ دوپٹے منہ میں ٹھونس کر کھل کھل کر ہنسیں۔ پر بظاہر یہی معلوم ہوتا کہ زار و قطار رو رہی ہیں۔ اور چھمو بیگم کس قیامت کی حدیث پڑھتی تھیں کہ کہرام بپا ہو جاتا تھا۔

چھمو بیگم کے وعظ بہت موڈرن ہوتے تھے۔ کیا جناب کبن صاحب بلکہ خود قبلہ جار چوئی صاحب ایسے ایسے رموز و نکات، انگریزی فلسفے کے واقعہ شہادت میں سے نہ نکال سکتے۔ جو چھمو بیگم پل کی پل میں دریا کوزے میں بند کر کے رکھ دیتی تھیں۔

"اے صاحبان مجلس۔۔۔ جب باری تعالیٰ نے اپنے نور کے دو حصے کیے۔۔۔" والی تمہید سے لے کر جب وہ اس کلائمیکس تک پہنچتی تھیں کہ "اے بیبیو۔۔۔ جناب عباس نے رو کر کہا بالی سکینہ اٹھو۔۔۔" تو اس وقت مجلس میں نالہ و شیون سے قیامت بپا ہو چکی ہوتی تھیں۔ اندر باہر سب کہتے تھے کہ ماشاء اللہ سے چھمو بیگم نے سماں باندھ دیا۔ ان کی

زور خطابت کا یہ عالم تھا کہ منٹوں میں بات کہیں سے کہیں پہنچتی تھی۔ ابھی حضرت جبریل علیہ السلام کا بیان ہو رہا ہے۔ ابھی یزید ملعون کے خاندان کا ذکر آ گیا۔ جنگ جمل کا واقعہ سنا رہی ہیں۔ ساتھ ساتھ اس کا موازنہ جرمن اور انگریز کی لڑائی سے بھی ہوتا جاتا ہے۔ رسالت مآبؐ کے بیان پر جب آتیں تو کہتیں۔۔۔ بیبیو۔۔۔ میں کوئی مورخ، کوئی تاریخ دان کوئی فلاسفہ نہیں ہوں۔ مگر اتنا جانتی ہوں اور کہے دیتی ہوں کہ ایک طرف عیسائیوں اور رومیوں کی دس لاکھ فوج تھی۔ ایک طرف جناب رسالت مآبؐ کے ساتھ صرف پندرہ آدمی تھے۔ مگر وہ گھمسان کا رن پڑا تھا کہ سارے فرشتے چرخ اول پر اتر آئے تھے اور نور کی جھاڑو سے رسالت ماب کے لیے راستہ صاف کرتے جاتے تھے۔ خداوند تعالیٰ کے مسئلہ پر فرماتیں۔۔۔ اے بیبیو۔۔۔ جو انگریزی داں دہریے خدا کے منکر ہیں۔ ان کا احوال مجھ سے سنو۔ اور کان کھول کے سنو۔۔۔ کہ خداوند کریم ان سب شیطانی وسوسوں اور چالوں سے واقف ہے۔ جو فرنگیوں کے علم کے ذریعہ ابلیس ملعون نے تم مسلمانوں کے دلوں میں ڈال دی ہیں۔ بلکہ میں تم کو آج یہ بتانا چاہتی ہوں اے مومنہ بیبیو۔۔۔ کہ قرآن حکیم کے اندر اللہ تعالیٰ نے خود انگریزی میں اپنی توحید کا ثبوت دیا ہے۔ فرماتا ہے وہ رب ذوالجلال کہ، " قل ھو اللہ احد۔ اللہ الصمد۔ لم یلد ولم یولد ولم یکن لہ کفوا احد۔ " یہ ون کیا ہے۔۔۔ ؟ ون انگریزی میں ایک کو کہتے ہیں۔ مسئلہ توحید سے سلسلہ کھینچ کر پھر واقعہ کربلا اور شہادت علی اکبر سے ملا دیا جاتا تھا۔ یہ چھمو بیگم کے آرٹ کا کمال تھا۔

بڑی بھاوج کیا سارے محلے کو معلوم تھا کہ چھمو بیگم خاصی فراڈ ہیں۔ لیکن ان کی شمولیت کے بغیر مجلس میں جان ہی نہ پڑ سکتی تھی۔ لہٰذا ان کی بدمزاجی کو بھی برداشت کیا جاتا۔

برسوں سے جب سے بڑی بھاوج پیدا ہوئیں، تو وہ ہوئیں، رخصت ہو کر بارہ بنکی سے جون پور آئیں۔ زندگی کا ایک چلن قائم تھا۔ جس میں شادی بیاہ تیج تہوار، لڑائی جھگڑے محرم، کونڈے۔ جوگی رمپورے کی سالانہ زیارت، غرض یہ کہ ہر چیز کی اہمیت اپنی جگہ مسلم تھی۔

ڈپٹی جعفر عباس سے بڑی دھوم دھام سے ان کا بیاہ رچایا گیا تھا۔ جب وہ پندرہ سال کی تھیں۔ کیا زمانے تھے۔ دو میل لمبا تو ماہی مراتب ہی تھا۔ براتیوں کو چاندی کی طشتریوں میں سندیلے کے لڈو بانٹے گئے تھے۔ اور جناتیوں یعنی لڑکی کے گاؤں والوں کے یہاں ہفتوں مہینوں پہلے سے ڈھولک رکھ دی گئی تھی۔ ان کا میکہ و سسرال دونوں طرف سے ماشاء اللہ سے بھرا پرا کنبہ تھا۔ بس ایک چھوٹی اماں ہی سے ان کی نہ بنی۔ دیورانی جٹھانی کا دیوار بیچ گھر تھا۔ لیکن مدتوں کھڑکی میں تالا پڑا رہا۔ مقدمہ کا قصہ دراصل امام بارے والے آم کے باغ سے چلا تھا، بعد میں رفتہ رفتہ دونوں بھائیوں کے گھرانوں میں بول چال تک بند ہو گئی۔ سچ کہا ہے بوا کہ زر، زمین، زن، تین چیزیں گھر کا گھروا کر دیتی ہیں۔ سگے بھائی غیر ہو جاتے ہیں۔

پر جب چھوٹی اماں بیمار پڑیں تو بڑی بھاوج نے وضع داری پر حرف نہ آنے دیا اور مرنے سے پہلے دیورانی نے ساری اگلی پچھلی شکایتوں کو بھول کر کہا سنا معاف کروالیا۔ اس پر بھی کہنے والوں کا بہن منہ کس نے بند کیا ہے، محلہ میں اڑ گئی کہ یہ جو چھوٹی اماں اپنے غلے کی کوٹھڑی میں سونے کی مہریں دفن کیے بیٹھی تھیں۔ یہ ان کو حاصل کرنے کی ترکیبیں تھیں۔ پوچھو بڑی بھاوج کے پاس خدا کا دیا خود کیا کچھ نہیں۔ جو وہ ایسے کمینے خیالات دل میں لاتیں۔ اور اصلیت یہ ہے کہ چھوٹی اماں کی وہ سونے کی مہروں والی جھجری جس پر وہ عمر بھر مایا کا سانپ بنی بیٹھی رہیں، اوت کے مال سے بھی بدتر ثابت

ہوئی۔ لڑکوں نے لے کر سارا پیسہ دو سال کے اندر اڑا دیا۔ بلکہ بوا مدن تو یقین محکم کے ساتھ کہتی تھیں کہ چھوٹی اماں اور بڑی بھاوج کی لڑائی کروانے میں زیادہ ہاتھ چھمو بیگم کا ہے۔ حرافہ ایسی ادھر ادھر لگاتی تھی اور پھر سال کے سال منبر پر مولون بن کر چڑھ بیٹھتی ہے، چڑیل۔

رونا بہر حال فرض تھا۔ خواہ چھمو بیگم جیسی کٹنی ہی بیان کیوں نہ پڑھے۔ لٰہذا بوا مدن دیوار کے سہارے بیٹھی بڑے مشہدی رومال سے منہ ڈھانپے شائستگی سے سسکیاں بھرتی رہیں۔ لڑکیاں دہلیز پر بیٹھی بیٹھی اونگھ رہی تھیں اور منتظر تھیں کہ کب حدیث ختم ہو اور نوحہ خوانی کی باری آئے۔

نوحے پڑھنے میں بڑی بھاوج کی لڑکی کشوری کو ملکہ حاصل تھا۔ ہاتھ آئے تھے کیا کیا گل زہرا کو فدائی۔۔۔ نوماؤں نے دیکھی در خیمہ سے لڑائی۔۔۔ ارے لڑتے ہوئے گرتے ہوئے مرتے ہوئے دیکھا۔۔۔ اور جانے کون کون سے سارے جدید نوحے۔ جی ہاں ایسی پاٹ دار آواز میں آخری بند اٹھاتی کہ کھیم کے گھر تک آواز پہنچ جاتی تھی۔

نوحوں کی دھنیں نکالنا لڑکیوں کا خاص مشغلہ۔ جہاں کوئی چلتا چلتا لیکن غمگین سی دھن کا گیت ریڈیو پر سنا جھٹ ذرا سی تبدیلی کر کے نجم الملت کے کسی نوحے پر اس دھن کو چپکا دیا۔ طلعت آرا اس معاملے میں بڑی رجعت پسند واقع ہوئی تھی۔ اس کا کہنا تھا کہ بھئی یہ غلط بات ہے۔ یہ کیا ساتویں کی رات کو معلوم ہو کہ کانن بالا کا ریکارڈ بج رہا ہے۔ توبہ توبہ۔ مگر کشوری کس کی سنتی تھی، ویسے بھی وہ بڑی آزاد خیال روشن دماغ انسان تھی۔ ہائی اسکول تو اس نے پاس کر لیا تھا۔ وہ تو لکھنؤ جا کر لگے ہاتھوں انٹر اور بی اے بھی کر لے۔ لیکن چھوٹی اماں جب مرتے وقت بڑی بھاوج سے صلح صفائی کرنے پر تلیں تو یہاں تک طے کرتی گئیں کہ ان کے بڑے لڑکے میاں اعزاز سے اس کا بیاہ بھی کر دیا جائے۔

اب یہاں سے مسلم سوشل پکچر بننا شروع ہوئی۔ کشوری کہاں ایک تیز لڑکی۔ سارے نٹنگ کے نمونے اس کو آویں۔ جہاں پردہ باغ میں کوئی نیا نمونہ سوئٹر کا کسی کو پہنے دیکھ پاوے گھر آکر فوراً تیار۔۔۔ افسانے پڑھنے کی وہ شوقین۔ منشی فیاض علی کی 'انور' اور 'شمیم' سے لے کر کرشن چندر کی 'نظارے' اور حجاب امتیاز علی کی 'ظالم محبت' تک اس کی الماری میں موجود۔ سنیما بھی جب موقع ملتا ضرور دیکھ لیتی۔ میاں اعزاز ایک تو یہ کہ خاصے مولوی آدمی تھے۔ پی سی ایس میں آگئے تھے۔ کیننگ کالج سے ایم اے۔ ایل ایل بی کرر کھا تھا۔ لیکن اس کے روادار نہیں تھے کہ گھر کی لڑکیاں ذرا کی ذرا نمائش ہی میں ہو آئیں۔ خود بڑی دون کی لیتے تھے کہ مس سکینہ سے یونین میں یوں بحث چلی اور مس صدیقی کے یہاں یوں چائے پر گیا۔ لیکن اپنے کنبے کی لڑکیوں کے بارے میں ان کا خیال تھا کہ لڑکیاں جہاں گھر سے باہر نکلیں، میاں زمانہ خراب ہے۔ کسی کو بدنام ہوتے کیا دیر لگتی ہے۔

بڑھی بھاوج نے، لطیفہ یہ تھا کہ کشوری کے لیے بڑی منتیں مرادیں مان رکھی تھیں۔ عاشورہ کے روز جب ذوالجناح اندر لایا جاتا تو جلیبی کھلانے کے بعد اس کے کان سے منہ لگا کر ساری بیبیاں اور ساری لونڈی باندیاں دعا مانگیں کہ یا مولا کشوری بیٹا کا نصیبہ اب کے سال ہی کھلے۔

اب یہ پوچھو کہ یہ میاں اعزاز کے پلّے باندھنا نصیبے کا کھلنا سمجھا جارہا تھا۔ لیکن کشوری نے بھی طے کر لیا تھا کہ عین بیاہ کے موقع پر وہ انکار کر دے گی۔ برات میں ایک ہڑبونگ مچ جائے گی۔ وہ جیسا کہ سوشل فلموں میں ہوتا ہے کہ عین وقت پر جب پھیرے پڑنے والے ہوں تو اصل ہیرو ہسپتال یا جیل سے چھٹ کر پہنچ جاتا ہے اور گرج کر کہتا ہے کہ ٹھہر جاؤ یہ شادی نہیں ہو سکتی۔۔۔

کشوری کے بابا سید جعفر عباس ڈپٹی کلکٹر تھے۔ لیکن دل کے بڑے پکے قوم پرست مسلمان تھے۔ جب کانگریسی وزارت قائم ہوئی تو آپ نے بھی خوب خوب خوشیاں منائیں۔ حافظ ابراہیم ضلع میں آئے تو آپ مارے محبت کے جا کے ان سے لپٹ گئے۔ جب جنگ چھڑی اور کانگریسی وزارت نے استعفیٰ دیا اور مسلم لیگ نے یوم نجات منایا تو کشوری کے بابا کو بڑا دکھ ہوا۔

اب وہ ریٹائر ہو چکے تھے۔ اور چبوترے پر بیٹھے پیچوان لگائے سوچا کرتے کہ دنیا ہی بدلتی جا رہی ہے۔ لڑکے جن کو نوکری نہ ملتی تھی۔ اب فوج میں چلے جا رہے تھے۔ اپنا اصغر عباس ہی اب لفٹیننٹ تھا۔۔۔ مہنگائی شدید تھی۔ لیڈر جیل میں تھے۔ لیکن زندگی میں یک بیک ایک نیا رنگ آ گیا تھا۔ حافظ ابراہیم کے استعفیٰ کے موقع پر ضلع کے اردو اخباروں نے لکھا تھا۔۔۔ کہاں گئی موٹر سرکاری، بیچا کر سبزی ترکاری، وہ بھی دیکھا یہ بھی دیکھ۔۔۔ کشوری کے بابا کو یہ سب پڑھ اور سن کر صدمہ ہوتا۔ وہ بڑے پکے مسلمان تھے۔ در اصل مسلمان کے معاشرے کا استحکام ان ہی پرانے مدرسہ فکر کے ڈپٹی کلکٹروں کے دم قدم سے قائم تھا۔ پردے کے بڑے پابند۔ کیا مجال جو لڑکیاں بغیر قناتوں، چادروں کے گھر سے قدم نکالیں۔ (صوبے کے مشرقی اضلاع میں برقعے کا رواج نہ تھا۔ باعزت متوسط طبقے کی مسلمان اور ہندو عورتیں چادریں اور دلائیاں اوڑھ کر باہر نکلتی تھیں۔ ہندو عورتیں تو خیر گھونگٹ کاڑھ کر سڑک پر سے گزر جاتی تھیں۔ لیکن مسلمان بیبیوں کا دن دہاڑے باہر نکلنا سخت معیوب خیال کیا جاتا تھا)

اصغر عباس فوج میں رہ کر بالکل انگریز بنتا جا رہا تھا۔ اب کے سے جب وہ چھٹی پر گھر آیا تو چند شرائط بابا کے سامنے رکھیں۔

(الف) وہ خود کنبے میں بیاہ نہ کرے گا۔

(ب) کشوری جب اس کے ساتھ رہنے کے لیے جبل پور جائے گی تو پردہ نہ کرے گی۔

(ج) اعزاز میاں سے بیاہ کا پروگرام منسوخ۔

(د) کشوری کو ایف اے کے لیے مسلم گرلز کالج لکھنؤ بھیجا جائے گا۔

بڑے بحث مباحثے کے بعد بابا اور بڑی بھاوج دونوں نے ان شرائط کے بیش تر کے نکات منظور کر لیے۔

ہندوستان کے مسلمان متوسط اور اوپری متوسط طبقے کا کوئی ہی خاندن ایسا ہو گا جس کی لڑکیوں نے کبھی نہ کبھی علیگڑھ گرلز کالج یا لکھنؤ مسلم اسکول، میں نہ پڑھا ہو۔ بیش تر لڑکیوں کو اس بات پر فخر ہوتا ہے کہ انہوں نے چاہے چند روز ہی کے لیے کیوں نہیں، لیکن پڑھا مسلم اسکول میں ہے۔

بعینہٖ یہی احوال مہیلا ودیالہ لکھنؤ کا تھا۔ صوبے کے سارے ٹھوس ہندو متوسط طبقے کی سپتریاں اس وِش ودیالے کی ودیار تھی رہ چکی تھیں۔ سرکاری اور عیسائی اداروں کا ماحول مختلف تھا۔ وہاں انگریز کے اقبال کی وجہ سے شیر بکری ایک گھاٹ پانی پیتے تھے۔

اب کی جولائی میں کھیم اور کشوری اکٹھی ہی جون پور سے ٹرین میں سوار ہوئیں۔ اور لکھنؤ آن پہنچیں۔ چار باغ پر ماما، کھیم کو اتروانے کے لیے آ گئے تھے۔ اور کشوری کو پہنچانے کے لیے تو ماجد بھائی بے چارے مردانہ ڈبے میں موجود ہی تھے۔ اسٹیشن کی برساتی میں پہنچ کر کھیم اور کشوری نے ایک دوسرے کو خدا حافظ کہا اور روئیں اور کبھی کبھی ملنے کی کوشش کرنے کا وعدہ کیا اور تانگوں میں بیٹھ کر اپنی اپنی راہ چلی گئیں۔

"کھیم وتی رائے زادہ سے میری ملاقات اتنے برسوں بعد بینٹ ہال کی سیڑھیوں پر ہوئی۔۔۔ وہ چودھری سلطان کے لیکچر کے لیے اوپر جا رہی تھی۔ میں احتشام صاحب کی

کلاس کے بعد پر شین تھیٹر سے اتر رہی تھی۔۔۔" کشوری نے بات جاری رکھتے ہوئے کہا۔۔۔ اور پھر وہ خاموش ہوگئی۔۔۔ اور کھڑکی کے باہر دیکھنے لگی۔ جہاں برف کے گالے چپکے چپکے نیچے گر رہے تھے۔۔۔

"کیا تم نے کبھی سوچا ہے۔" اس نے ساتھیوں کو مخاطب کیا۔۔۔ کہ ہم جو چھ سو سال تک ایک دیوار کے سائے میں رہے۔ ایک مٹی سے ہماری اور اس کی تخلیق ہوئی تھی۔ اس کے اور ہمارے گھر والوں کو اپنی مشترکہ کلچر پر ناز تھا۔ اور ایک قسم کا احساس بر تری۔۔۔ چار سال بعد جب اس وقت کھیم نے مجھے دیکھا تو ایک لحظے کے لیے ذرا جھجکی پھر 'ہلو کشوری' کہتی ہوئی آگے چلی گئی۔

"اور میں نے سوچا ٹھیک ہے۔ میں نے اور اس نے اسی دن کے لیے ساری تیاریاں کی تھیں۔ وہ مہیلا دویالہ کی لڑکی ہے۔ کانگریس میں یقین رکھتی ہے۔ میرے بابا بڑے نیشنلسٹ بنتے تھے۔ لیکن میں کٹر مسلم لیگی ہوں۔ یوم پاکستان کے جلسے کے موقع پر کھیم کے ساتھیوں نے ہمارے اوپر کنکریاں پھینکی تھیں۔ اکھنڈ ہندوستان ویک کے دنوں میں ہمارے رفقاء نے ان کے پنڈال پر پکٹنگ کی تھی۔ یہ جو کچھ ہو رہا ہے۔ یہی ٹھیک ہے اور بھائی زندگی نہ ہوئی شانتا رام کی فلم ہوگئی۔ بنو اچھے پڑوسی، کرو بھائی چارہ، نہیں کرتے بھائی چارہ میاں زبردستی ہے تمہاری۔ یہی ایک مثال میری اور کھیم کی دیکھ لو جنم جنم کے پڑوسی تھے اور کیا دوستی اور یگانگت کا عالم تھا۔ پر تھے ہم ان کے لیے ملچھ۔ ان کے چوکے کے قریب نہ پھٹک سکتے تھے۔ اور ہماری اماں کا یہ سلسلہ تھا کہ اگر ہندو کی دوکان سے کوئی چیز آئی تو اسے فوراً حوض میں غوطہ دے کر پاک کیا جاتا تھا۔ ایک قوم اس طرح بنتی ہے؟ تقسیم کا مطالبہ ہند کی ساری تاریخ کا نہایت فطری اور نہایت منطقی نتیجہ ہے۔۔۔" کشوری چپ ہوگئی۔

آتش دان میں آگ لہک رہی تھی۔ کسی نے آہستہ سے ایک انگارہ الاؤ میں سے نکال کر باہر گرا دیا۔ جہاں وہ چند لمحوں تک سلگتا رہا۔ اور پھر بجھ گیا۔ نیچے سڑک پر کوئی بھکاری اکارڈین پر 'موجوں کے اوپر' کا والز بجاتا ہوا گزر رہا تھا۔

"آج میں کنول کماری کے ہاں چائے پر گئی تھی۔" ارملا نے کہا، "وہاں بہت سے لوگ آئے ہوئے تھے۔ ان سب سے میں نے کہا کہ ہمارے 'مجلس میلے' کو کامیاب بنانے کی کوشش کریں۔"

"کنول کماری۔۔۔؟" کشوری نے کچھ یاد کرتے ہوئے سوال کیا۔

"ہاں۔ ہمارے نئے فرسٹ سیکرٹری کی بیوی اور میں نے سوچا کہ قابل عورت ہے۔ اس سے میلے کے موقع پر ہندوستانی آرٹ پر لگے ہاتھوں ایک تقریر بھی کروالیں۔ پام دت وغیرہ سبھی ہوں گے۔ بے چاری نے وعدہ کرلیا۔۔۔"

"سوریہ است ہوگیا۔ سوریہ است ہوگیا۔" دوسرے کمرے میں میلے کے پروگرام کی ریہرسل کرتے ہوئے چند لڑکیوں نے ہرپندرناتھ چٹوپادھیا کا کورس یک لخت زور زور سے الاپنا شروع کردیا۔

"میں نے بہت کوشش کر کے سوچا کہ میں جب یونی ورسٹی میں اور لوگوں سے ملتی ہوں۔۔۔ اٹلی کے لوگ ہیں، برازیل کے عراق اور مصر کے ہیں، ان سے اس طرح کیوں نہیں باتیں کرنا چاہتی۔ پھر ہمارے پروفیسر ہیں۔ ہم عصر فنون کی انجمن کے اراکین ہیں۔ انہوں نے ہمارے مسائل پر بڑی بڑی کتابیں لکھی ہیں۔ ہمارا بڑا دقیق مطالعہ کیا ہے، اخباروں میں وہ ہمارے متعلق اڈیٹوریل لکھتے ہیں۔ دار الاعوام میں اور ریڈیو پر بحثیں کرتے ہیں دار العلوم میں اور ریڈیو پر بحثیں کرتے ہیں۔۔۔" کشوری نے کہا۔

"چاروں اور آگ لگی۔۔۔ دل میں بھوک پیاس جگی۔۔۔ یگ یگ ہم گاتے۔۔۔ ہم

گاتے ہم گاتے۔۔۔" لڑکیاں چلا رہی تھیں۔

"میرا جی چاہتا ہے۔ میں تم سے یہ سب باتیں کہوں۔ تم کو یہ سارا قصہ یہ سارا گورکھ دھندا سمجھاؤں۔۔۔" اس نے ساتھیوں کو اداس آواز میں مخاطب کیا۔ تاکہ تم لوگ مجھے بھی ایک مضحکہ خیز کردار نہ سمجھو اور اس سارے پس منظر، اس ساری کہانی کو، اس فاصلے سے دیکھ کر اپنی نئی راہ کا تعین کرو۔

سڑک پر کیرل گانے والوں کی ٹولیاں گزرنی شروع ہو گئی تھیں، "کرسمس کا زمانہ بھی اختتام پر ہے۔" روزماری نے اظہار خیال کیا۔

ہاں۔ جون پور میں، میرے محلے میں، شاید تین چار بچے کچھے سوگوار چہلم کے تعزیوں کے سائے میں بیٹھے اپنی قسمت کو روتے ہوں گے۔ نہیں شاید محرم کا زمانہ گذر گیا ہو گا۔ پرانے کیلنڈر بے کار ہو چکے ہیں۔ مجھے کچھ پتہ نہیں۔۔۔ کشوری نے دل میں کہا۔

"برف باری شدید ہو گئی ہے۔ پھر بہار آئے گی۔ کیا سارے زمانے سارے موسم اتنے بے مصرف ہیں۔۔۔؟" روزماری نے اپنے آپ سے بات کی۔۔۔ "نہیں۔۔۔" کشوری نے کہا۔

یگ یگ ہم گاتے چلیں۔۔۔ لڑکیوں کی آواز نے تکرار کی۔

چار باغ اسٹیشن پر کھیم کو آخری بار خدا حافظ کہنے کے بعد اب کشوری کو دم لینے کی فرصت بھی کہاں تھی۔ پہلے مسلم اسکول۔ پھر چاند باغ پھر کیننگ کالج۔ زمانہ کہاں سے نکل گیا تھا۔ ہر ہنگامے میں کشوری موجود۔ مباحثے ہو رہے ہیں۔ بیڈ منٹن ٹورنامنٹ ہیں۔ مسلم اسٹوڈنٹس فیڈریشن کی مصروفیات ہیں۔ ادھر ہندو اسٹوڈنٹس فیڈریشن تھا۔ مہا سبھائی طالبات کے جلسے جلوس تھے۔ جن میں کبھی کبھی کھیم رائے زادہ دور سے نظر آ جاتی۔ طالب علموں کی دنیا اچھی خاصی سیاسی اکھاڑہ بن گئی تھی۔ گھر پر واپس جاؤ تو وہی

سیاست۔ کل کی تشویش، مستقبل کی فکر۔ ملک کی تقسیم ہو گی۔ نہیں۔ ہو گی، ہو گی، نہیں ہو گی۔

یونی ورسٹی میں لیکچرز کے دوران میں پروفیسروں سے جھڑپ ہو جاتی۔ سطحی طور پر ابھی دوستی اور بھائی چارہ قائم تھا۔ لیکن آخری 'شوڈاؤن' کے لیے اسٹیج بالکل تیار تھا۔

ڈاکٹر آفتاب رائے ابھی تک ہسٹری ڈپارٹمنٹ میں موجود تھے۔ ایک روز ایک لیکچر کے دوران میں ان سے بھی کچھ تکرار ہو گئی۔ ایک ہندو طالب علم نے کہا، "آزادی کا مطلب ڈاکٹر صاحب مکمل سوراج ہے۔ ہند کی دھرتی کو پھر سے شدھ کرنا ہے۔ ساری ان قوموں کے اثر سے آزاد ہونا ہے جنہوں نے باہر سے آکر حملہ کیا۔ یہی تلک جی نے کہا تھا، جی ہاں۔"

اس پیریڈ میں شیوا جی کے اوپر گفتگو ہو رہی تھی۔ لہٰذا خانہ جنگی ناگزیر تھی۔ شام تک ساری یونی ورسٹی میں خبر پھیل گئی، کہ ڈاکٹر آفتاب رائے کی کلاس میں ہندو مسلم فساد ہو گیا۔

اگلی صبح کشوری پورا جلوس بنا کر ڈاکٹر آفتاب رائے کے دفتر میں پہنچی، "ڈاکٹر صاحب۔۔۔" اس نے نہایت رعب داب سے کہنا شروع کیا۔۔ "کل جس طرح آپ نے حضرت اورنگ زیب علیہ الرحمۃ کے متعلق اظہار خیال کیا۔ اس کے لئے معافی مانگیے۔ ورنہ ہم اسٹرائیک کر دیں گے۔ بلکہ کر دیا ہے اسٹرائیک ہم نے، آپ نے ہماری سخت دل آزاری کی ہے۔"

آفتاب رائے اچنبھے سے کشوری کو دیکھتے رہے اری تو تو ڈپٹی جعفر عباس کی بٹیا ہے نا۔ اری باؤلی سی۔۔۔ وہ بے ساختہ کہنا چاہتے تھے۔ لیکن کشوری کے تیور دیکھ کر رک گئے۔ اور پہلو بدل کر سنجیدگی سے کھنکارے، "بات یہ ہے مس عباس۔۔۔" انہوں نے

کہنا شروع کیا، "سیاست اور حصول تعلیم کے درمیان جو۔۔۔"

"اجی ڈاکٹر صاحب بس اب رہنے دیجئے۔۔۔" کسی نے آگے بڑھ کر کہا۔۔۔ "ہم خوب اس ڈھونگ کو جانتے ہیں۔ معافی مانگئے قبلہ۔۔۔"

"ڈاکٹر صاحب میں نے کہا بنارس کیوں نہیں واپس چلے جاتے۔۔۔؟" دوسری آواز آئی۔

"دیکھو میاں صاحبزادے۔۔۔" آفتاب رائے نے رسان سے کہا۔۔۔ "معافی کا سوال ہی پیدا نہیں ہوتا۔ تاریخ کے متعلق میرے چند نظریئے اور اصول ہیں۔ میں اور تمہاری دل آزاری کروں گا؟ کیا باتیں کرتے ہو۔۔۔؟"

"ہم کچھ نہیں جانتے۔۔۔" انہوں نے شور مچایا۔۔۔ "معافی مانگئے۔ ورنہ ہم کل اورنگ زیب ڈے منائیں گے۔"

"ضرور مناؤ۔۔۔" آفتاب رائے نے یک لخت بے حد اکتا کر کہا۔

"اور مکمل اسٹرائک کریں گے۔"

"ضرور کرو۔۔۔ خدا مبارک کرے۔۔۔" انہوں نے آہستہ سے کہا۔ اور چق اٹھا کر اندر چلے گئے۔

"کٹر مہاسبھائی نکلا یہ بھی۔۔۔" لڑکوں اور لڑکیوں نے آپس میں کہا اور برساتی سے باہر نکل آئے۔

وہ رات آفتاب رائے نے شدید بے چینی سے کاٹی۔ حالات بد سے بدتر ہوتے جا رہے تھے۔ مسلمان طالب علموں کو اچھے نمبر نہ ملتے۔ ہندوؤں کو یوں ہی پاس کر دیا جاتا۔ ہوسٹلوں میں ہندو مسلمان اکٹھے رہتے تھے۔ لیکن جس ہوسٹل میں مسلمانوں کی اکثریت تھی۔ اس پر سبز پرچم لہرانے لگا تھا۔ اس کے جواب میں عین مغرب کی نماز کے وقت

ہندو اکثریت والے ہوسٹلوں میں لاؤڈ اسپیکر نصب کر کے گراموفون بجایا جاتا۔

چند روز بعد آفتاب رائے کے سر میں جانے کیا سمائی کہ استعفیٰ دے دیا اور غائب ہوگئے۔ سارے میں ڈھنڈیا مچ گئی۔ مگر ڈاکٹر آفتاب رائے نہ اب ملتے ہیں نہ تب۔ لوگوں نے کہا ایک چول ہمیشہ سے ڈھیلی تھی۔ سنیاس لے لیا ہوگا۔ پھر تقسیم کا زمانہ آیا۔ اب کسے ہوش تھا کہ آفتاب رائے کی فکر کرتا۔ اپنی جانوں کے لالے پڑے تھے۔

"ملک آزاد ہوگیا۔ کھیم وتی کی شادی ہوگئی۔ کشوری کے گھر والے آدھے پاکستان چلے گئے۔ اس کے بابا اب بہت بوڑھے ہوگئے تھے۔ آنکھوں سے کم سجھائی دیتا تھا۔ ایک ٹانگ پر فالج کا اثر تھا۔ دن بھر وہ جون پور میں اپنے گھر کی بیٹھک میں پانگڑی پر لیٹے ناد علی کا ورد کیا کرتے۔ اور پولس ہر سمے ان کو تنگ کرتی۔ آپ کے بیٹے کا پاکستان سے آپ کے پاس کب خط آیا تھا۔ آپ نے کراچی میں کتنی جائداد خرید لی ہے۔ آپ خود کب جا رہے ہیں۔"

اصغر عباس ان کا اکلوتا لڑکا تھا اور اب پاکستانی فوج میں میجر تھا۔ نہ وہ ان کو خط لکھ سکتا تھا اور اگر مر جائیں تو مرتے وقت وہ اس کو دیکھ بھی نہ سکتے تھے۔ وہ تو کشوری کے لیے مصر تھا کہ وہ اس کے پاس راول پنڈی چلی آئے۔ لیکن ڈپٹی صاحب ہی نہ راضی ہوئے کہ انت سمے بٹیا کو بھی نظروں سے اوجھل کر دیں۔

وہی کشوری تھی۔ جس کی ایسے بسم اللہ کے گنبد میں پرورش ہوئی تھی اور اب وقت نے ایسا پلٹا کھایا تھا کہ وہ جون پور کے گھر کی چار دیواری سے باہر مدتوں سے لکھنؤ کے کیلاش ہوسٹل میں رہ رہی تھی۔ ایم۔ اے۔ میں پڑھتی تھی اور اس فکر میں تھی کہ بس ایم۔ اے کرتے ہی پاکستان پہنچ جائے گی۔ اور ملازمت کرے گی اور ارے صاحب آزاد قوم کی لڑکیوں کے لیے ہزاروں باعزت راہیں کھلی ہیں۔ کالج میں پڑھایئے، نیشنل گارڈ

میں بھرتی ہو جائے۔ اخباروں میں مضمون لکھئے، ریڈیو پر بولیئے، کوئی ایک چیز ہے، جی ہاں۔ وہ دن گن رہی تھی کہ کب دو سال ختم ہوں اور کب وہ پاکستان اڑنچھو ہو، لیکن پھر بابا کی محبت آڑے آجاتی۔ دکھیا اتنے بوڑھے ہوگئے ہیں۔ آنکھوں سے سجھائی بھی نہیں دیتا۔ کہتے ہیں بیٹا کچھ دن اور باپ کا ساتھ دے دو۔ جب میں مر جاؤں تو جہاں چاہنا جانا، چاہے پاکستان چاہے انگلینڈ اور امریکہ۔ میں اب تمہیں کسی بات سے روکتا تھوڑا ہی ہوں۔ بیٹا تم بھی چلی گئیں تو میں کیا کروں گا۔ محرم میں میرے لیے، سوز خوانی کون کرے گا۔ میرے لیے لوکی کا حلوہ کون بنائے گا۔ پوت پہلے ہی مجھے چھوڑ کر چل دیا۔ پھر ان کی آنکھیں بھر آتیں اور وہ اپنی سفید ڈاڑھی کو جلدی جلدی پونچھتے ہوئے یاعلی کہہ کر دیوار کی طرف کروٹ کر لیتے۔

بڑی بھاوج ان سے کہتیں۔۔۔ دیوانے ہوئے ہو۔ بٹیا کو کب تلک اپنے پاس بٹھلاؤ گے۔ آج نہ گئی کل گئی۔ جانا تو اسے ہے ہی ایک دن۔ یہاں اس کے لیے اب کون سے رشتے رکھے ہیں۔ سارے اچھے اچھے لڑکے ایکو ایک پاکستان چلے گئے اور وہاں ان کی شادیاں بھی دھبا دھب ہو رہی ہیں۔ یہ اصغر عباس کے پاس پہنچ جاتی تو وہ اسے بھی کوئی ڈھنگ کا لڑکا دیکھ کر ٹھکانے لگا دیتا۔۔۔ بڑی بھاوج کی اس شدید حقیقت پسندی سے کشوری کو اور زیادہ کوفت ہوتی۔ اور یہ ایک واقعہ تھا کہ اس نے پاکستان کے مسئلے پر اس زاویے سے کبھی غور ہی نہ کیا تھا۔ ویسے وہ سوچتی کہ بابا ہندوستان میں ایسا کیا کھونٹا گاڑ کر بیٹھے ہیں۔ اچھے خاصے ہوائی جہاز سے چلے چلتے مگر نہیں۔ اور یہ جو بابا کی ساری قوم پرستی تھی۔ سارا جون پور عمر بھر سے واقف ہے کہ بابا کتنے بڑے نیشنلسٹ تھے۔ تب بھی پولس پیچھا نہیں چھوڑتی۔ سارے حکام اور پولس والے جن کے سنگ جنم بھر کا ساتھ کا اٹھنا بیٹھنا تھا، وہی اب جان کے لاگو ہیں۔ کل ہی عجائب سنگھ چوہان نے جو عمر بھر سے

روزانہ بابا کے پاس بیٹھ کر شعر و شاعری کرتا تھا دوبارہ دوڑ بھجوا کر خانہ تلاشی لی۔ گویا ہم نے بندوقوں اور ہتھیاروں کا پورا میگزین دفن کر رکھا ہے۔ پھر اسے بابا پر ترس آ جاتا، بے چارے بابا۔

اب ڈپٹی صاحب کی مالی حالت بھی ابتر ہوتی جا رہی تھی۔ اصغر عباس پاکستان سے روپیہ نہ بھیج سکتا تھا۔ جو تھوڑی بہت زمینیں تھیں ان پر ہندو کاشت کار قابض ہو گئے تھے، اور دیوانی کی عدالت میں ڈپٹی صاحب کی فریاد کی شنوائی کا سوال ہی پیدا نہ ہوتا تھا۔ چھوٹی اماں مرحومہ کی مقدمہ بازیوں کے بعد جو کچھ زیور بچ رہا تھا وہ بڑی بھاوج نے سمیٹ کر بہو کے حوالے کر دیا تھا جو وہ پاکستان لے گئی تھی۔ باقی روپیہ ڈپٹی صاحب کی پنشن کا کشوری کی تعلیم پر خرچ ہو رہا تھا۔ ان کے علاج کے لیے کہاں سے آتا۔ اور فالج تو بوا ایسا روگ ہے کہ جان لے کر پیچھا چھوڑتا ہے۔ چنانچہ نوبت یہ پہنچی کہ چپکے چپکے بڑی بھاوج نے چھمو بیگم کے ذریعے چند ایک گہنے جو بچ رہے تھے فروخت کروا دیئے۔ ویسے اس میں ایسی شرم کی تو کوئی وجہ نہ تھی۔ وہ جو مثل ہے کہ مرگ انبوہ جشنے دارد، ان گنت مسلمان گھرانے ایسے تھے جو اپنے گہنے اور چاندی کے برتن بیچ بیچ کر گزارہ کر رہے تھے، لیکن بڑی بھاوج ناک والی آدمی تھیں۔ اور ابھی ان کے بھلے وقتوں کو گزرے عرصہ ہی کتنا ہوا تھا۔ کشوری کو جب یہ معلوم ہوا تو اس کی تو سٹی گم ہو گئی۔ اس نے پاکستان جانے کا خیال بالکل ترک کر دیا۔ اور سرگرمی سے ملازمت کی تلاش میں جٹ گئی۔

لیکن ایک جگہ تو اس سے صاف صاف کہہ دیا گیا صاحب بات یہ ہے کہ جگہ تو خالی ہے لیکن ہم شرنارتھی لڑکیوں کو ترجیح دے رہے ہیں اور ظاہر ہے کہ آپ کسی خانگی مجبوری کی وجہ سے ہندوستان میں رکی ہوئی ہیں۔ پہلا موقع ملتے ہی آپ بھی پاکستان چلی جائیے گا۔

اور وہ گھوم پھر کر جون پور لوٹ آتی۔ بڑی بھاوج نے اس سے کہا۔۔۔ وہ تمہاری گوئیاں کھیم کے ماموں آفتاب بہادر تھے۔ ان کو ہی جاکر پکڑو۔ وہ تو بڑے بااثر آدمی ہیں۔ اور بڑے شریف، ضرور مدد کریں گے۔ اور کشوری کو خیال آیا۔ کس طرح وہ جلوس بنا کر ان کے پاس پہنچی تھی۔ اور ان کو سخت سست سنائی تھیں۔ اس کے اگلے ہفتے ہی وہ غائب ہو گئے تھے۔

آفتاب رائے۔۔۔ اب پتہ نہیں وہ کہاں ہوں گے۔ اڑتی اڑتی سنی تھی کہ بمبئی میں حکومت کے خلاف تقریر کرنے کے جرم میں ان کو احمد آباد جیل میں بند کر دیا گیا تھا۔ جیل سے چھوٹے تو کچھ اور گڑبڑ ہوئی اور اب شاید وہ روس میں ہیں اور سمرقند ریڈیو سے اردو میں خبریں سناتے ہیں۔ دوسری روایت تھی کہ نہیں صاحب ڈاکٹر آفتاب رائے تو آج کل پنڈت نہرو کی بالکل مونچھ کا بال بنے ہوئے ہیں۔ اور ان کو ری پبلک لمبی ڈورامیں ہند کا سفیر بنا کر بھیجا جا رہا ہے۔ بہر حال۔ ڈاکٹر صاحب تو عرصے سے گویا مستقل 'زیر زمین' تھے۔ بے چارے آفتاب رائے۔

آج چاند رات تھی۔ محلے میں نقارہ رکھا جا چکا تھا۔ مجلسیں اب بھی ہوتیں۔ لیکن وہ چھل پہل، رونق، اور بے فکری تو کب کی خواب و خیال ہو چکی تھی۔ ڈیوڑھی میں ڈولیاں اترنی شروع ہوئیں اور بیبیاں آآکر امام باڑے کے دالان میں بیٹھنے لگیں۔ کشوری بے دلی سے دہلیز پر اپنی پرانی جگہ پر بیٹھی رہی۔ دالان کی چاندنی جس پر تل دھرنے کو جگہ نہ ہوتی تھی، اب چھدری چھدری نظر آتی تھی۔ سارے خاندانوں میں دو دو تین تین افراد تو ضرور ہی ہجرت کر گئے تھے۔ بڑی بھاوج بہت مشکل سے پاؤں گھسیٹتی ادھر اُدھر چل پھر رہی تھیں۔ اب وہ للے تللے کہاں۔ ساری مہریاں اور کہارنیں اور پاسنیں ایک ایک کر کے چھوڑ کر چل دیں۔ بس نگوڑی ممولہ رہ گئی تھی۔ سو اس کی آواز کو بھی پالہ مار گیا تھا

لیکن چھمو بیگم کو آتا دیکھ کر وہ پھر للکاری۔ آگئیں چھمو بیگم۔۔۔ آؤ جم جم آؤ۔

چھمو بیگم چپ چاپ آکر منبر کے پاس کھڑی ہو گئیں۔ زیارت پڑھ کے تعزیوں کو جھک کر سلام کرنے اور کنپٹیوں پر انگلیاں چٹخا کر جناب علی اصغر کے سبز جارجٹ کے گہوارے کی بلائیں لینے کے بعد انہوں نے علموں کو مخاطب کر کے آہستہ سے کہا، "مولا یہ میرا آخری محرم ہے۔ ارے اب تمہاری مجلسیں یہاں کیسے کروں گی۔۔۔" اور یہ کہہ کر انہوں نے زور شور سے رونا شروع کر دیا۔

بوا مدن اپنی پرانی 'دشمناگی' فراموش کر کے سرک ان کے قریب آ بیٹھیں اور بولیں۔۔۔ "لو بوا غم حسینؑ کو یاد کرو۔ اپنا غم ہلکا ہو جائے گا۔۔۔ مولا تو ہر جگہ ہیں کیا پاکستان میں نہیں ہیں۔۔۔"

"ہاں۔۔۔ ہاں۔۔۔" باقی بیبیوں نے آنسو خشک کرتے ہوئے تائید کی۔۔۔ "مولا کیا پاکستان میں نہیں۔۔۔ تم وہاں مولا کی مجلسیں قائم کرنا۔"

"لو بوا۔۔۔ ہم بھی چل دیئے پاکستان۔۔۔" جب محفل کی رقت ذرا کم ہوئی اور چھمو بیگم چاند رات کا بیان ختم کر چکیں تو بوا مدن نے اپنا اناؤنسمنٹ بھی کر ڈالا۔

"سچ کہو بوا مدن۔۔۔" بڑی بھاوج نے گوٹا پھانکتے ہوئے پوچھا، "ہاں بیوی۔ چل دیئے ہم بھی"، بوا مدن نے اعتراف کیا۔

"کیسے چل دیں۔۔۔؟" بڑی بھاوج کو ایک طرح سے تو رشک ہی آیا۔ اچھے خاصے لوگ نکلتے چلے جا رہے ہیں۔ سب فضیحتوں سے الگ۔ سارے دلدّر دور کٹ جاویں گے وہاں پہنچ کر۔۔۔

"بس بڑی بھاوج لڑکا نہیں مانتا۔ وہاں سے ہر بار خط میں لکھتا ہے کہ بس اماں آجاؤ۔ کوئی نگوڑی جگہ سکھر ہے۔ وہاں اس نے راشن کی ڈپو کھول لی ہے۔

"اچھا۔۔۔؟ شکر ہے۔ مولا سب کی بگڑی بنائیں۔۔۔" بڑی بھاوج نے کہا۔

عاشور کی شب لیلیٰ۔۔۔ بوا مدن نے جو حسب معمول عینک گھر بھول آئی تھیں دوبارہ غلط مرثیہ شروع کیا۔ لیکن سب پر ایسی اداسی اور اکتاہٹ طاری تھی کہ کسی نے ان کی تصحیح کرنے کی ضرورت نہ سمجھی۔ بگن نے آواز ملائی۔۔۔ چراغوں کی روشنی دالان میں مدھم سازرواجالا بکھیرتی رہی۔ آنگن کا گیس کا ہنڈہ پیلا پڑتا جارہا تھا۔

اس تاریکی میں کشوری سیاہ دوپٹے سے سر ڈھانپے اپنی جگہ پر اکڑوں بیٹھی سامنے رات کے آسمان کو دیکھتی رہی۔

کنول کماری جین نے مہمانوں کے جانے کے بعد نشست کے کمرے میں واپس آکر دریچوں کے پردے گرائے اور چائے کا سامان میزوں پر سے سمیٹنے لگی۔ مدراسی آیا ایک ہی تھی جسے وہ ہم راہ لیتی آئی تھی اور پردیس میں ملازموں کے فقدان پر اس نے ملٹری اڈوائزر بریگیڈیر کھنہ کی بیوی سے بڑا رقت انگیز تبادلہ خیالات کیا تھا۔ گھر کی صفائی اور بچے کی دیکھ بھال کے بعد جو اسے وقت ملتا اس میں وہ رائل اکیڈمی آف ڈریمیسٹک آرٹ جاکر یوگرافی سیکھتی تھی۔ سر لارنس اور لیڈی اولیویز، اینتھنی اسکویتھ کرسٹفر فرائی، ان سب سے اس کی بڑی گہری دوستی تھی۔ یہ سب مل کر گھنٹوں فن اداکاری، جدید آرٹ اور ہندوستانی بیلے پر گفتگو کرتے۔

جین کے پاس ان سب بکھیڑوں کا وقت نہ تھا۔ ساڑھے آٹھ بجے رات کے تو وہ دفتر سے نپٹ کر انڈیا ہاؤس سے لوٹتا اور وہ تو صاف بات کہتا تھا کہ بھائی میں انٹلکچوئیل و نٹلکچوئیل نہیں ہوں۔ سیدھا سیدھا آدمی ہوں اور جس ڈھرے پر سن پنتیس سے چل رہا ہوں وہی میرے لیے ٹھیک ہے۔ انگریز کے زمانے میں وہ ملک کے طبقاتی قطب مینار کی سب سے اونچی سیڑھی پر پہنچ چکا تھا۔ اور اب تو وہ اتنا اونچا تھا کہ بالکل بادلوں پر براجمان

تھا۔ انگریز کے زمانے میں ڈریس سوٹ پہنتا۔ اب سفید چوڑی دار پائجامے اور سیاہ شیروانی میں ملبوس سفارتی ضیافتوں میں کیا ہلکی پھلکی نپی تلی باتیں کرتا۔ خود کنول کیا کم معرکے کی ڈپلومیٹک وائف تھی۔ جہاں جاتی محفل جگ مگا اٹھتی۔ واہ واہ، مثلاً آج ہی کی پارٹی میں اس نے کوریا کی کرشنا مینن والی تجویز کے سلسلے میں 'نیو اسٹیٹس مین' اینڈ نیشن کے ایڈیٹر کنگزلے مارٹن اور جدید شاعر لوئی مک نیس دونوں کے چھکے چھڑا دیئے۔ سب کو قائل ہونا پڑا۔ چاند باغ کے اچھے پرانے سنہرے دنوں میں تو خیر وہ یوں ہی جھپسٹ میں انٹلکچوئیل بن گئی تھی کہ یہ یونی ورسٹی کی زندگی کا ایک لازمی جزو تھا۔ پر یہ تو ان دنوں اس کے سان و گمان میں بھی نہ تھا کہ ایک روزہ وہ ان ساری جید بین الاقوامی گلیمرس ہستیوں سے یوں بھائی چارے کے ساتھ ملا کرے گی جیسے وہ سب گاجر مولی ہیں۔

"سوریہ است ہو گیا۔۔۔ سوریہ است ہو گیا۔۔۔" ارملا گنگناتی ہوئی اندر آئی، "کنول دیدی۔۔۔ جاتے جاتے مجھے خیال آیا کہ ایک بار آپ کو پھر یاد دلا دوں کہ آپ کو مجلس میلے میں آنا ہے، "ہاں ہاں بھئی۔۔۔"" کنول نے جواب دیا۔۔۔" اور وہ میری کتاب تو دیتی جاؤ۔۔۔"

"ارے ہائے۔۔۔"" ارملا نے رک کر کہا۔۔۔" وہ تو ڈاکٹر آفتاب رائے نے مجھ سے لے لی۔ وہ مجھے انڈیا آفس لائبریری سے نکلتے ہوئے مل گئے۔ چھین کر لے گئے، کہنے لگے کل دے دیں گے۔۔۔"

ڈاکٹر۔۔۔ آفتاب۔۔۔ رائے؟ کنول نے دہرایا۔

"ہاں۔۔۔ کنول دیدی۔۔۔" ارملا نے اسی طرح لاپروائی سے بات جاری رکھی۔ وہ تو دن بھر یوں ہی لائبریریوں میں گھسے رہتے ہیں۔ آج کل ایک نئی کتاب لکھ رہے ہیں۔ آج مہینوں کے بعد اتفاقاً نظر آ گئے۔ ان کا کوئی بھروسہ تھوڑا ہی ہے۔ لیکن کل وہ براڈ

کاسٹنگ ہاؤس آرہے ہیں۔ وہاں کتاب مجھے لوٹا دیں گے۔ اچھا گڈنائٹ کنول دیدی۔۔۔"

"گڈنائٹ ارملا۔۔۔"

"ارے ہاں"، اس نے جاتے جاتے رک کر پھر کہا، "کل آپ رائل کمانڈ پر فورمنس میں جارہی ہیں۔۔۔؟ آپ کو تو سر رالف رچرڈسن نے خود ہی بلایا ہوگا۔"

"ارے نہیں بھئی۔۔۔" کنول نے پیشانی پر سے بال ہٹا کر تھکی تھکی ہوئی آواز میں کہا(یہ بھی اس کا ایک پوز ہے، ایک دل جلی مسز اچاریہ نے جو سکنڈ سکریٹری کی بیوی تھی، مارے حسد کے اپنی ایک سہیلی سے کہا تھا،"جانتی ہے کہ بکھرے ہوئے بال اس کے اوپر زیادہ اچھے لگتے ہیں۔ چڑیل کہیں کی۔") نہیں بھئی ارملا۔ مجھے یہ پارٹیوں اور سفارتی مصروفیتوں کا سلسلہ بعض دفعہ بالکل بور کر دیتا ہے۔ اس سے کہیں پناہ نہیں۔۔۔"

"اچھا۔۔۔ گڈنائٹ۔"

"اچھی طرح سوؤ۔۔۔" کنول نے کہا۔ ارملا، ہریندر ناتھ چٹوپادھیا کا کورس گنگناتی ہوئی نچلی منزل میں اپنے کمرے کی طرف چلی گئی۔

انڈیا آفس لائبریری سے نکلتے ہوئے مل گئے۔ ڈاکٹر آفتاب رائے مل گئے۔۔۔

اجی ان کا کوئی بھروسہ تھوڑا ہی ہے۔ چھین کر لے گئے۔۔۔ کہنے لگے کل دے دیں گے۔۔۔ وہ صوفے پر بیٹھ گئی، وسنتی۔۔۔ اس نے چلا کر آواز دی، " کھانا گرم پر لگا دو۔۔۔" اس نے ٹیلی ویژن کھولا۔ بکواس ہے۔ بند کر دیا۔ پھر اس نے ریڈیو لگایا۔ بکواس تھا۔ اسے بھی بند کر دیا۔ کیا پتہ اس سمے لکھنؤ ریڈیو پر ارچنا بنرجی گاتی ہو۔ پو ہوڑی چھورنا۔۔ نکر بوجوئے ہو۔۔۔ اور چاند باغ کی خاموش سڑکوں پر سے لڑکیاں لینٹرن سروس کے بعد لوٹتی ہوں گی۔

میں نے کیا کیا تھا۔۔۔؟ اس نے سوال کیا۔ کچھ نہیں۔ میں اب دس سال سے کنول

کماری جین ہوں۔ یہ تو کچھ بات نہ بنی۔ بات کس طرح بنتی ہے۔ کیوں نہیں بنتی۔۔۔ سال گزرتے جا رہے ہیں۔ میں کنول کماری جس نے یہ سب دیکھا۔ ایک روز یوں ہی ختم ہو جاؤں گی اور تب بہت اچھا ہو گا۔

ایسا نہ ہونا چاہیئے تھا۔ پر ہو گیا۔

کنول ڈارلنگ۔۔۔ ثروت نے انگلی اٹھا کر سخت صوفیانہ انداز میں اسے کہا تھا۔ جن ڈھونڈھا تن پائیاں گہرے پانی پیٹھ۔۔۔

میں برہن ڈوبت ڈری رہی کنارے بیٹھ۔۔۔؟ کنول نے سوچا تھا کنارا ابھی تو نہیں ہے۔

پانے کے کیا معنٰی ہیں؟ کیا ملتا ہے؟

باہر اندھیرا تھا۔ اور سردی۔ اور بیکراں خاموشی۔ میں زندہ ہوں۔

ارے بھئی آفتاب بہادر۔۔۔ اس نے غصے سے سر ہلا کر دل میں سوال کیا۔۔۔ تم کیوں چلے گئے تھے۔ میں نے تمہارا کچھ بگاڑا تھوڑا ہی تھا۔ تم اپنے آپ میں مگن رہتے، میں وہیں کہیں تمہاری زندگی کے تانے بانے میں کسی کونے میں آکر چپکی بیٹھ جاتی اور بس تمہارے لیے پوریاں بنایا کرتی۔ تم اسی طرح رہتے۔ اس میں تمہاری شکست نہ تھی۔ تمہاری تکمیل تھی میاں آفتاب بہادر۔۔۔؟

نیچے کیرل گانے والے ہیتھ کی اور نکل گئے تھے۔

آفتاب بہادر۔۔۔ اب جو میں ہوں۔ اور جو تم ہو۔۔۔ کیا یہی بہت ٹھیک ہے؟

بہت زمانہ ہوا اس نے چاند باغ میں ایک لڑکی کو دیکھ کر جو آفتاب رائے کو بہت پہلے سے جانتی تھی، سوچا تھا کہ جنے آفتاب کی بیوی کیسی ہو گی (ایک بار خود اس کے لیے اس کی دوست ثروت نے ایک بور سے آدمی کی تصویر سامنے لا کر کہا تھا۔ آنے والے دور کی

دھندلی سی اک تصویر دیکھ۔۔۔ اور کمال یہ کہ عین مین اسی طرف کا آدمی جین نکلا۔۔۔) آفتاب کی بیوی۔ یہ فقرہ کتنا عجیب لگتا تھا۔ کوئی ہوگی چڑیل۔ آخر میں یہ سب کرکری کھاتے ہیں۔ ثروت نے اضافہ کیا تھا۔ خوب صورت تو ضرور ہوگی اور ٹینس کھیلتی ہوگی۔ جس کا آفتاب کو اتنا شوق ہے۔ لیکن فراٹے بھرنے اور ہوا میں اڑنے والی لڑکیاں تو وہ سخت ناپسند کرتا تھا۔ جس کو وہ پسند کرے گا۔ وہ تو بہت عمدہ ہوگی، بس بالکل مجموعہ خوبی۔ چندے آفتاب چندے مہتاب۔ جی ہاں۔ اور مجھ میں کیا برائی تھی؟ اس نے طے کرنا چاہا کہ آفتاب کا رویہ یہ تھا کہ اس پر کنول کماری پر یہ وحی اترنی چاہئے تھی کہ یہ مہاپرش، آسمان پر سے خاص اس کے لئے بھیجا گیا ہے، لیکن یہ اس کی اپنی مرضی پر منحصر ہے کہ وہ اس کنول کماری سے یا روزانہ آکر ملے یا کبھی نہ ملے۔ اس سے طبلہ اور جے جے ونتی سنے۔ پوریاں بنوا کر کھائے۔ پھر ایک روز اطمینان سے آگے چلا جائے۔ اور یہ کنول کماری بعد میں بیٹھ کر تاکتی رہے۔ اور کیا وہ اس کے پیچھے پیچھے ڈنڈا لے کر دوڑتی کہ اے میاں آفتاب بہادر ایک بات سنتے جاؤ۔۔۔

ان دنوں ثروت نے ایک اور لطیفہ ایجاد کیا۔ چیپل کے بعد ایک روز اس نے 'گینگ' کی باقی افراد سے کہا۔۔۔ بھئی نمبر ۲۹۔ اے پی سین روڈ پر آج کل یہ سلسلہ ہے کہ اگر بھائی آفتاب چائے پیتے پیتے رک کے دفعتاً کنولا رانی سے کہتے ہیں بھئی کنول مجھے تم سے ایک بات کہنی ہے، تو ہماری کنولا رانی کو فوراً یہ دھیان ہوتا ہے کہ اب شاید یہ پروپوز کرنے والا ہے۔ پر وہ بات محض اتنی ہوتی ہے کہ بھئی ذرا مہی پال کو فون کر دو۔۔۔ کہ آم خرید تا لائے یا اسی قسم کی کوئی اور شدید اینٹی کلائمکس۔ ثروت اس قدر کمینی تھی۔ وہ سارے مسخرے پن کے قصے یاد کر کے اب اس نے دل میں ہنسنا چاہا۔ لیکن سردی بڑھتی گئی۔ اور بے کراں تنہائی اور زندگی کے ازلی اور ابدی پچھتاؤوں کا ویرانہ۔

آفتاب بہادر تم کو پتہ ہے کہ میری کیسی جلاوطنی کی زندگی ہے۔ ذہنی طمانیت اور مکمل مسرت کی دنیا جو ہو سکتی تھی۔ اس سے دیس نکالا جو مجھے ملا ہے اسے بھی اتنا عرصہ ہو گیا کہ اب میں اپنے متعلق کچھ سوچ بھی نہیں سکتی۔ اب میرے سامنے صرف رائل کمانڈ پرفورمنس ہیں اور جین کے صبح کے ناشتے کی دیکھ بھال اور یہ ہر دلعزیزی جو مجھ پر ٹھونس دی گئی ہے لیکن تم بھلا کیا سوچو گے (اس نے کہا تھا ارے تم لوگ اسی کو پسند کرتی ہو جو ایک مخصوص معیار پر پورا اترتا ہے۔) کیا الٹی منطق تھی۔ یعنی چت بھی تمہاری پٹ بھی۔ آخر اس ساری لفاظی، اس ذہنی اور تصوراتی گورکھ دھندے سے تمہارا مطلب کیا نکلا۔ واہ واہ چغد آدمی کہیں کے۔

ثروت نے اس کی شادی کے بعد ایک اور سہیلی کے سامنے نہایت جامع ومانع اختصار کے ساتھ اس طرح تشریح کر دی تھی کہ قصہ کو یوں مختصر کرتی ہوں اے عزیزہ، کنول کی ٹریجڈی یہ ہوئی کہ ساری عمر تو کوئی ان کی سمجھ میں نہ آیا۔ سب میں مین میخ نکالتی رہیں اور مارے بد دماغی کے کسی کو خاطر ہی میں نہ لاویں اور جن بزرگوار کو آپ نے نہایت صدق دل سے پسند فرمایا۔ وہ خود ہی ہری جھنڈی دکھا گئے۔۔۔ بس اب کیا ہے پیاری بہن۔ جب آنکھ کھلی تو گاڑی نکل چکی تھی۔ پٹری چمک رہی تھی۔۔۔ جی ہاں۔

اری ثروت۔۔۔ کروک کہیں کی۔

مگر سوال یہ تھا کہ ہر چیز کے متعلق اس مذاق اور خوش دلی کا رویہ کہاں تک گھسیٹا جا سکتا تھا (لیکن اس کے علاوہ تم اور کر بھی کیا سکتی ہو۔ ثروت نے کہا تھا) زندگی نہ ہوئی اسٹیفن لیکاک کا مسخرہ پن ہو گئی۔ مجھے کیا معلوم تھا کہ تمہارا مذاق کہاں ختم ہوتا ہے اور سنجیدگی کہاں سے شروع ہوئی ہے یا Vice Versa۔

ڈاکٹر صاحب تو دن بھر لائبریریوں میں گھسے رہتے ہیں اور آج کل ایک اور کتاب

لکھ رہے ہیں۔ اسے ارملا نے مطلع کیا ہے۔ اب وہ کیا کر رہا ہے۔ ڈاکٹر ڈی پی مکرجی کی طرح مہا گرو بن چکا ہے۔ غالباً اس نے شادی کر لی ہو گی۔ یہاں پہنچ کر اسے عجیب و غریب اور نتہائی شدید تکلیف کا احساس ہوا۔ (وہ کون ہو گی۔۔۔ کیسی ہو گی۔۔۔ آفتاب کے ساتھ ساتھ چلتی ہوئی کیسی نظر آتی ہو گی۔ آفتاب اس سے کہاں ملا ہو گا) یا اب تک وہ کنفرمڈ بیچلر بن چکا ہو گا (بہت سے لوگوں کے لیے اس میں بھی سخت گلیمر تھا۔۔۔ کیا بات ہے صاحب۔۔۔ ان ساری حماقتوں سے علاحدہ اور برگزیدہ۔۔۔ اپنی نہایت شخصی دنیا، اپنے مشغلے، کتابیں، موسیقی، بیتھووِن کے کونسرٹ، چند دل چسپ سے گنے چنے دوست، اتوار کے روز دن بھر کسی کنٹری کلب کی لاؤنج میں بیٹھے ٹائمز پڑھ رہے ہیں۔ تیسرے پہر کو رائیڈنگ کو چلے گئے۔ اور ٹینس کھیلا۔ ادھر ادھر خواتین سے بھی مل لیے۔ لیکن لڑکیوں کو ہمیشہ بڑے ترحم کی نگاہوں سے دیکھا گویا۔ بے چاریاں! اور اپنا بے نیازی اور سرپرستی کا رویہ قائم رکھا۔۔۔ (یہ سب ثروت نے ایک دفعہ ارشاد کیا تھا) اچھا بھئی آفتاب بہادر۔۔۔ تم کتابیں لکھتے رہو، میں ان پر تھرڈ پروگرام میں ریویو کروں گی۔ راستہ اسی طرح طے ہوتا رہے گا۔

صبح ہوئی شام ہوئی۔۔۔ زندگی تمام ہوئی۔۔۔ زندگی تمام ہوئی۔۔۔ نچلی منزل میں ارملا ہریندر ناتھ چٹوپادھیا کا وہ کمبخت کورس آہستہ آہستہ الاپے جا رہی تھی۔

وہ دروازہ کھول کر باہر آ گئی۔ کہرا اب کم ہو گیا تھا۔ اور آسمان کا رنگ قرمزی تھا جس کے مقابل میں کیتھولک چرچ کے منارے کا سلہٹ اپنی جگہ پر قائم تھا۔

اونی لبادوں میں ملفوف مشرقی یوروپ سے بھاگے ہوئے لوگ، بھاری بھاری قدم اٹھاتے ہاتھوں میں شمعیں لیے مڈنائٹ ماس کے لیے گرجا کی سمت بڑھ رہے تھے۔

صبح ہوئی، شام ہوئی

زندگی تمام ہوئی
زندگی تمام ہوئی
زندگی تمام ہوئی

"جب مجھے ملازمت نہ ملی تو میں نے سمندر پار کے وظیفوں کے لیے ہاتھ پاؤں مارے۔ برٹش کونسل نے مجھے یہاں آنے کا وظیفہ دے دیا اور جب میں نے روانہ ہونے کی خبر بابا کو سنائی تو وہ بالکل چپ ہو گئے اور اس کے بعد ایک لفظ منہ سے نہ بولے اور ابھی میں راستے ہی میں تھی جب مجھے اطلاع ملی کہ بابا مر گئے۔۔۔"کشوری نے مدھم آواز میں بات ختم کی اور چمٹے سے آتش دان میں لکڑی کے کندوں کو ٹھیک کرنے میں منہمک ہو گئی۔

"آج مڈنائٹ ماس منانے جائیں گے"، روز ماری نے اپنے برش اور کینوس سمیٹتے ہوئے کہا۔ چلو ہم برومپٹن اوریٹری چلیں، جہاں ایک شام میں نے پیلے بالوں اور اداس چہروں والی ایک ہنگرین پناہ گزیں لڑکی کو دیکھا تھا۔ وہ سر پر سیاہ اسکارف باندھے تسبیح ہاتھ میں لیے بہت دیر سے ساکت اور منجمد بیٹھی تھی۔ اس کا یہ انداز کتنا قابل رحم تھا۔ میں نے قربان گاہ کے ستونوں کے پیچھے چھپ کر اس کی تصویر بنائی۔ میں نے اس تصویر کا نام 'آزادی سے فرار' رکھا تھا۔ لیکن جب اسے نمائش میں رکھا جانے لگا تو ہم عصر فنون کی انجمن نے اس کا نام بدل کے 'آزادی کا شکرانہ' کر دیا۔۔۔ آج کی رات میں وہاں امید اور ناامیدی کی ان کرب ناک کیفیتوں کے چند اور اسکیچ تیار کروں گی۔

کتنی کیفیتیں ہیں جنہیں الفاظ اور رنگوں کے روپ میں ڈھالا ہی نہیں جا سکتا۔ جن کے اظہار سے ان کی بے وقعتی اور توہین ہوتی ہے۔ کشوری نے سوچا (یہی بات اپنے لیے کتنی بار کنول نے محسوس کی تھی۔ لیکن کوئی کچھ نہ جانتا تھا)

کیسی بے بسی ہے کہ سب اپنے اپنے دماغوں میں محصور رہے جانے پر مجبور ہیں۔

"تم کو معلوم ہے کہ میں یکلخت اس طرح تم سب سے یہ باتیں کیوں کر رہی ہوں" کشوری نے کہا۔

"سنتے ہیں کہ جب مدتوں کے بچھڑے ہوئے دو جنے دوبارہ ملتے ہیں تو ساری پرانی یگانگت یاد آجاتی ہے۔ پرانے دوستوں سے مل کر سبھی کو خوشی ہوتی ہے"، اس نے بات آہستہ آہستہ جاری رکھی، "لیکن پرانے 'دشمن' سے مل کر مجھے کیسی مسرت ہوئی۔ آج صبح مجھے بالکل اتفاقیہ کھیم وتی پھر سے نظر آگئی ہے۔ مجھے پتہ نہ تھا کہ وہ یہاں پر ہے۔ وہ ایک دوکان سے نکل رہی تھی، "ارے کھیم۔۔۔ کھیما۔۔۔" میں چلا کر اس کی اور دوڑی۔ اس نے مجھے واقعی نہ پہنچانا۔ وہ بہت موٹی ہوگئی تھی اور اس کے ساتھ غالباً اس کا شوہر تھا، " کھیما رانی تم ہم کا ناہیں چینہیں؟" میں نے بالکل بے ساختگی سے اپنی زبان میں اس سے کہا جو اس کی اور میری مشترکہ زبان تھی۔۔۔ ہلو کشوری۔۔۔ اس نے مطلق کسی گرم جوشی کا اظہار نہ کیا، نمستے۔ اس کے شوہر نے مسکرا کر سلام کیا، "یہ میرے پتی ہیں"، کھیم نے اسی سرد مہری کے انداز میں بات کی، "نمستے بھائی صاحب۔۔۔" میں نے بے حد خوش دلی سے کہا۔

"تم تو پاکستانی ہو۔ تمہیں نمستے نہ کہنا چاہئے"، کھیم نے بڑی طنز کے ساتھ کہا۔ میرے اوپر جانو کسی نے برف ڈال دی۔ میں نے کھسیانی ہنسی ہنس کر دوسری اور دیکھا۔" اس کے شوہر نے جو بہت سمجھ دار معلوم ہوتا تھا۔ فوراً بات سنبھالی اور کہنے لگا، "اچھا بہن جی۔۔۔ اس سمے تو ہم بہت جلدی میں ہیں۔ آپ کسی روز ہمارے یہاں آیئے، ہم یہیں ساؤتھ کینز نگٹن میں رہتے ہیں۔۔۔ اچھا، ضرور آؤں گی۔ بائی بائی کھیم۔۔۔" میں نے مری ہوئی آواز میں جواب دیا اور آگے چلی گئی۔ میں نے اسے یہ بھی نہ بتانا چاہا کہ میں

پاکستانی نہیں ہوں۔ اس سے کیا فرق پڑتا تھا۔

"میں اس وقت کوئی رقت انگیز تقریر نہ کروں گی۔ میں یہ نہ کہوں گی کہ رفیقو انسان نے خودکشی کرلی۔ پرانی اقدار تباہ ہو گئیں۔ اپنے پرائے ہو گئے۔ یہ سب پچھلے پانچ سال سے دہراتے تم لوگ اکتا نہیں گئے۔ یہ جو کچھ ہوا یہی ہونا تھا اور آپ تھیں کہ ایک نہایت رومینٹک تصور لیے بیٹھی تھیں۔ گویا زندگی نہ ہوئی شانتارام کا فلم ہو گئی۔ میں نے اور کھیم نے جو کچھ کیا وہ ان سب باتوں کا نہایت منطقی نتیجہ تھا اور باقی تم جو کہنا چاہتی ہو وہ جھک مارتی ہو سمجھیں۔

"اس انداز سے میں نے اپنے آپ کو سمجھانا چاہا۔ لیکن چلو روز ماری۔ اب ہم نئی تصویریں بنائیں گے۔" اس نے روز ماری کو مخاطب کیا، "تم اگر ہمارے اسکیچ تیار کرو تو تمہاری آرٹ کونسل اور ہم عصر فنون کی انجمن ان کے لیے کون سے عنوان منتخب کرے گی۔"

"ہم اپنے بدقسمت ملک کی وہ نوجوان نسل ہیں جو یورپ کی جنگ اور اپنے سیاسی انتشار کے زمانے میں پروان چڑھی۔ اپنی خانہ جنگی کے دور نے اس کی ذہنی تربیت کی، اور اب اس ہول ناک 'سرد لڑائی' کے محاذ پر اسے اپنے اور دنیا کے مستقبل کا تعین کرنا ہے۔"

"ہم لوگ یونی ورسٹی کی اونچی اونچی ڈگریاں حاصل کر رہے ہیں۔ تہذیبی میلے اور تہوار منعقد کرنے میں مصروف ہیں۔ ہے مارکیٹ کے مخصوص تھیٹروں میں اپنے ملنے کے پروگرام پیش کرتے ہیں۔ امن کانفرنسوں اور یوتھ فیسٹولز میں شامل ہوتے ہیں۔ لیکن یہاں سے واپس لوٹ کر کیا ہو گا۔۔۔

"تم نے کبھی خیال کیا ہے کہ میں کہاں جاؤں گی۔۔۔؟ میرا گھر اب کہاں ہے؟ کیا

میں اور میری طرح دوسرے ہندوستانی مسلمان ایسے مضحکہ خیز اور قابل رحم کردار بننے کے مستحق تھے۔۔۔؟"

وہ خاموش ہوگئی۔ سب لوگ چپ چاپ بیٹھے آگ کے شعلوں کو دیکھتے رہے۔ سڑک کے دوسری طرف ایک مکان میں 'وائٹ کرسمس' گائی جارہی تھی۔

"شاید میں نے تمہیں بتایا تھا۔۔" ارملا نے نیچی آواز میں کہا کہ آج دفتر سے واپسی میں ڈاکٹر آفتاب رائے مل گئے۔ میں نے ان سے پوچھا۔ ڈاکٹر صاحب میں نے تو سنا تھا کہ آپ ری پبلک آف لمبی ڈورا میں انڈیا کے سفیر ہیں۔ تم نے غلط سنا تھا۔۔۔! انہوں نے رسان سے مسکرا کر کہا۔ میں نے گھبرا کر ان کو دیکھا۔ تو کیا آپ بھی۔۔۔ میں نے سوال کرنا چاہا، ہاں۔۔۔ میں بھی۔۔۔ اتنا کہہ کر وہ جلدی سے خدا حافظ کہتے ہوئے مجمع میں غائب ہوگئے اور دوسرے لمحے اسٹیشن کی مہیب انڈر گراؤنڈ نے ان کو نگل لیا۔ ان کے ہاتھوں میں چند کتابیں تھیں اور وہ کسی سے بات کرنا نہ چاہتے تھے۔۔۔ نہ جانے وہ کہاں رہتے ہیں۔ کیا کرتے ہیں۔ اتنا عرصہ انہوں نے کیسے گزارا۔ وطن واپس جانے کی اجازت انہیں کب ملے گی۔۔۔ کیا ہوگا۔۔۔"

دور گرجاؤں کے گھنٹے بجنے شروع ہوگئے تھے۔ وہ سب باہر سڑک پر آگئے۔

ہماری غلطیوں کا سایہ ہمارے آگے آگے چلتا ہے۔ اور رات ہمارے تعاقب میں ہے۔ انہوں نے سوچا۔۔۔ لیکن ہم رات کی وادی کو تیزی سے عبور کر رہے ہیں۔

ہمارے چاروں طرف یہ لاکھوں کروڑوں انسانوں کا ہجوم یہ لوگ اپنی قسمتوں کو روتے ہیں۔ لیکن دیکھو۔ یہ راستے، یہ جھیلیں، یہ باغات، ہمارے منتظر ہیں۔ سناٹے میں صرف موت کے قدموں کی چاپ تھی۔ اجنبی موت جو یک لخت ہمارے سامنے آگئی۔ لیکن ہم اسے چھوڑ کر ہنستے ہوئے آگے نکل جائیں گے۔ سنو۔ ہمارے پاس یقین ہے اور

کامل اعتماد، جسے اس محبت نے تخلیق کیا ہے جو غداری کے نام سے یاد کی جاتی ہے۔ یہ غداری محض یاسمین کے پھولوں کی آرزو ہے۔ وہ گرجا کی سمت بڑھتے رہے۔

سامنے راستے کی نیم تاریکی میں ایک الز بتھن وضع کے دو منزلہ مکان میں دھندلی روشنیاں جھلملا رہی تھیں۔ یہ ہندوستانی ہائی کمیشن کے فرسٹ سکریٹری کا مکان تھا۔ اس کے آگے پھر اندھیرا تھا۔ وہ کون دیوانی روح اپنی تنہائی سے گھبرا کر باہر نکل آئی ہے۔ انہوں نے سوال کیا۔ اس سے کہو یہ یہاں کیوں کھڑی ہے۔ ان لیمپوں کے نیچے گھاس کے ان راستوں پر زمین کے ان پھولوں کے درمیان اسے کچھ نہ ملے گا۔ سنسان سیڑھیوں پر یہ کون لوگ نظر آرہے ہیں۔ ان سے کہو کہ واپس جائیں اور صبح کا انتظار کریں۔

ہمارے اور ان کے خیالوں کے بھٹکنے۔۔۔؟

لیکن پھر گھنٹوں نے پکارا۔۔۔ آؤ۔۔۔ آج کی رات تمہارے وجود کے گناہ کا کفارہ ادا کیا جائے گا۔ میں تمہارے خدا کی آواز ہوں۔ اور تمہاری ہر تباہی میں شریک ہوں۔ اور ہر موت کا محافظ ہوں۔ اور اب پادریوں اور راہبوں کا جلوس آگے بڑھا۔ جو اپنے اپنے ملکوں سے جلاوطن ہو کر اس سمے خداوند خدا کی تقدیس کرتے تھے۔ اور گرجا کی مرمریں سیڑھیوں پر سیاہ اسکارف سے سر ڈھانپے عورتیں بوڑھے اور جوان بڑے صبر سے بیٹھے تسبیحیں پھیر رہے تھے۔ اور ہولی کمیونین کے منتظر تھے۔

ایک راستہ یہیں پر آکر ختم ہو جاتا ہے۔ پھر ایک دیوار ہے۔ لیکن ریشمی پردوں میں سے چھن چھن کر روشنی ادھر بھی پہنچ رہی ہے۔ گو بہت سے سیاہ پوش مریض دیوانے فلسفی اور بیمار سیاست دان راستہ روکے کھڑے ہیں۔

ہمیں تمہاری موت عزیز ہے۔ کیوں کہ تمہاری موت میں نجات ہے۔ ماس کے

گھنٹوں نے کہا۔

ہماری ماں، مریم۔ چٹانوں کی مقدس خاتون۔ سمندر کے روشن ستارے ہمیں چپکا بیٹھنا سکھا۔ یہ ہمارا عہد نامہ ہے۔

ہمارا پرانا عہد نامہ تھا۔ ان کے خیالات تباہ ہو چکے۔ اب ان کے پاس کیا باقی رہا ہے۔۔۔ آرگن کے مدھم اور لزہ خیز سروں کے ساتھ قدم اٹھاتے ہوئے وہ سب آہستہ سے اپنے راستے پر واپس آئے۔

کنولارانی۔۔۔ کسی نے اندھیرے میں یک لخت پہچان کر چپکے سے پکارا۔ یہاں آجاؤ۔

اور ہمارے ساتھ کھڑے ہو کر اس خوب صورت روشنی کو دیکھو جو آسمان پر پھیل رہی ہے اب کسی پچھتاوے، کسی افسوس کا وقت نہیں ہے۔

"پرانے عہد نامے منسوخ ہوئے"، کشوری نے آہستہ سے دہرایا، "ہم اس طرح زندہ نہ رہیں گے۔ ہم یوں اپنے آپ کو نہ مرنے دیں گے۔ ہماری جلاوطنی ختم ہو گی۔ ہمارے سامنے آج کی صبح ہے۔ مستقبل ہے۔ ساری دنیا کی نئ تخلیق ہے۔"

لیکن کنول کماری۔۔۔ تم اب بھی رو رہی ہو۔۔۔؟

(۸) آدم بو

منشا یاد

جب سے ساتھ والے گاؤں میں نوجوان مولوی منظور درس گاہ سے فارغ التحصیل ہو کر آیا ہوا ہے مولوی اللہ رکھا کی راتوں کی نیند اڑ گئی ہے۔

اور اگرچہ ان کے شاگرد، نائب اور خدام ان کی ہمت بڑھاتے اور اس کل کے چھوکرے کا مکو ٹھپ دینے کی یقین دہانیاں کراتے رہتے ہیں لیکن انہیں اپنا ستارہ گردش میں نظر آتا ہے اور اگرچہ مولوی منظور نے ابھی تک ان کے خلاف زبان نہیں کھولی مگر انہیں یقین ہے کہ وہ اس کے لئے زمین ہموار کر رہا ہے اور مناسب موقع پا کر ضرور ان سے اپنے باپ کا بدلہ لے گا جس کے خلاف انہوں نے فتویٰ دیا اور اسے بڑی مسجد سے بے دخل کرایا تھا۔ ویسے بھی نوجوان مولوی جس قسم کے خیالات کا پرچار کر رہا ہے اور جس طرح عام لوگوں اور کمی کاریوں میں مقبول ہوتا جا رہا ہے وہ ان کے لئے کسی بڑے خطرے کی علامت ہے۔ انہیں اپنے برسوں کے تجربے اور سرکردہ لوگوں سے گہرے تعلقات کی وجہ سے اعتماد ضرور ہے لیکن اس کے ساتھ ہی انہیں یہ سوچ کر ہول آتا ہے کہ پتہ نہیں نوجوان مولوی درسگاہ سے کیا کیا نئی باتیں سیکھ کر اور کس سانچے میں ڈھل کر آگیا ہو اور اسے جو علم کا جن چمٹا ہوا ہے وہ کب تک چمٹا رہے اور شنید ہے کہ اب تو اس نے اپنے وعظ میں تاریخ، جغرافیے اور کتی سائنس کی باتیں شامل کرنا بھی شروع کر دی ہیں۔

مولوی اللہ رکھا کے احباب اور خیر خواہوں کا خیال ہے کہ یہ سب کچھ وقتی اور ہنگامی ہے۔ جونہی نوجوان مولوی کے پاؤں زمین پکڑیں گے وہ اپنے آپ میں آجائے گا۔ مگر مولوی اللہ رکھا کی تشفی نہیں ہوتی انہیں ایسا لگتا ہے کہ وہ خود ایک بار پھر سے پیدا ہو کر اپنے مقابلے پر آنکلے ہیں اور سب کچھ تہ و بالا کر کے رکھ دیں گے۔

برسوں پہلے کی بات ہے۔

مولوی احمد دین کا پہلی بیوی سے ایک ہی لڑکا تھا۔ سوتیلی ماں کی گالیوں اور بدسلوکیوں سے عاجز آکر وہ قصے کہانیوں میں پناہ لیتا لیکن پھر یہی قصے اور کہانیاں اس کے لئے عذاب الیم بن گئیں۔

گاؤں میں داخل ہونے یا باہر جانے کے لئے ایک ہی بڑا راستہ تھا اس راستے پر ایک بدصورت دیو ہر وقت بیٹھا آدم بو، آدم بو پکارتا رہتا تھا۔ لوگ اسے بڑا ملک کہتے تھے۔ وہ سچ مچ بہت بڑا تھا۔ اس کے سامنے جا کر ہاتھی سکڑ کر چوہے اور چوہے پدی بن جاتے تھے۔ دو تہائی گاؤں کا مالک اور لمبے چوڑے خاندان کا سربراہ۔ دیکھنے میں بھی ہیبت ناک۔ باسی گوشت کا پہاڑ۔۔ اس کی آواز اس کی شکل و صورت کی طرح مکروہ اور خوفناک تھی۔ اس کا جب اور جسے جی چاہتا بلوا لیتا۔ غریب کسان، کمی کاری اور ان کے بچے اکثر بیگار میں پکڑے رہتے۔ کسی میں انکار کی جرأت نہیں تھی۔ انکار کی صورت میں وہ نہایت فحش گالیاں دیتا اور جوتے مار مار کر شکل بگاڑ دیتا تھا۔

چوریوں، ڈاکوں، رسہ گیریوں، قتلوں اور مقدموں سے فراغت پا کر اب وہ سارا دن ڈیرے میں بیٹھا حقہ گڑگڑاتا اور کمی کاریوں سے پاؤں دبواتا، مالش کراتا، چلمیں بھرواتا اور پنکھا جھلواتا رہتا تھا۔ اللہ رکھا کے ذمے اس کی تفریح طبع کا کام تھا۔ پتہ نہیں اس کی سمجھ میں کچھ آتا تھا یا نہیں مگر وہ اکثر اس سے سوہنا و زینی کا قصہ سنتا تھا۔ اسے

دوسرا کوئی قصہ یا کتاب پسند نہیں تھی اور سوہنا وزینی کا قصہ اس نے اسے اتنی بار سنایا تھا کہ اسے خود زبانی یاد ہو گیا تھا۔ مگر بڑا ملک ہر دفعہ اتنی دلچسپی سے سنتا تھا جیسے زندگی میں پہلی بار سن رہا ہو۔۔ وہ یہ قصہ سناسنا کر تنگ آگیا تھا اور انکار نہ کر سکنے کی اذیت میں مبتلا رہنے لگا تھا۔ وہ بدبو جو اسے بڑے ملک کے جسم سے آتی تھی اب کتاب کے اوراق اور لفظوں سے بھی آنے لگی۔ قصہ پڑھتے پڑھتے اس کا دماغ بدبو سے بھر جاتا اور اسے متلی آ جاتی، وہ منہ پر ہاتھ رکھ کر ایک طرف کو بھاگ جاتا، پھر فراغت پا کر دوڑتا ہوا آتا اور ایک کل کی طرح دوبارہ قصہ پڑھنے لگتا۔

کئی بار اس نے انکار کر دینا چاہا مگر بڑے ملک کا پیغام ملتے ہی وہ اپنے یا بڑے ملک کے مر جانے کی دعائیں مانگتا ہوا بھاگم بھاگ اس کے ڈیرے پر پہنچ جاتا اور اس وقت تک گلا پھاڑ پھاڑ کر قصہ گاتا رہتا جب تک کہ بڑا ملک خود ہی جمائیوں کے کئی گڑھے پھاند کر نیند کے کسی اندھے کنوئیں میں نہ گر جاتا۔

اس نے کئی بار اپنے باپ مولوی احمد دین سے اپنی تکلیف اور خوف کا اظہار کیا لیکن وہ بھی بے بس تھا۔ اس نے کئی بار سوچا بڑے ملک کو قتل کر کے پھانسی لگ جائے مگر بڑے ملک کے سامنے جا کر اس کی گھگھی بندھ جاتی۔

پھر ایک روز وہ سوتیلی ماں کی بدسلوکیوں اور بڑے ملک کے جسم سے اٹھنے والی سڑاند سے تنگ آ کر گھر سے بھاگ گیا اور سینکڑوں میل دور ایک دینی مدرسے کے درویش طالب علموں کی صف میں شامل ہو گیا۔

چند سال دینی، اخلاقی اور روحانی تعلیم حاصل کرنے اور درویشانہ زندگی گزارنے کی تربیت حاصل کر کے جب وہ درسگاہ سے نکلا تو اس کے سامنے زندگی کا بے حد وسیع میدان تھا۔ وہ ایک عالم با عمل تھا اور اس کا سینہ محبت، علم اور غمگساری کے جذبات سے لبریز

تھا۔۔ وہ گاؤں آیا تو بڑا ملک اپنے ڈیرے میں تخت پوش پر موجود نہیں تھا۔ اس نے صدق دل سے اس کے لیے مغفرت کی دعا کی لیکن وہ گاؤں میں مستقل قیام نہ کر سکا اور دوبارہ عازم سفر ہوا۔ وہ بہت کچھ کرنا چاہتا تھا مگر گاؤں کے ان لوگوں کے درمیان، جن کے سامنے وہ بچپن میں ننگا پھرتا رہا تھا اور ان دوستوں اور ہم عمروں میں جن کے ساتھ تالابوں میں نہاتا، کبڈی کھیلتا، بیر توڑتا اور سوتیلی ماں سے مار کھاتا رہا تھا اسے اپنی خود کو منوانے اور اپنا مدعا بیان کرنے میں مشکل پیش آسکتی تھی اور وہ صرف اپنا مدعا بیان نہیں کرنا چاہتا تھا وہ بہت کچھ بدل دینا، بہت کچھ تہہ و بالا کر دینا چاہتا تھا۔

مولوی اللہ رکھا نے اس نئے گاؤں میں آکر واقعی بہت کچھ بدل ڈالا تھا۔ ان سے پہلے گاؤں کے نیم خواندہ امام مسجد نماز پڑھانے، بچے کے کان میں اذان دینے، بھیڑ بکری ذبح کرنے اور جنازہ پڑھانے کا معاوضہ لیتے تھے ہر فصل کے موقع پر دوسرے کمی کاریوں کی طرح بوہل میں ان کا بھی حصہ ہوتا۔ عید بقر عید پر وہ مسجد میں کپڑا بچھا دیتے اور عید کی نماز پڑھانے کے عوض لوگوں سے غلہ اور نقدی وصول کرتے۔ نماز پڑھا کر وہ قربانی کے جانوروں کو ذبح کرتے اور پھر چھوٹی اور بڑی کھالوں کے بیوپار میں الجھے رہتے۔ ان کا حکم تھا کہ انڈہ کھانے کے لئے اس پر بھی تکبیر پڑنا ضروری ہے کیونکہ اس میں بھی جان ہوتی ہے لوگ انہیں تین انڈوں پر تکبیر پڑھانے پر ایک انڈہ بطور معاوضہ دیتے کیونکہ صحیح طریقے سے تکبیر تو وہی پڑھ سکتے تھے۔ مگر مولوی اللہ رکھا نے یہاں آکر ان سب قبیح رسموں اور روایتوں کو جڑ سے اکھاڑ پھینکا۔ پرانے مولوی صاحب لاکھ چیختے چلاتے رہے اور طرح طرح کے الزامات لگاتے اور کہتے رہے کہ وہ خلاف شرع باتیں بتاتا ہے مگر لوگ شریعت کی ان باتوں کو جلدی اور آسانی سے سمجھ لیتے ہیں جن میں ان کا فائدہ ہو چنانچہ مولوی اللہ رکھا کی کامیابی کی پتنگ اونچی اور اونچی اڑنے لگی اور چھوٹی اور بڑی

مسجدوں کے جدی پشتی امام صاحبان گاؤں سے ہجرت کر کے گئے یا انہوں نے اپنا آبائی کام چھوڑ کر کوئی دوسرا کام دھندہ شروع کر دیا۔

مولوی اللہ رکھا نذر نیاز نہیں لیتے تھے۔ بڑے درویش صفت انسان تھے۔ مفت خوری سے سخت پرہیز کرتے اور خود محنت کر کے اپنا پیٹ بھرتے تھے۔ وہ دن بھر اینٹیں ڈھوتے، لائیاں کرتے، مویشی چراتے، بان کی رسیاں اور چارپائیاں بنتے۔۔ اور بغیر کسی فیس یا معاوضے کے بچوں کو قرآن پاک کی تعلیم دیتے۔ لوگ ختم پڑھوانے کے لئے حلوے، کھیریں، سیویاں اور پراٹھے لاتے وہ ان کی دل شکنی کے ڈر سے ختم پڑھ دیتے مگر کسی چیز کو ہاتھ نہ لگاتے، لوٹا دیتے یا کسی غریب یا بیوہ کے ہاں بھجوا دیتے۔ وہ مسجد کے حجرے میں رہتے تھے۔ خود مسجد میں جھاڑو دیتے، صفائی کراتے، چراغ جلاتے، نمازیوں کے وضو کے لئے حوض میں پانی بھرتے اور نماز کا وقت ہو جاتا تو اذان دیتے۔ لوگ ان کی بے حد عزت کرتے اور ان سے محبت بھی۔ مگر جب وہ منبر پر کھڑے ہوتے تو ان کی آواز سے آس پاس کے گھروں کی دیواریں لرزنے لگتیں۔ گنہگاروں اور دوسروں کا حق مارنے والوں کے دلوں پر ہیبت طاری ہو جاتی۔ خدا کے سوا وہ کسی سے نہیں ڈرتے تھے اور حق بات ڈنکے کی چوٹ پر کہتے تھے۔

پھر انہوں نے کچھ عرصہ بعد ایک ایسی غریب بیوہ سے نکاح کر لیا جس کو اولاد نہ ہونے کی وجہ سے طلاق ہو گئی تھی۔ مولوی صاحب سے نکاح کے بعد بی جی کے سوئے ہوئے نصیب جاگ اٹھے اور چند ہی برس میں گھر بچوں سے بھر گیا۔

مولوی صاحب ہمیشہ سے روکھی سوکھی کھا کر وقت گزارتے آئے تھے۔ بی بی جی نے بھی ان کا بہت عرصہ تک ساتھ دیا اور عسرت اور فاقوں کی زندگی گزارنے پر بھی خدا کا شکر ادا کرتی رہیں مگر پھر بچوں کی وجہ سے مولوی صاحب سے چوری چھپے کھانے پینے کی

کوئی چیز قبول کر لیتیں۔ مولوی صاحب کو پتہ چلا تو شروع شروع میں بہت خفا ہوئے مگر پھر یہ سوچ کہ بچوں کو فاقوں مارنا اور اچھی چیزوں کے لئے ہمیشہ ترساتے رہنا مناسب نہیں، خاموش ہو گئے

پھر ایک بار ذیلدار کا چالیسواں تھا اس کے متمول بیٹوں نے اسے بڑا کیا یعنی چالیسویں کا غیر معمولی اہتمام کیا۔ پوری برادری کو کھانے کی دعوت دی اور ختم کے موقع پر مولوی صاحب کے سارے کنبے کے کپڑے اور دنیا جہان کی نعمتیں، پھل اور میوے حاضر کئے۔ مولوی صاحب پریشان ہو گئے۔ ختم پڑھتے ہوئے ان کی آنکھوں کے سامنے اپنے بچوں کے پھٹے پرانے کپڑے اور ترسی ہوئی صورتیں گھوم گئیں۔ انہوں نے گلوگیر آواز میں کہا۔

"میں کسی چیز کو ہاتھ نہیں لگاؤں گا۔۔ کسی کمی کے ہاتھ سب چیزیں ہمارے گھر پہنچا دی جائیں۔"

اور جس طرح شیر عام طور پر آدمی پر حملہ نہیں کرتا مگر جب ایک بار اس کے منہ کو انسانی خون لگ جائے تو آدم خور ہو جاتا ہے، مولوی اللہ رکھا کے منہ کو بھی جب مفت کا حلوہ مانڈا ایک بار لگ گیا تو پھر لگتا ہی چلا گیا۔ اور آہستہ آہستہ وہ پہلے مولوی صاحب سے بھی دو ہاتھ آگے نکل گئے۔

اور اب اتنے برسوں بعد۔۔ مولوی اللہ رکھا کی امامت کا دائرہ اپنی مسجد سے نکل کر آس پاس کے کئی ایک چھوٹے بڑے دیہات کی مسجدوں تک پھیل گیا ہے۔ ان مسجدوں میں ان کے نائب امام آمدنی کے ایک تہائی حصے پر کام کرتے ہیں، وہ خود ہفتے میں ایک دو بار ہر مسجد میں نماز پڑھتے پڑھاتے ہیں۔ انہوں نے نہایت محنت، ہوشیاری اور اپنے زور خطابت کی وجہ سے ایک ایک کر کے ان مسجدوں پر قبضہ کیا ہے اور دیہات کے وڈیروں

اور زمینداروں میں اپنے اثرورسوخ اور رموز شریعت سے آگاہی کی بنا پر نیم خواندہ ملاؤں کو بے دخل کیا ہے ان کا شمار علاقے کے اچھے کھاتے پیتے لوگوں میں ہوتا ہے۔ وہ ہر کسی کے کام آتے ہیں۔ وہ ہاڑی ساؤنی کے کارے پر نہایت تھوڑے منافع پر بڑی بڑی رقمیں قرض دے دیتے ہیں۔ فصل، زمین یا مویشی رہن یا زیور گروی رکھنے کے لئے لوگ انہی کے پاس آتے ہیں کہ وہ نہایت دیانتدار اور قابل اعتماد ہیں۔ کسانوں اور کمی کاریوں نے ہی نہیں بڑے بڑے زمینداروں نے ان سے منافع پر موٹی موٹی رقمیں لے کر ٹیوب ویل لگوائے اور ٹریکٹر خریدے ہیں۔ مولوی صاحب نے اپنا بہت بڑا اور محل نما پکا مکان بنالیا ہے اور اس میں بجلی لگوالی ہے انہیں کسی سے کچھ مانگنے یا کچھ کہنے کی ضرورت نہیں ہوتی لوگ خود ہی ہر چیز میں سے اللہ کا حصہ نکال کر ان کو پہنچادیتے ہیں۔

وہ بہت اطمینان کی زندگی گزار رہے تھے مگر جب سے نوجوان مولوی منظور درسگاہ سے لوٹا اور قریب والے گاؤں کی ایک مسجد سنبھال بیٹھا ہے ان کی راتوں کی نیند حرام ہو گئی ہے۔ مگر انہیں یہ سوچ کر قدرے اطمینان ہوتا ہے کہ لوگ کئی طرح سے ان کے محتاج ہیں اور پھر مولوی منظور کو ان کی طرح تعویذ گنڈا نہیں آتا بلکہ وہ اسے شرک سمجھتا ہے اور وہ خود محض امام مسجد ہی نہیں آس پاس کے دیہات کے واحد طبیب بھی ہیں اور بعض بااثر لوگوں کے خفیہ نکاحوں اور دوسرے بہت سے اہم رازوں کے امین بھی۔۔!

ہر جمعہ کی شام کو وہ مولوی منظور کے گاؤں سے آنے والی رپورٹ کا بے چینی سے انتظار کرتے ہیں ان کا کوئی خادم یا وفادار مولوی منظور کے جمعے کے وعظ میں شریک ہو جاتا ہے اور تمام حالات سے انہیں باخبر رکھتا ہے۔ مولوی منظور کے مقتدیوں کی تعداد دن بدن بڑھتی جارہی ہے اور اب انہیں رمضان شریف کے پہلے جمعے کا انتظار ہے۔ رمضان شریف شروع ہوتے ہی مساجد میں نمازیوں کی تعداد میں ایک دم غیر معمولی اضافہ ہو

جاتا ہے اور لوگ پند و نصائح اور وعظ و تلقین کی باتوں پر خصوصی توجہ دینے لگتے ہیں۔ اس پورے علاقے میں دو ہی جگہ جمعے کی نماز کے اجتماعات ہوں گے اور نمازیوں کی تعداد سے ان کے اور مولوی منظور کے درمیان ایک طرح کا الیکشن ہو جائے گا۔

رمضان کے پہلے جمعے کی شام کو ان کا ایک خادم پریشان حال لوٹتا ہے تو ان کا دل بیٹھ جاتا ہے۔ مولوی منظور کے مقتدیوں کی تعداد کسی طرح ان کے اپنے نمازیوں کی تعداد سے کم نہیں ہے۔۔ انہیں اسی بات کا ڈر تھا۔ ان کا رنگ اڑ جاتا ہے اور ہاتھ پاؤں ٹھنڈے ہو جاتے ہیں۔ اس رات تراویح کی نماز پڑھاتے ہوئے انہیں ایک عرصہ بعد لقمہ ملتا ہے اور ابھی وہ لقمہ سے سنبھل نہیں پاتے کہ سجدہ سہو پڑ جاتا ہے۔

رات کو وہ تھکے تھکے اور نڈھال سے گھر لوٹتے ہیں اور دالان میں بچھی ہوئی بہت سی چھوٹی بڑی چارپائیوں کے قریب سے گزر کر سیڑھیاں چڑھتے ہوئے چھت پر آتے ہیں۔ بی بی جی ان کی آہٹ سن کر لمحہ بھر کے لئے جاگتی ہیں پھر مچلی ہو کر مصنوعی خراٹے لینے لگتی ہیں۔ وہ اپنے سرہانے تپائی پر رکھا ٹھنڈے میٹھے دودھ کا ارک جتنا گلاس اٹھاتے اور مزے لے لے کر گھونٹ گھونٹ پیتے ہیں۔ لیکن اچانک انہیں ایک جانی پہچانی مگر ناگوار سی بدبو ہر طرف پھیلی ہوئی معلوم ہوتی ہے اور جی متلانے لگتا ہے۔ وہ دودھ کا گلاس تپائی پر رکھ دیتے ہیں اور ادھر ادھر نظریں دوڑاتے ہیں انہیں کچھ دکھائی نہیں دیتا۔ مگر بدبو کے بھبکے لپکتے چلے آتے ہیں۔ اچانک انہیں یاد آتا ہے کہ یہ بدبو ویسی ہی ہے جیسی بڑے ملک کے جسم سے اٹھتی تھی۔ وہ قے روکنے کی بہت کوشش کرتے ہیں مگر وہ نہیں رکتی۔

(۹) سہرا

خدیجہ مستور

کل ساجد میاں کا نکاح تھا مگر خوشی کے بجائے ان کے چہرے پر وحشت برس رہی تھی، وہ اپنی دونوں بہنوں سے بار بار کہہ رہے تھے، "ارے بڑی بجیا آپ اچھی طرح سن لیں، میرا بستر ہمیشہ کی طرح اماں بی کے کمرے میں بچھا رہے گا، اسے کوئی نہیں ہٹائے گا اور آپ بھی سن لیں چھوٹی بجیا، اب آپ میرا بستر اٹھوانے کی بات نہیں کریں گی، کیا سمجھیں آپ؟"

"تو کیا تم اب بھی دودھ کی بوتل نہیں بھولے؟" چھوٹی بجیا کی کترنی جیسی زبان چلتی اور وہ زور زور سے قہقہے لگانے لگتی اور ساجد میاں دانت پیس کر رہ جاتے، گھر میں ایسی دھما چوکڑی مچی تھی کہ کوئی کسی کی بات نہ سمجھ رہا تھا نہ سن رہا تھا، رشتے ناطے کی بھاوجوں اور خاندان کی ڈھیروں لڑکیوں کا جمگھٹ ڈھول پیٹ پیٹ کر گائے چلے جا رہا تھا، "پڑھ کے الحمد جو چہرے پہ سجایا سہرا۔۔۔" اپنا سہرا سن کر بھی ساجد میاں کی آنکھوں کی وحشت کم نہ ہوئی، ایسا لگتا کہ سہرا گلاب کے پھولوں کے بجائے کانٹوں سے گوندھا گیا ہے اور وہ کانٹے ان کی آنکھوں میں چبھ رہے ہیں، موٹی موٹی بادامی پتلیوں والی بے چین آنکھیں گھوم پھر کر اپنی اماں بی کو دیکھے جا رہی تھیں، وہ تھکی ہوئی، نڈھال، لٹا لٹا سا چہرہ، پیروں پر لحاف ڈالے اپنے بستر پر بیٹھی تھیں مگر جب لڑکیاں لہک کر گاتیں، "دوڑ کر سہرے کی اماں نے بلائیں لے لیں۔۔۔، ارے اماں نے بلائیں لے لیں۔۔۔" تو ان کے

بچے کھچے ملتے ہوئے دانت سہرے کی لڑی کی طرح ہونٹوں پر بکھر جاتے۔

"میں کتنی بار کہوں کہ اب آپ تھک گئی ہیں، ذرا دیر کو سو جائیے، میں بھی لیٹا جاتا ہوں۔" ساجد میاں اپنے بستر پر بیٹھ کر جوتوں کی ڈوریاں کھولنے لگے۔

"لو بھلا، میں کیسے سو جاؤں، ابھی تو بہت سے کام پڑے ہیں چھوہاروں کے تھال پوشوں پر گوٹا ٹانکنا ہے، سہرے اور پھولوں کے زیور کا آرڈر دلوانا ہے، سہرا گھٹنوں سے نیچا نہ ہو، لڑکیاں تو بس گانے بجانے میں جٹی ہوئی ہیں۔" اب بھلا اماں بی سے کون کہتا کہ جس طرح تمام کام ان کی دونوں بیٹیوں نے اپنی مرضی سے کر لیے تھے، اسی طرح رات کو گانے بجانے، تھال پوشوں پر سنہری گوٹے کے بجائے روپہلی گوٹا ٹانک دیا تھا، سہرے کا آرڈر بھی دیا جا چکا تھا، ایسا سہرا جو قدموں کو چھوئے، اماں بی کی اس بات کو کون مانتا تھا کہ پھول پیروں تلے آئیں تو پھولوں کی بے حرمتی ہوتی ہے۔

"سب کام ہو جائیں گے اماں بی، آپ پہلے ہی حکم دے چکی ہیں، دن کے دو بج رہے ہیں، اب آپ ذرا دیر آرام کیجیے، اے بڑی بجیا۔" انہوں نے زور سے آواز دی، "اے بڑی بجیا، کوئی نہیں سنتا، اے چھوٹی بجیا، خدا کے واسطے تھوڑی دیر کے لیے ڈھول اٹھا دیجیے، اماں بی کو سو جانے دیجیے۔"

"کوئی نہیں سوئے گا، ڈھول نہیں اٹھے گی۔" چھوٹی بجیا نے چیخ کر جواب دیا، اب ساری آوازوں میں ان کی آواز سب سے اونچی تھی، "دوڑ کر اماں نے سہرے کی بلائیں لیں، ارے بہنوں نے بلائیں لے لیں، پڑھ کے الحمد جو چہرے پہ سجایا سہرا۔۔۔"

"مت روکو بیٹے۔۔۔، گانے دو، یہ میری آخری خوشی ہے۔ نیند کا کیا ہے جب فرصت ملے گی سو جاؤں گی۔" اماں بی نے بڑی محبت سے ساجد کو دیکھا اور پھر بستر پر لیٹ کر پاؤں پھیلا دیے، ساجد میاں جھپٹ کر اٹھے اور کمرے کے سب دروازے بند کر دیے،

اب آوازیں جیسے کہیں دور سے آ رہی تھیں۔

"بس اب آپ سو جائیں۔" ساجد نے اماں بی کی طرف سے کروٹ لے لی، انہیں اچھی طرح معلوم تھا کہ اماں بی اگر دوپہر کو نہ سوئیں تو ان کی طبیعت خراب ہو جاتی ہے، یہی وجہ تھی کہ وہ ڈسپنسری سے ایک ڈیڑھ بجے ضرور گھر آ جاتے، انہیں یہ بھی پتا تھا کہ جب تک وہ خود بھی اپنے بستر پر نہیں لیٹیں گے، اماں بی کو نیند نہیں آئے گی۔ جنریشن گیپ کے اس شدت پسند زمانے میں بہت سے لوگ ساجد میاں کو حیرت سے دیکھتے، شاید انہیں مہذب ملکوں کے وہ بوڑھے یاد آ جاتے ہوں گے جو چھترے سفید بالوں والے سروں پر پرانی وضع کے ہیٹ رکھے راہوں میں پڑی ہوئی بنچوں پر پہروں بیٹھے رہتے ہیں، ترستی ہوئی نگاہوں سے دنیا کی ہما ہمی کو دیکھتے ہیں، پھر جانے ان کے جی میں کیا خیال آتا ہے کہ ہیٹ آنکھوں پر کھینچ کر اونگھنے لگتے ہیں، کوئی نہیں پوچھتا کہ تم اتنی دیر سے یہاں کیوں بیٹھے ہو اور اب تم اپنے ہیٹوں کی دنیا میں چھپ کر کون سے خواب دیکھ رہے ہو۔

"ساجد۔۔۔" اماں نے ہولے سے پکارا۔

"جی اماں بی۔" ساجد میاں نے اماں بی کی طرف کروٹ بدل لی۔

"میں سوچ رہی ہوں کہ اب تمہار پلنگ یہاں سے اٹھوا کر اسٹور میں رکھوا دوں؟ اب اس کی یہاں کیا ضرورت رہ گئی ہے۔" اماں بی اپنی بھرائی ہوئی آواز پر قابو پانے کی کوشش کر رہی تھیں۔

"چھوٹی بجیا نے بھی یہی کچھ کہا تھا، بڑی بجیا نے بھی یہی فرمایا تھا اور میں نے ان دونوں سے کہا تھا کہ یہ پلنگ یہیں بچھا رہے گا، آپ بھی سن لیں اس پلنگ کو یہاں سے کوئی نہیں ہٹا سکتا۔" ان کی آواز میں بے حد دکھ تھا۔

"ارے پگلے یہ بستر تو تیری ذات سے سجا ہوا تھا، تیری وجہ سے میں اکیلی نہیں تھی،

رات سوتے سوتے کسی وقت آنکھ کھل جاتی تو۔۔۔" ان کی آواز بھرا گئی۔

"یہ بستر اسی طرح سجا رہے گا اماں، میں کہاں جا رہا ہوں بھلا؟ آپ ایسی باتیں مت سوچیے۔" ساجد میاں نے اماں بی طرف سے کروٹ بدل لی۔ گردن تک لحاف اوڑھا اور پھر تکیے کے نیچے رکھے ہوئے ململ کے سفید جھاگ جیسے دوپٹے کو چہرے پر ڈال لیا، یہ ان کے سونے کا اعلان تھا۔ ساجد جب چھوٹے سے تھے تو برسات کے موسم میں مکھیوں کے گچھے ان کے منھ پر آ آکر بیٹھتے تو اماں بی پریشان ہو کر اپنے سر سے ململ کا دوپٹہ اتار کر ان کا چہرہ ڈھانک دیا کرتیں، مگر اتنا زمانہ گزرنے کے بعد بھی ان کی یہ عادت نہ چھوٹی، اماں کا دوپٹہ آنکھوں پر ڈالے بغیر انہیں نیند نہ آتی۔

منھ چھپا کر وہ تو اپنے حساب سوتے بن گئے، مگر انہیں کیا پتہ تھا کہ اماں بی مارے حیرت کے آنکھیں پھاڑے انہیں کس طرح دیکھ رہی ہیں، ان کی آنکھوں کے سامنے کمرے کی ہر چیز گھوم رہی تھی، دل پر عجیب سا ہول طاری تھا، انہوں نے اٹھ کر ساتھ والے کمرے کا دروازہ کھولنا چاہا تو دروازے تک پہنچنے کا راستہ ہل رہا تھا، جیسے بھول بھلیاں میں پھنس گئی ہوں، اتنی بڑی بات سننے کے لے بھی تو ہمت چاہیے، وہ ہڑبڑا کر ساجد میاں کے پلنگ سے ٹکرائیں۔

"کیا ہے اماں بی؟" وہ جیسے کود کر کھڑے ہو گئے اور ڈولتی ہوئی اماں بی کو اپنے بازوؤں میں تھام کر بستر پر بٹھا دیا۔ "یہ آپ کدھر جا رہی تھیں، میں جو کہہ رہا ہوں کہ سو جائیے۔"

"نیند نہیں آ رہی تھی، میں نے سوچا لڑکیوں کے پاس جا بیٹھوں مگر بیٹے تم تو میرا سایہ بن گئے ہو۔"

"بس اب آپ نہیں اٹھیں گی۔" ساجد میاں نے اماں کو لٹا کر لحاف اوڑھا دیا اور

انہوں نے بھی ساجد کو دکھانے کے لیے جھوٹ موٹ آنکھیں بند کر لیں مگر نیند خاک آتی، وہ ایک ساں سوچے جارہی تھیں، لو بھلا یہ کیسے ہو سکتا ہے اس کا بستر پہلے کی طرح کیسے سجارہ سکتا ہے، اتنی بڑی بات اس نے کہی کیسے؟ اگر کسی کو یہ بات معلوم ہو جائے تو پھر۔۔۔، سب گھنے گھنے طعنے دیں گے، اماں سے اتنی ہی محبت ہے تو پھر شادی کرنے کی کیا ضرورت ہے۔ طعنوں کے خیال ہی سے اماں بی کے رونگٹے کھڑے ہو گئے، اتنی سردی میں پسینے چھوٹ گئے، اماں بی تکیے میں منھ چھپا کر چپکے چپکے رونے لگیں، "میرے بچے، میرے لعل، ماں صدقے، ماں تیری محبت پر سے واری۔" ان کے ہونٹ آہستہ آہستہ ہل رہے تھے۔

چار چھوٹے چھوٹے بچوں کو چھوڑ کر اماں بی کے شوہر عین جوانی میں اللہ کو پیارے ہو گئے تھے، اماں بی نے محلے کی لڑکیوں کو قرآن شریف پڑھا پڑھا کر بچوں کو پالا، دونوں لڑکوں کو پڑھایا۔۔۔، دونوں لڑکیوں کا جہیز جوڑا، جیسے تیسے لڑکیوں کی شریف گھرانوں میں شادیاں کیں، اماں بی جیسی نیک اور سمجھ دار بی بی کی سارے خاندان میں دھوم مچی تھی، ماں اگر مصیبتوں سے ذرا بھی گھبرا جائے تو یتیم بچے بہک جاتے ہیں مگر اماں بی نے تو بچوں کو کبھی یتیمی کا احساس ہونے ہی نہ دیا، دونوں لڑکوں کی تعلیم پر اتنی توجہ دی کہ وہ کتاب کا کیڑا بن گئے، ماجد میاں بڑے تھے، چھٹی کلاس سے وظیفہ لینا شروع کیا تو ساجد میاں بھی مقابلے پر اتر آئے، ماجد میاں نے ایف ایس سی نان میڈیکل کا امتحان دیا تو پھر وظیفے کے مستحق قرار پائے، ساجد نے میٹرک میں فرسٹ ڈویژن پائی۔ خاندان والے مبارک سلامت کا شور بھی مچاتے اور جی ہی جی میں کڑھتے بھی، وہ اپنے مسٹنڈے بیٹوں کو گلے گلے تک نعمتیں ٹھنساتے مگر کوئی بھی امتحان میں سیکنڈ ڈویژن سے آگے نہ جاتا، یہاں یہ حال کہ دال روٹی اور کبھی کبھار گائے کا گوشت کھانے والے ہوا پر اڑے جارہے

تھے۔

ماجد انجینئرنگ کالج میں تیسرے سال کا امتحان دے رہے تھے کہ ساجد نے ایف ایس سی میڈیکل میں ٹاپ کیا اور آرام سے میڈیکل کالج میں داخل ہو گئے، اس دن اماں بی نے خدا کے حضور میں سارا دن عبادت میں گزارا۔ وقت جب امیدوں اور آرزوؤں سے بھرپور ہو تو گزرتے دیر نہیں لگتی، ماجد نے انجینئرنگ کالج سے آخری سال کا امتحان دیا اور اول آکر سب کو حیران کر دیا، انہیں انگلینڈ جانے کے لیے سرکاری وظیفہ بھی مل گیا، سارا خاندان اماں بی کی اس خوش نصیبی پر ٹوٹ پڑا، جو کبھی دو پیسوں کی مدد کے روادار نہ تھے، مٹھائیوں کے ڈبے اٹھائے چلے آ رہے تھے، مگر اماں بی کی عجیب حالت تھی، وہ بلک بلک کر رو رہی تھیں، "میں نہیں جانے دوں گی، بیٹیاں پرائی ہو گئیں، یہی دونوں لڑکے میری زندگی کا سہارا ہیں، میرے بڑھاپے کی لکڑی ہیں، میں کسے تھام کر چلوں گی۔"

سب حیران تھے کہ گھر آئی دولت کو کوئی اس طرح بھی ٹھکراتا ہے، سب کو ان کی دانائی پر شبہ ہونے لگا، سب انہیں خود غرض سمجھنے لگے، بیٹیوں نے تو صاف صاف کہہ دیا کہ آپ ماجد بھائی کے روشن مستقبل کو لات مار رہی ہیں، ماجد اماں بی کو لپٹائے بڑی مظلومیت سے بیٹھے تھے، وہ اماں بی کے انکار پر خاموشی اختیار کیے ہوئے تھے، اماں نے روتے روتے ایک بار غور سے ان کی آنکھوں میں جھانکا اور آنسو پونچھ لیے، "جائے گا، میرا بیٹا ضرور جائے گا۔" انہوں نے سب کے سامنے بھرائی ہوئی آواز میں اعلان کیا، "میں تو یوں ہی رو رہی تھی، بس یوں ہی۔"

ماجد میاں جب جانے لگے تو سب نے محسوس کیا کہ ساجد اپنے بھائی کو رخصت کرنے ہوائی اڈے پر بھی نہیں گئے، وہ گھر میں بیٹھے اماں بی کو لپٹائے ان کے آنسو پونچھتے

رہے، اس کے بعد تو وہ جیسے اماں بی کا سایہ بن گئے، اپنا بستر اماں کے بستر کے قریب بچھا لیا، کالج اور پھر گھر، رات گئے تک پڑھتے رہتے، اماں بی کے خراٹے انہیں ذرا بھی پریشان نہ کرتے، کبھی کبھی سوتے میں وہ روتیں، ماجد کو آوازیں دیتیں تب وہ کتابیں چھوڑ کر اٹھتے، اماں بی کے سینے پر سر رکھ کر انہیں جگاتے، ان کے آنسو پونچھتے اور اپنے آنسوؤں کو چھپاتے ہوئے انہیں نیند کی ایک اور گولی کھلا دیتے۔ کبھی کبھی اماں بی پوچھتیں، جب تم یہاں کی پڑھائی ختم کرلوگے تو کیا پتا تم کو بھی سرکار وظیفہ دے دے، تم پڑھائی میں ہمیشہ اچھے رہے ہو، تم نے ہمیشہ وظیفہ لیا ہے۔ ساجد میاں ہنس پڑتے۔ "اماں بی میں آپ کو چھوڑ کر کہیں نہیں جاسکتا، میں ایسے وظیفے پر تھوکتا بھی نہیں۔" پھر بھی شک کی سل اماں بی کے سینے کو کچلتی رہتی۔

بہنوں نے ساجد کو جب اس طرح اماں کی پٹی سے لگا دیکھا تو سلگ اٹھیں، "کوئی حد بھی ہوتی ہے، مہینوں ساجد بھائی کی صورت نہیں دکھائی دیتی، اماں بی آپ نے انہیں لونڈیا بنا کر گھر بٹھا لیا ہے، اللہ حافظ ہے جو امتحانوں میں بھی پاس ہوں۔۔۔" اماں بی ساری باتیں خاموشی سے سہ جاتیں اور ادھر ادھر کی باتیں چھیڑ دیتیں، بیٹیوں کو یہ بھی نہ دکھائی دیتا کہ ان کی اماں کتنی لٹ گئی ہیں، ماجد کی جدائی نے انہیں ایک دم سے بوڑھا کر دیا ہے، جب ماجد کے خط آتے تو پہروں انہیں آنکھوں سے لگائے بیٹھی رہتیں۔ دو سال بعد ماجد وطن واپس آئے تو تحفوں سے لدے پھندے تھے، دونوں بہنیں بھائی سے مرعوب ہو کر جیسے بچھی جارہی تھیں، اترا اترا کر خاندان والوں کو تحائف دکھارہی تھیں اور اماں بی کو ماجد اتنا پیارا لگ رہا تھا کہ جی چاہتا، اٹھا کر پلکوں پر بٹھالیں۔

اتنی اعلیٰ تعلیم کے بعد ماجد کو ملازمت تو مل گئی مگر ماجد میاں بجھ سے گئے، آٹھ نو سو روپے ان کے بھاویں تلے نہ آتے پھر بھی کسی سے کچھ نہیں کہا، سارا دن جانے کن چکروں

میں پھرا کرتے اور شام کو گھر آتے تو اماں بی کی گود میں سر رکھ کر اپنے شاندار مستقبل کی باتیں کرتے رہتے، اماں بی ان باتوں کو سن کر نہال ہوتی رہتیں، وہ بڑے چاؤ سے ساجد کو بھی ان باتوں میں شامل کرنا چاہتیں مگر وہ سر جھکائے پڑھنے میں مصروف رہتے۔ ماجد کبھی کبھی ساجد پر اعتراض کرتے، "یار یہ تم لونڈیوں کی طرح سر جھکائے بس پڑھتے ہی رہتے ہو، کسی وقت باہر بھی نکلا کرو، دنیا کو دیکھو اور سمجھو۔"

"باہر گھومے تو پڑھے خاک، پتا ہے کتنی مشکل پڑھائی ہے، ڈاکٹر بننا کوئی آسان کام تو نہیں، تم کو کیا معلوم، تمہاری جدائی نے مجھے کتنا کمزور کر دیا ہے، جب میرا بیٹا ڈاکٹر بن جائے گا تو پھر میرا علاج کرے گا۔" اماں بی چاؤ سے کہتیں۔

ایک سال ملازمت کرنے کے بعد ماجد نے بڑے آرام سے اماں کو بتایا کہ وہ واپس انگلینڈ جا رہے ہیں، یہاں ان کے علم کا جو معاوضہ ملتا ہے وہ اس سے کسی طرح بھی مطمئن نہیں ہو سکتے، چند لمحوں تک اماں بی پر سکتے کی سی کیفیت طاری رہی مگر جب ماجد نے ان کی گود میں سر رکھ کر ان کی اجازت چاہی تو وہ بڑی مشکل سے ہاتھ اٹھا کر ان کے سر پر رکھ سکیں، انہیں ایسا محسوس ہو رہا تھا کہ ان کے جسم و جاں کا ایک ایک چپہ ٹوٹ پھوٹ کر بکھر گیا ہے۔ ماجد نے بڑے لاڈ سے اماں بی کے گلے میں جھول جھول کر انہیں سمجھایا، "اماں بی صرف چند برسوں کی بات ہے، وہاں سے میں آپ کو اتنا کچھ کما کر بھیجوں گا کہ آپ ماضی کے سارے دکھ بھول جائیں گی، یہ تین کمروں کا پرانا مکان کوٹھی میں بدل جائے گا، بس آپ ایک اچھی سی بہو ڈھونڈ رکھیے گا اور۔۔۔" وہ اور جانے کیا کچھ کہتے رہے مگر اماں بی نے کچھ بھی نہ سنا، ان کے کانوں میں جیسے کہیں بہت دور سے سائیں سائیں کی آوازیں آ رہی تھیں۔

پھر چند دن بعد ماجد چلے گئے، دونوں بہنوں اور بہنوئیوں نے ڈھیر ساری فرمائشوں

اور خوشی کے آنسوؤں کے ساتھ انہیں رخصت کیا، اس وقت کسی نے بھی پلٹ کر یہ نہ دیکھا کہ اماں بی آنگن کی پرانی کائی لگی دیوار سے ٹیک لگائے کیوں چپ چاپ کھڑی تھیں، کسی کو یہ نظر نہ آیا کہ وہ اس دکھیا کی طرح سر سے پاؤں تک جل رہی ہیں جو نہ تو کوئلہ ہوئی نہ راکھ۔ جب ساجد، بھائی کو رخصت کر کے لوٹے تو انہوں نے اماں بی کو لپٹا لیا، "اماں بی، میں جو ہوں آپ کے پاس۔" محبت کے ٹھنڈے چھینٹوں نے ان میں اتنی جان ڈال دی کہ وہ آکر اپنے بستر پر لیٹ گئیں اور ساجد کا سر اپنے سینے سے لگا کر ماجد کو دعائیں دینے لگیں، "خدا کرے میرا بیٹا وہاں خوش رہے، اس کا مستقبل چاند اور تاروں کی طرح روشن رہے اور تم میرے بیٹے مجھ سے کبھی جدا نہ ہونا۔"

پندرہ بیس دن بعد ماجد کا خط آیا تو اماں کھکھلا کر ہنس پڑیں، "ارے کتنا بے وقوف ہے، مجھے یاد کر کے روتا ہے، کوئی ہمیشہ تو وہاں نہیں رہے گا، ایک دو سال بعد آ جائے گا۔" سارا دن خط کو چومتی اور بار بار پڑھتی رہیں۔ ایک سال کے اندر اندر ماجد نے اماں بی کو اتنا کچھ بھیجا کہ انہوں نے پانچ کمروں کی چھوٹی سی کوٹھی بنوالی، پھر کمروں کی تقسیم بھی کر دی، سب سے بڑا کمرہ ماجد کا، اس سے چھوٹا ساجد کا، اس سے چھوٹا ان کا اپنا، کوٹھی بنانے کے بعد وہ چپکے سے ماجد کی دلہن کی بری کا سامان خریدنے لگیں، اب ان کی خواہش تھی کہ ماجد جلد واپس آ جائے، وہ ہر ایک سے کہتی رہتیں، "ماما کو ٹھیوں میں رہے یا محلوں میں، بچے جدا ہوں تو سب کھنڈر معلوم ہوتا ہے۔" سارا خاندان ان کی یہ باتیں سن کر بڑبڑاتا، "توبہ کیسی ناشکری ماں ہے، ماجد یہاں رہتا تو کون سے سونے کے انڈے دیتا، کیا رکھا ہے یہاں۔"

کبھی کبھی ساجد جواب دے بیٹھتے، "کیا نہیں ہے یہاں، درختوں کو پالو پوسو اور جب وہ پھل دیں تو دوسرے ملکوں میں کھانے کو بھیج دو، واہ کیا بات ہے۔" بہنوں نے یہ باتیں

سنیں تو پنجے جھاڑ کر ساجد کے پیچھے پڑ گئیں، اب دیکھیں گے تم ڈاکٹر بن کر کیا کروگے، آج کل ایم بی بی ایس کو کون پوچھتا ہے، "کسی سڑی سی گلی میں ڈسپنسری کھولوگے اور سارا دن بیٹھے مکھیاں مارا کروگے، پیسے والے تو بڑی بڑی ڈگریاں رکھنے والے ڈاکٹروں کے پاس جاتے ہیں۔"

"اچھی بات ہے، اس گلی کی مکھیاں تو مر جائیں گی۔" ساجد ہنستے تو بات ٹل جاتی۔

ایک سال تک ماجد کا خط نہ آیا، اماں بی کی آنکھوں میں انتظار کی آندھیاں آتیں مگر کوئی خط اڑ کر نہ آتا، وہ ساجد سے کچھ نہ کہتیں، وہ اسے پریشان نہ کرنا چاہتی تھیں، آخری امتحان میں ایک دو مہینے رہ گئے تھے۔ آخر آندھی تھمی، ماجد کا خط آگیا، اس نے لکھا تھا کہ اس نے وہاں شادی کرلی ہے، وہیں کی شہریت اختیار کرلی ہے، شادی کے وقت اسے اماں بی بہت یاد آئیں، وہ بہت دیر تک روتا رہا، پھر ایلس نے اس کا سر اپنے سینے سے لگا کر تسلی دی تو قرار آگیا، آخر میں لکھا تھا کہ آپ کی بہو آپ سے ملنے کو بے چین ہے۔ اماں بی خط پڑھنے کے بعد دیر تک اکیلی بیٹھی کانپ کانپ کر روتی رہیں، انہیں ایلس کی ذات سے نفرت ہوگئی۔ شام کو دونوں بیٹیاں اماں بی کے پاس آئیں، دونوں رنجیدہ تھیں، دونوں ایلس کو برا بھلا کہہ رہی تھیں، اماں بی نے پہلی بار بیٹیوں پر طنز کیا۔

"اس کا مستقبل بن گیا، اب تم لوگ خوش ہو، تمہاری خواہشیں پوری ہوگئیں۔"

بڑی بیٹی تو اس وقت چپ ہوگئی مگر چھوٹی بیٹی کس طرح چپ رہتی، "کوئی ہم نے سکھا کر بھیجا تھا کہ وہاں پھیکے شلجم سے شادی کرلینا، وہیں کے ہو رہنا، آخر تو دنیا علم سیکھنے جاتی ہے، لوگ اسی طرح ترقی کرتے ہیں، آپ کو خوب الزام رکھنا آتا ہے۔" اس دن پہلی بار ساجد نے اپنی چھوٹی بجیا کو ڈانٹا، "کسی وقت تو آپ اپنی زبان کو قابو میں بھی رکھا کریں۔"

"کیوں قابو میں رکھوں؟ ماجد یہاں ہوتے تو شادی نہ کرتے، کون سا اماں کے پہلو

سے لگے بیٹھے رہتے، اب تم نہ کرنا شادی ہاں۔" بات کہاں سے کہاں پہنچ گئی، اماں بی کے دل پر چوٹ سی لگی، "جب ساجد شادی کرے گا تو۔۔۔، تو۔۔۔؟" رات کو جب اماں بی کی بیٹیاں اپنے اپنے گھروں کو چلی گئیں تو اماں بی چپکے سے بکس روم میں گئیں، کانپتے ہوئے ہاتھوں سے بڑے بکس کا تالہ کھولا اور ماجد کی دلہن کے لیے جو بری بنائی تھی اسے کھوئی کھوئی نظروں سے دیکھتی رہیں، پھر بکس کو بند کر کے جب وہ تالہ لگانے لگیں تو جیسے سارے جسم کی طاقت ان کے ہاتھوں میں آگئی، "اب یہ تالہ کبھی نہیں کھلے گا۔۔۔، اب یہ تالہ کبھی نہیں کھلے گا۔" وہ زیر لب بڑبڑائیں اور پھر بڑے سکون سے آکر اپنے بستر پر بیٹھ گئیں۔

جس دن ساجد نے ایم بی بی ایس کے آخری سال کا امتحان دیا تو اس دن اماں بی سارا دن خدا سے گڑگڑا کر دعائیں کرتی رہیں کہ ان کا بیٹا اچھا نمبروں سے پاس نہ ہو، اسے اب کوئی وظیفہ نہ ملے۔ مگر چند ماہ بعد نتیجہ نکلا تو ان کی دعاؤں کے برعکس تھا، سارا خاندان مبارک بادوں سے جھولیاں بھرے سارے گھر میں دندناتا پھر رہا تھا۔

"میں تو کہتی ہوں اماں بی! ساجد کو سرجری کی اعلیٰ تعلیم کے لیے ماجد کے پاس بھیج دیجیے، اب تو وہاں اپنا گھر بھی ہے، ایلس ایسی بری بھی نہیں، اگر بری ہوتی تو ماجد بہنوں کو کس طرح پوچھ سکتا تھا، ابھی اس نے بچوں کو روپے اور کپڑے بجھوائے تھے۔" بڑی بیٹی نے نظریں جھکائے جھکائے اماں بی کو مشورہ دیا، اس وقت کلرک شوہروں کی بیویوں کی ازلی مظلومیت ان کے چہرے پر برس رہی تھی، اگر ساجد بھی چلا جاتا تو دونوں بہنوں کے حق میں بہت اچھا ہوتا اور پھر انہیں یہ بھی پتا تھا کہ ماجد کے مقابلے میں ساجد بہنوں سے زیادہ محبت کرتا ہے۔

"اماں بی اگر مائیں اپنے بچوں کے مستقبل کی فکر نہ کریں گی تو پھر کون کرے گا؟"

چھوٹی بیٹی نے ماں کو گم سم دیکھ کر بڑی بہن کا ساتھ دیا۔۔۔، اماں بی سامنے بیٹھے ہوئے ساجد کی آنکھوں میں عجیب طرح سے جھانک رہتی تھیں۔

"چھوٹی بجیا، میں کہیں نہیں جاؤں گا، میں یہیں کسی گلی میں ڈسپنسری کھولوں گا، میں یہاں رہ کر آپ بہنوں کی زیادہ خدمت کروں گا۔" ساجد نے اس طرح کہا کہ اس لہجے کا طنز نمایاں تھا۔ دونوں بہنیں اس طرح بپھر گئیں جیسے ان کی چوری پکڑی گئی ہو۔

"مت جاؤ، ہمیں کیا، جب تمہاری دسپنسری پر مکھیاں بھنکیں گی، تو پھر پوچھوں گی۔" بڑی بجیا کھسیانی ہو رہی تھیں۔

"تم آگے بڑھنے کی صلاحیت ہی نہیں رکھتے، تیئس چوبیس سال کے پورے آدمی ہو اور ننھے بچوں کی طرح اماں کی بٹی سے بٹی جوڑ کر سوتے ہو مگر بات اس طرح کرتے ہو جیسے اپنی بہنوں کے اَن داتا ہو، ارے بھیا تم ترقی کروگے تو ہم خوش ہوں گے اور بس۔" چھوٹی بجیا کا چہرہ غصے سے سرخ ہو رہا تھا۔ ساجد کے کچھ کہنے سننے سے پہلی ہی دونوں بہنیں ناراض ہو کر چلی گئیں، اماں بی خاموش بیٹھی سب کا منہ تکتی رہ گئیں، ویسے بھی اب ان میں اتنی طاقت کہاں رہ گئی تھیں کہ جلدی سے اٹھ کر روٹھی ہوئی بیٹیوں کو منا لیتیں، ماجد کی جدائی، ڈائن بن کر انہیں چاٹ گئی تھی، اس پر یہ فکر کہ اگر ساجد کی ڈسپنسری نہ چلی تو۔۔۔؟

ساجد میاں کی ڈسپنسری اور ان کے ہاتھ کی شفا ایسی مشہور ہوئی کہ جو عزیز دار چھوٹے ڈاکٹروں کے پاس بھی نہ جاتے وہ بھی مفت علاج کرانے دوڑ پڑے اور اماں بی کے سینے پر دھری ہوئی شک کی سل بھی آخر کو سرک گئی، پھر بھی رات کو سوتے سوتے ایک بار ہاتھ بڑھا کر ساجد کے سر کو چھوتیں اور پھر اس احساس کے ساتھ سو جاتیں کہ وہ ان کے پاس ہے۔ خواب آور دوائیں کھانے کے باوجود کبھی کبھی انہیں رات دیر سے نیند

آتی، وہ سوچتیں کہ اب ساجد کی شادی کر دیں، مگر اس خیال ہی سے وہ الجھ کر رہ جاتیں کہ تنہائی اور بڑھاپا ان سے کیا سلوک کرے گا، ساجد بھی ماجد کی طرح بدل نہیں جائے گا، خاندان والے طرح طرح کی باتیں کر رہے تھے، بیٹیاں ان کے منہ پر کہہ گئیں تھیں کہ اماں بی ساجد کی شادی نہیں کریں گی، اسے کولہے سے لگائے لگائے بوڑھا کر دیں گی، انہوں نے بڑی صفائی سے کہا تھا کہ جب ساجد اپنے ہم عمروں کو چار چار بچوں کا باپ دیکھتا ہو گا تو کیا سوچتا ہو گا، یہ سب کچھ سننے کے بعد بھی وہ جیسے بہری بن جاتیں۔

بہت مدتوں کے بعد ماجد اور ایلس کا خط آیا تھا، ایلس کا خط پا کر انہیں بڑی حیرت ہوئی تھی، اس نے بڑی صفائی سے اردو میں پہلی بار اپنی ساس کو خط لکھا تھا، ساجد کے خط میں خاص بات یہی ایک تھی کہ وہ اپنی اماں بی کو بہت یاد کرتا ہے، وہ بہت مصروف تھا، اس لیے خط نہ لکھ سکا۔۔۔ اور ایلس نے لکھا تھا، اماں بی۔۔۔، کل جب ماجد کو کاموں سے فرصت ملی تو وہ آپ کو یاد کر کے بہت رویا، وہ ضد کر رہا تھا کہ وہ فوراً اپنی اماں بی سے ملنے جائے گا، وہ اس وقت یہ بھی بھول گیا تھا کہ وہ بہت جلد پھر باپ بننے والا ہے، پھر میں نے اسے سمجھایا کہ وہ لوگ جن کا حال ان کی دسترس سے باہر ہے اور مستقبل میں ان کا کوئی حصہ نہیں اور وہ لوگ جن کا مستقبل انتظار کر رہا ہے، آخر انہیں ایک دوسرے کی جدائی برداشت کرنی پڑتی ہے اور۔۔۔

اماں بی نے خط کو لفافے میں بند کر کے الماری میں رکھ دیا، سارا خط پڑھنے کی ہمت جواب دے گئی تھی، وہ دیر تک تکیے میں منہ چھپا کر روتی رہیں اور چہرے کی جھریوں کی تہوں میں لکھی ہوئی مستقبل کو جنم دینے والی ماضی کی داستان آنسوؤں سے دھلتی رہی۔ رات جب ساجد میاں اماں بی کے ململ کے سفید جھاگ جیسے دوپٹے کو آنکھوں پر لپیٹے سونے کی کوشش کر رہے تھے تو اماں بی نے ان کو آہستہ سے پکارا، "ساجد بیٹے؟"

"ارے آپ ابھی تک سوئی نہیں اماں بی؟"

"بیٹے۔۔۔، میں سوچ رہی تھی کہ اب تمہاری شادی کر دوں۔"

"شادی؟" ساجد میاں حیرت کدہ بن گئے، وہ بیٹھ کر اماں بی کا منہ تکنے لگے، وہ تو شادی کا خیال ہی دل سے نکال چکے تھے، شادی کے خوب صورت تصورت میں انہوں نے کتنی راتیں گزاری تھیں، کتنے خوابوں میں ایک سے ایک خوب صورت دلہن نتھ اور ٹیکا چمکاتی، ان کے سینے کو روندتی ہوئی غائب ہوگئی تھی۔

"تم حیران کیوں ہو رہے ہو بیٹے؟" اماں بی تکیے کی ٹیک لگا کر بیٹھ گئیں۔

"اماں، میں شادی نہیں کروں گا۔ میں نہیں چاہتا کہ آپ کی محبت میں کوئی اور حصے دار بنے، انہوں نے بہت صاف آواز میں جواب دیا۔

"بیٹے، وہ لوگ جن کا حال ان کی دسترس سے باہر ہوتا ہے اور مستقبل میں ان کا کوئی حصہ نہ ہو ان کے مقابلے میں وہ لوگ جن کا مستقبل ان کا انتظار کر رہا ہو، انہیں آخر ایک دن ایک دوسرے سے جدائی برداشت کرنی پڑتی ہے، میرا کیا آج ہوں، کل نہیں ہوں۔"

"اماں بی۔۔۔، یہ آج آپ کیسی باتیں کر رہی ہیں۔" ساجد میاں کی حیرت انتہا کو پہنچ گئی۔

"سو جا پگلے، مجھے اب نیند آرہی ہے۔" لیٹ کر اماں بی نے لحاف سر تک کھینچ لیا اور پلٹ کر یہ بھی نہ دیکھا کہ لیمپ کا سوئچ آف کرنے کے بعد ساجد کب تک ایک ہی طرح سے بیٹھے رہے۔

چھوٹی بجیا بند دروازوں کو پیٹ رہی تھیں، ساجد نے اٹھ کر دروازہ کھول دیا، لڑکیاں زور زور سے گا رہی تھیں۔

بنو تیرے ابا کی اونچی حویلی۔

بنی میں ڈھونڈتا چلا آیا۔

"بھئی حد ہے، شام ہونے والی ہے اور ماں بیٹے مزے سے سو رہے ہیں، ابھی تو دلہن کا کمرہ سجانا ہے، اماں بی ماجد کا کمرہ سجا دوں، سب سے بڑا اور شاندار ہے۔" چھوٹی بجیا کمرہ سجانے کے خیال سے ہی سرخ پڑی ہوئی تھیں۔

"نہیں بیٹی، ساجد والا کمرہ سجاؤ، جب کبھی وہ تم لوگوں سے ملنے آئے گا تو اپنے کمرے میں ٹھہرے گا۔"

"ان کا کیا پتا اماں بی، اگر بھابی کے ساتھ آئے تو آٹھ دس دن کو آئیں گے، اکیلے آئے تو آپ کے کمرے میں رہیں گے۔" چھوٹی بجیا رنجیدہ ہو گئیں، اللہ قسم وہ کمرہ سب سے زیادہ شاندار ہے، ایسا سجے گا ایسا۔۔۔"

"ٹھیک ہے مگر اس کا کمرہ مت سجانا، وہ ماجد کا کمرہ ہے، کسی کی چیز نہیں چھینتے بیٹی، گناہ ہوتا ہے۔" اماں بی کی آواز بھرا گئی۔

"کیا فضول باتیں ہیں چھوٹی بجیا، جو کچھ اماں بی کہیں وہی کیجیے، اماں بی آپ خیال نہ کیا کیجیے چھوٹی بجیا تو ہمیشہ کی ضدی ہیں۔"

"آج تم کچھ بھی کہہ لو میں سب سن لوں گی۔" وہ ہنستی ہوئی چلی گئیں۔

"میں اب ڈسپنسری جا رہا ہوں اماں بی، آپ آرام سے بیٹھیے گا، کام کرنے نہ اٹھ جایئے گا۔" جوتوں کی ڈوریاں باندھ کر وہ جلدی سے چلے گئے۔ اماں بی نے خدا کا شکر ادا کیا کہ ذرا دیر پہلے کہی ہوئی بات انہوں نے پھر نہیں دہرائی، پھر بھی وہ ساجد کے وحشت زدہ چہرے اور کڑے تیوروں سے ڈری ہوئی تھیں۔ ڈھول پر بیٹھی ہوئی لڑکیاں چائے پینے کے بعد اب چلتے پھرتے گانے گا رہی تھیں،

"لٹھے دی چادر اتے سلیٹی رنگ ماہیا

آجا سامنے، بہہ جا سامنے، کولوں تے رس کے نہ لنگھ ماہیا"

جب اماں بی دلہن کو رخصت کرا کے لائیں تو وہ خوشی سے پھولی نہ سما رہی تھیں، مگر آرسی مصحف اور منہ دکھائی کی رسم کے بعد جب دلہن کو اس کے کمرے میں لے گئے تو ان کے دل پر ایک دم سناٹے نے جیسے یلغار کر دی، اب ساجد بھی چلا جائے گا، آج انہوں نے اسے کھو دیا، کوئی جذبہ ان کا دل نوچے لے رہا تھا، ادھر سارے دن کی تھکن انہیں آنکھیں نہ کھولنے دے رہی تھی۔ ساجد کی نظریں مسلسل اماں بی کا پیچھا کر رہی تھیں، وہ اپنے بستر پر پاؤں لٹکائے بیٹھے تھے اور جب رشتے کی بھاوجیں انہیں لینے آئیں تو وہ بے حد پریشان ہو گئے، "میں ابھی نہیں جاؤں گا، اماں بی بہت تھک گئی ہیں۔" انہوں نے اماں بی کو سہارا دے کر آرام سے لٹا دیا، پھر الماری سے نیند کی دوا نکال کر دو گولیاں کھلائیں، پھر ان کے پائنتی بیٹھ کر سوچے ہوئے پیروں کو آہستہ آہستہ ملنے لگے۔

"بڑی بجیا آج یہاں اماں بی کے پاس میرے بستر پر آپ لیٹ جاتے۔" انہوں نے بڑی امید سے بڑی بجیا کو دیکھا۔

"میں یہاں آرام سے چپر کھٹ پر لیٹ جاؤں تو میری سہیلیاں برا نہیں مانیں گی، وہ سب بے چاریاں قالینوں پر لڑھکتی رہیں۔" بڑی بجیا نے سمجھانے کے انداز سے کہا۔

"تو پھر آپ چھوٹی بجیا۔" وہ گھگھیا رہے تھے۔

"اللہ، ساجد تم نے تو میری اماں بی کو دودھ پیتا بچہ بنا دیا ہے، اماں بی تو آج اپنے فرض سے سبکدوش ہو کر آرام سے سوئیں گی۔" ساری بھاوجوں نے قہقہے لگاتے ہوئے ساجد کو پکڑ کر کھینچنا شروع کر دیا اور وہ تھے کہ اماں بی کو بے بسی سے دیکھے جا رہے تھے۔

"ارے جاتے کیوں نہیں بیٹے، میں تو سو رہی ہوں، میری تو تھکن سے

نہیں کھل رہی۔"

"ابھی نہیں جاؤں گا، میں چلا جاؤں گا۔" انہوں نے بھاوجوں سے خود کو چھڑا کر پھر اماں کے پاؤں پکڑے اور آہستہ آہستہ دبانے لگے۔ بھاوجیں کچھ ناراض سی ہو کر چپ چاپ کھڑی ہو گئیں، اماں بی سچ مچ ذرا دیر میں خراٹے لینے لگیں۔ رات کو ڈھائی بجے کے قریب وہ کچھ سوتی کچھ جاگتی سی تھیں کہ انہوں نے عادت کے مطابق ہاتھ بڑھا کر ساجد کے اوپر رکھ دیا، پھر ایک دم ہڑبڑا کر اٹھ گئیں، پاؤں دباتے دباتے یہ پگلا یہاں سو گیا، انہوں نے جلدی سے ٹٹول کر لیمپ کا سوئچ آن کیا۔

"کیا کہیں گے سب، یہاں سو گیا ہے۔" انہوں نے سارے کا سارا لحاف کھینچ لیا، گاؤ تکیے پر اسی طرح لحاف پڑا تھا کہ اماں بی کو ایک دم ہنسی آ گئی، "اس نے سوچا ہو گا کہ اماں بی رات کو ایک بار اس پر ہاتھ رکھتی ہیں، وہ ہاتھ رکھیں گی اور پھر سو جائیں گی، رات جانے کس وقت آ کر یہ کارروائی کر گیا ہے۔" سوچتے سوچتے وہ برابر مسکرا رہی تھیں، انہوں نے سرہانے سے گلاس اٹھا کر پانی پیا، پھر گاؤ تکیے کو چوم کر اسی طرح رکھ کر لحاف ڈال دیا، لیمپ بجھایا اور پھر لیٹ گئیں، ماجد تو اپنے مستقبل کی خوشی میں ماضی کے سرہانے تکیہ رکھنا بھی بھول گیا تھا، ان کی آنکھوں میں آنسو آ گئے، جنہیں جلدی سے دوپٹے کے آنچل سے پونچھ لیا اور کروٹ لے کر بڑے پیار سے گاؤ تکیہ پر ہاتھ رکھ کر چند منٹ اسے ٹٹولتی رہیں اور پھر آرام سے سو گئیں۔

***

www.ingramcontent.com/pod-product-compliance
Lightning Source LLC
LaVergne TN
LVHW010050061026
849532LV00003BA/1146
* 9 7 8 9 3 5 8 7 2 8 9 4 1 *